天蚕土豆 作品

斗破苍穹

DOUPO CANGQIONG

5 佛怒火莲

青岛出版社
QINGDAO PUBLISHING HOUSE

图书在版编目（CIP）数据

斗破苍穹 . 5, 佛怒火莲 / 天蚕土豆著 . — 青岛：青岛出版社，2015.8
ISBN 978-7-5552-2943-8

Ⅰ . ①斗… Ⅱ . ①天… Ⅲ . ①长篇小说 – 中国 – 当代 Ⅳ . ① I247.5

中国版本图书馆 CIP 数据核字（2015）第 235310 号

书　　名	斗破苍穹 5 佛怒火莲
著　　者	天蚕土豆
出版发行	青岛出版社
社　　址	青岛市海尔路 182 号（266061）
本社网址	http://www.qdpub.com
邮购电话	13335059110　0532-68068026
责任编辑	霍芳芳
特约编辑	代　敏　赵桂芹
照　　排	青岛双星华信印刷有限公司
印　　刷	青岛双星华信印刷有限公司
出版日期	2016 年 4 月第 1 版　2018 年 6 月第 5 次印刷
开　　本	16 开（710mm × 1000mm）
印　　张	15.75
字　　数	230 千
印　　数	36501-45500
书　　号	ISBN 978-7-5552-2943-8
定　　价	29.80 元

编校印装质量、盗版监督服务电话　4006532017　0532-68068638
本书建议陈列类别：畅销 · 青春幻想

CONTENTS

目录

第一章

焚诀进化

漆黑的雨夜，倾盆大雨袭击着山林，呼啸的狂风，在林中带起哗哗的声响。偶尔天空之上一声惊雷响起，轰隆隆的巨声，即在山峦中荡漾不息，余音萦绕。

黑压压的天空之上，银蛇闪烁，刺啦的声响不断响起。刺眼的银色光芒，每隔一段时间，便会将漆黑的山林照耀得如同白昼。

在那险峻的山崖之间，苍老的人影负手而立在一处尖锐的山岩上，脸庞毫无表情，双眼盯着天空上的电闪雷鸣，略微佝偻的身子，就如同一株不老松，稳稳地站立在悬崖之上，颇有几分任凭雷霆暴动，我自岿然不动的淡然气势。

然而，若是细心观察，则能够发现，每当老人目光瞟向不远处被碎石遮掩了洞口的山洞时，那犹如鹰爪般的手掌，便会不自觉地猛然握紧，片刻之后，才逐渐放松。

老人站立在雷电之中，并未开口说半句话，就这般沉默地仰望着天空。偶尔目光扫向山洞，也不过停留一瞬，便悄悄地移开。那小心的模样，仿佛是生怕多看一眼便会打扰少年的修炼。

漆黑的夜，在雷雨交加之中缓缓度过，而山林，也被那雷霆闪电毫不怜悯地蹂躏了一夜。待黑夜逐渐散去，一缕晨晖从东边的天际缓缓射将而出，整个山林顿时露出了千疮百孔的凄惨模样。

一轮圆日从东边天际缓缓升起，淡淡的温暖光芒，洒落在大地之上，为那遭受了一夜雷电蹂躏的山林，带来了些许活力与朝气。

站立在山岩之上，药老微微偏头，眼角再瞟了瞟那依然安静得没有丝毫反应的山洞，袖袍下的一双手掌，猛然紧紧地握了起来。

药老眼角忍不住轻微抽搐了几下，深吸了一口清晨清新的空气，努力使自己平静下来，可那盘旋在心中的一抹焦虑，却始终难以让他恢复以往那般淡然。

药老用略微有些干瘦的十指轻轻地敲打着手臂。而随着时间的推移，山洞之内依然没有任何动静。当下，那本来还有些节奏感的敲打，顿时犹如药老的心境一般凌乱了起来。

初升的太阳，缓缓地滑过小半个天空，温暖的阳光，此时也略微有些炽热，在这般环境之下，药老心中的急躁，更是悄悄地变得浓郁了一些。

再次静等了片刻，药老那敲打着手臂的十指，猛然一顿，浑浊的老眼，散发出些许凌厉的气势。显然，经过一夜的等待，此时的他，已经不打算再继续这般漫无目的地等下去。

随着药老手指的顿住，一股雄浑的强悍气息，缓缓地自其体内升腾而起。雄浑气息所造成的威压，令那盘旋在高空之上的几头飞行魔兽，尖叫着逃离了这个让它们极为恐惧的地方。

就在药老准备强行进入山洞一探究竟之时，安静的山洞之内，终于出现了自昨夜以来的第一次异动。

“轰！”

山洞内部，一股凶悍的能量波动猛然扩散而出，旋即被山壁拦截，顿时，一道道巨大的裂缝，在山壁之上快速地蔓延。

站在山岩之上，药老望着那忽然蔓延而出的裂缝，紧绷的脸庞略微松懈了一些：既然还有动静，那么里面的人至少还是安全的。

先前那股能量波动传出之后不久，又是几股更加凶悍的能量波动扩散而出，在这一道道能量波动的撞击之下，那坚硬的山壁，变得有些摇摇欲坠。

“究竟是怎么回事？”望着即将崩塌的山洞，药老的眉头再度紧皱了起来，有些疑惑地喃喃了一声。

“轰！”

就在药老茫然之际，一声堪比昨夜怒雷的炸响，猛地在山洞之中响起。随着这次的能量波动袭击，那本来已经进入崩塌状态的山洞又猛地向中心位置凹陷，一堆堆巨石狠狠砸落而下，转瞬间，便在山洞内堆成了一个乱石岗。

望着这忽然出现的一幕，药老的脸色微微一变，脚尖在山岩之上轻点，急忙向崩塌的山洞处飞掠而去。

然而，就在药老即将落在乱石之处时，青色的火焰猛地自乱石之下暴涌而出。顿时，那一堆堆庞大的岩石，便飞快地化为一摊摊熔浆……

药老脚尖轻点虚空，强行止住了落下的身形，躲避开那陷入狂暴状态的青色火焰，旋即满脸凝重与茫然地望向那漆黑的山洞。

“啊！”

山洞之内，忽然传出一声凄厉的嘶吼，带着几分嘶哑，犹如受伤野狼的咆哮。

随着这吼声，一股较之先前更加恐怖的青色火焰，猛然自其中席卷而出，任何抵挡在前的东西，都被这霸道的青色火焰焚烧。

“果然出事了！”听得那蕴含着痛楚的嘶吼声，药老的脸色霎时变得极为难看。他低低地骂了一声，用森白色骨灵冷火迅速覆盖身体，然后强行穿过那青色火焰，闪电般地掠进了已经被破坏得一塌糊涂的山洞中。

落地后，药老目光急忙在山洞内扫过，最后眼瞳微缩，停留在不远处那个双脚跪地、垂着头不断用拳头狠狠怒砸石面的少年身体之上。

此时的萧炎，全身衣服已经被烧毁了大半，或许是先前皮肤被强化了许多的缘故，所以现在虽然看上去身上都是血痕，却只是一些小伤而已。

似是察觉到药老进来了，萧炎艰难地抬起头。那张原本极为精神的脸庞，此时已经近乎完全惨白，扭曲的脸看上去颇为可怖，一抹刺眼的血迹浮现在嘴角，他牙关紧咬，丝丝鲜血从齿缝中渗透了出来。他身下的那块坚硬岩石，此时已经被他用拳头生生砸出了蜘蛛网一般的裂缝。

药老的目光飞快地扫过因忍受巨大疼痛而脸庞扭曲的萧炎，他干枯的脸皮也微微抽搐着：能够把自制力和忍耐力都控制得极为出色的萧炎逼成这副模样，难以想象，那是一种何等恐怖的剧痛……

“放弃那该死的东西吧！”望着萧炎那越来越惨白的脸色，药老心中一寒，急喝道。他没想到，这焚诀在吞噬异火时，竟然会造成这般让人发疯的煎熬。

“没……没关系……我……我还能忍受！”萧炎眼睛怒瞪着，死死地咬着牙，含糊的词语从紧绷的牙齿缝隙中传了出来。拳头再次狠狠地砸在石面之上，顿时，这块巨大的岩石，竟轰然爆裂了。

颤抖着满是鲜血的拳头，萧炎手掌紧紧地扣在一块岩石边缘，略微有些锋利的岩石边，将萧炎的手掌划出了一道口子，鲜血流淌而出，将那石头都沾染成了刺眼的殷红色。

“我说够了！”

望着萧炎那鲜血淋漓的手掌，药老脸庞微怒，一声怒喝，脚掌重重地踏在地面之上，顿时，身体猛地对着萧炎暴射而去。

“轰！”

就在药老对着萧炎暴掠而去时，那跪在地面上的萧炎，身体猛地一颤，铺天盖地的青色火焰从其体内暴涌而出，然后对着药老席卷而去，借着凶猛的火势，竟然将药老生生地阻拦了下来。

“啊！”

青色火焰暴涌出来之时，那一缕缕火焰，就如同是从萧炎的毛孔中冲击出来的一般，那种肌肉、骨骼、细胞被焚烧时所发出的剧痛，令萧炎抱着脑袋，狠狠地撞在一旁的岩石之上。不过好在那青色火焰虽然给萧炎带来了无法言说的痛苦，却也保护了他的身体，不然光是这一撞，恐怕就能让萧炎昏死过去。

越来越多的青色火焰从萧炎的体内喷射而出，到最后，萧炎竟然变成了活生生的喷火器，一眼望去，颇让人有些胆寒。

“青莲地心火能量实在太强，凭萧炎斗师的实力，不可能顺利地将之吞噬，必须压制它！该死的，我现在能用的，也只有异火，用它去救助，简直就是火上浇油！”药老老练的目光扫过萧炎的情形，顿时明白了其中存在的问题，不过即使知道了问题所在，他也依然没有办法解决，当下只是急得团团转。

然而，就在药老有些束手无策之时，一道低低的嘶鸣声，忽然在山洞之内响起。

嘶鸣声停止，一道七彩影子忽然从萧炎袖子中飙射了出来。七彩吞天蟒淡紫的眸子望着萧炎身体之上的青色火焰，顿时，眼瞳之中莫名地光芒大涨。

七彩吞天蟒围绕着萧炎飞快地旋转了一圈，然后迫不及待地张开嘴，一股恐怖的吸力瞬间暴涌而出。

随着这股吸力的牵扯，那萦绕在萧炎身体之上的青色火焰，顿时被迅速地吸进了七彩吞天蟒的肚内。

越来越多的青色火焰被七彩吞天蟒吞噬，而萧炎身体之上的青色火焰，则逐渐地减少。又过得半晌时间，最后一缕青色火焰，也终于彻彻底底地离开了萧炎的身子。

当最后一缕青色火焰离开身体后，萧炎身体猛然一阵剧颤，然后疲软地倒了下去。躺在冰凉的石面之上，萧炎抬头望着那在头顶上方、兴奋不已地来回盘旋着的七彩小蛇，嘴角缓缓溢出一抹浅浅的笑意，眼眸微微颤抖着，又过一会儿，视线便完全地黑暗了下来……

黑暗的意识空间之中，一抹昏昏沉沉的神志缓缓地飘荡着，在这漆黑的环境里，似乎并没有时间，神志飘飘荡荡，犹如一缕无家可归的孤魂，甚是凄凉。

在某一刻，漆黑的空间之内，一点耀眼的青色火焰忽然袅袅浮现而出，青色火焰所发出的光亮将附近的漆黑完全驱除，火焰微微蠕动，片刻后，幻化成了一朵青色的莲花座。

青色莲花座成形之后，便骤然飙射过黑暗的空间，转瞬间，便抵达那昏昏沉沉的神志之旁，温和的光芒伸探而出，将神志包裹其中。

之后，青色莲花座猛然开始高速闪掠，在黑暗中急速向后退缩着。半晌后，点点白光出现在黑暗的尽头，莲花座载着这缕昏沉的神志，猛然冲出了这无边的意识空间……

山林之间，一棵巨树之下，萧炎眼眸紧闭地倚靠着树干，略微苍白的脸色，似乎正在迅速地恢复着红润。

一旁，一直细心照料着萧炎的药老，瞧得他这般变化，当下微微松了一口气。

再如此过得片刻，萧炎眸子微微颤抖，终于缓缓挣扎着睁开，顿时，天空上那大片洒下的刺眼阳光，又让他微微虚眯起了眼睛。

“醒了吗？”苍老的淡淡笑声，在耳边响起。

萧炎微微抬起头，瞧得一旁含笑的药老，笑着点了点头。他手掌轻轻搓了搓脸庞，略微迟疑了一会儿，道：“那个，进化成功了吗？”

“呵呵，你自己查探一下吧。”药老并未直接回答，反而笑盈盈地道。

萧炎点了点头，将那依然略微有些酸痛的双脚盘了起来，平静了一下心神之后，迅速进入修炼状态。

心神逐渐沉入体内，顿时，那幅繁琐得近乎恐怖的经脉图像，便再度浮现眼前。

心神飞快地穿梭过几条经脉，然后迅速地来到了小腹位置处的气旋上方，心神略一扫过，萧炎深深地吸了一口并不存在的空气，此时此刻，一种兴奋得将近脱力的感觉弥漫全身。

出现在心神注视下的斗气气旋，不仅其容纳的体积较之以前大了十倍不止，而且那流淌的深青色斗气的质量也远非以前的紫色斗气可以相比。或许是萧炎彻底吞噬了青莲地心火的缘故，那深青色斗气之上，也隐隐地噙着些许青色火焰，有了这些火焰的黏附，这些青色斗气的战斗力，将会明显变得更加强大。

在斗气大陆，功法之间的差距，取决于几点：

其一，气旋对斗气的容纳程度。若两人是同样的等级，其中一人修炼的是黄阶功法，另一人修炼的是玄阶功法，那么，修炼玄阶功法之人，其战斗持久能力，定然远远超过前者。

其二，斗气质量上的差异。同等级情况下，若说修炼玄阶功法的人需要付出一份斗气的话，那么，修炼黄阶功法之人，则要付出十倍乃至更多的斗气，方有可能取得与前者相同的成绩。

其三，修炼之时，吸收天地能量炼化斗气的效率。与上面相同，若是两人想要吸收相同的斗气能量，那么修炼玄阶功法的人，或许只需要十分钟，而修炼黄阶功法的人，则需要一百分钟。

其四，战斗之时，修炼黄阶功法的人，远不能将斗气驱使得犹如修炼玄阶功法之人那般顺畅与快捷。

综合以上种种差距，在斗气大陆，好的斗气功法会被无数人视为重中之重的原因，便极为明晰了：修炼的功法越是高阶，所带来的好处便越是巨大。因此，无数强者，为了得到那些高阶功法，几乎可以说是前仆后继，甚至明知道是飞蛾扑火，也甘愿被火焰吞噬……

萧炎愣愣地注视着那宽敞得犹如小湖泊的气旋，半晌后，方才逐渐回过神来，心神微动，一缕青色斗气，顿时从气旋之中流转而出，然后飞快地沿着经脉流淌了起来。随着斗气的流转，萧炎能够确切地感受到，身体之内，强横的力量，正在逐渐攀升到以前从未达到过的巅峰。

心神紧紧地注视着斗气的流动路线，萧炎发现，进化后的功法路线，明显比以前更加繁琐了，不过略微有些奇异的是，虽然路线变得繁琐了，可功法完成一次循环所需要的时间，却越来越短暂。并且，循环完成之后，强横的力量已经在体内跃跃待发，随时准备接受主人的驱使，然后将那股喷薄的力量狠狠地轰击而出……

“真的成功了？”感受到体内那充盈的力量，萧炎深吸了一口气，兀自有些不敢相信。萧炎缓缓睁开眼，抬头望着一旁那笑意盈盈的药老，咧了咧嘴，喃喃道：“成功了？”

“嗯。”望着萧炎那略微有些好笑的表情，药老笑着点了点头，感叹了一声，手掌轻轻拍着萧炎的肩膀，笑道，“恭喜你，你成功地证明了这焚诀真的能够吞噬异火！也就是说，它的潜力堪称无限。同时，你的潜力也是无限……”

药老的话语盘旋在耳际，萧炎忽然被这突如其来的幸福砸得有些头晕，全身无力地倚靠着树干，脸庞上的狂喜之意难以掩饰。

沉浸在狂喜之中许久后，萧炎这才逐渐恢复淡然，缓缓站起身来，眼眸微闭，片刻后，青色的斗气，从体内升腾而起，眨眼之间，便在萧炎身体之上形成了一件完美的青色斗气纱衣。在那斗气纱衣之上，青色火焰偶尔翻腾而起，炽热的温度将空间炙烤得略微扭曲。

将斗气纱衣完全召唤出来之时，一股凶悍的气息，猛地自萧炎体内爆发而出，而随着气息的爆发，萧炎身体之上的青色斗气顿时冲天而起，直升腾到半空一丈之处时，方才停止。

萧炎缓缓抬起头，望着那将自己身体牢牢包裹在里面的青色火焰斗气，微微笑了笑，拳头猛然紧握，然后狠狠地砸向身后的巨树。

“嘭！”随着一道清脆的闷响，萧炎的手臂毫无阻拦地穿进了树干之中。手臂微微一震，一股隐晦的劲气透发而出，顿时，只听得一道道咔嚓的声响，无数道细小的裂缝迅速蔓延在树干之上，过得一瞬后，裂缝骤然扩大，巨大的树干轰的一声倒下。

“砰……”

偏头瞥了一眼那倒落在不远处的巨树，萧炎轻笑了一声，再度闭目感受了一下体内斗气的流淌速度以及制造斗气的效率。片刻后，他睁开眼眸，望向药老，深吸了一口空气，脸庞上扬起灿烂的笑容：“玄阶中级！”

萧炎所说的玄阶中级，自然是焚诀经过吞噬青莲地心火之后的进化等级，算来，功法似乎足足从黄阶中级跳跃到了玄阶中级，这之间，几乎是生生地提升了一个等级！

听得萧炎此话，药老微愣，旋即释然地点了点头，心中的一块大石，缓缓地落了下去，同时，他那紧绷的心，也彻底地舒展开来，笑了笑，赞道："不错，不愧是青莲地心火，虽然功法等级之间的进化需要极其庞大的能量，不过这对于异火来说，似乎并不是太难的事情……"

萧炎长长地舒了一口气，他身体表面上的斗气火焰逐渐地收敛进体内，微微紧握着拳头，微笑道："老师，看来你以前的顾虑，多余了啊……"

"嘁，昨天若不是七彩吞天蟒相助，我可不认为你能顺利地抵抗过异火的反噬！"瞧着得意忘形的萧炎，药老翻了翻白眼，撇嘴道。

"呃……"回想起吞噬异火时所造成的剧痛，萧炎那微笑的脸庞僵硬了一下，红润的脸色也再度苍白了些许，咽了一口唾沫，苦笑着点了点头，犹自有些后怕地叹息道，"那种疼痛，实在是恐怖，若是当时异火反噬成功，恐怕连我的灵魂，都会被焚烧成一片虚无。"

"这焚诀的确是有些诡异……真不知道是哪个疯子创造出来的，当初我与他们费尽千辛万苦才从那该死的地方找到这东西……"说到此处，药老忽然住口不言，显然是有些什么忌讳。

没有在意药老的沉默，萧炎轻耸了耸肩，手掌伸进袖袍之中，将那蜷曲着身体的吞天蟒掏了出来。此时的它，似乎因为吞噬了些许青莲地心火而陷入了沉睡，淡淡的青色光芒缭绕在其周身，看上去颇为奇异。

"七彩吞天蟒的生长有几个阶段：幼生，成长，成熟，巅峰……其中每一个阶段的进化，都需要极其庞大的能量。以前的它，只是处于幼生阶段，现在或许是青莲地心火的缘故吧，它正借助这股庞大的能量，准备蜕变。"药老盯着那七彩小蛇，笑道。

“蜕变后的它，会强到什么地步？”闻言，萧炎略微有些好奇地问道。

“或许会是斗王级别吧……”药老笑了笑，道，“等到它进入巅峰阶段时，就算是一名斗宗强者，也不敢小觑它。”

“不愧是天地灵物啊，实在是让人羡慕。”萧炎惊叹地咂了咂嘴，感叹道。

“呵呵，这种生物本就稀少，说不定你手中的这条七彩吞天蟒，是现在斗气大陆上唯一的一条呢。”药老笑道。

“若真是那样，自然是好。”萧炎咧嘴笑了笑，小心翼翼地将七彩吞天蟒收进袖子中。他抬眼望着眼前的山崖，目光盯着飘荡的云层，慵懒地扭了扭脖子，沉默了一会儿，轻声道：“老师，距离那三年之约，还剩多长时间？”

“两个月。”药老淡淡地道。

“两个月么？”萧炎轻笑了笑，手指轻弹纳戒，那巨大的玄重尺再度出现，萧炎紧握住尺柄，猛然狠狠斩下，脚下的一块巨石，立刻崩裂开来。

“纳兰嫣然，最后两月时间，你可准备好了？”

远处山林之间，一头试飞的雏鹰，在树顶之上努力地扑扇着翅膀。一声尖利的鹰啼声响起，雏鹰随即挣扎着双翼，豁然冲天而起……

第二章
再见冰皇

沙漠与陆地的交接之处，偶尔有几株青色草叶点缀其上，星星点点的虽然稀少，不过比起沙漠之中那千篇一律的金色黄沙来说，无疑令人惊喜。

由于此处已经接近沙漠边缘，因此偶尔倒也能见到来往的行人以及从沙漠中猎杀魔兽归来的佣兵小队。

在那沙漠与陆地交接之处，一个身着黑衫的少年，不急不缓地行走着。在少年背后，斜背着一把足以与其身高齐平的黑色大尺。这般怪异的装束，引得来往的路人都不由自主地将诧异的目光投射过来。

对于周围射来的那些诧异目光，黑衫少年视若无睹，脚步缓缓地行走在结实的路面之上。细心的人还能够发现，少年一路行走而来的步伐，就犹如经过精心测量一般，每一步的距离都大致相同。

天空之上高悬的炽日，没有使少年额头上浮现半滴汗水，他那悠闲行走的模样，不像是在赶路，倒像是在欣赏沿途风景……

少年的这般缓慢行程，持续了整整一天。当天空之上的烈日逐渐落下沙漠的地平线时，他方才缓缓地停下了脚步，抬头望着出现在视线尽头的那座庞大城市，少年清秀的脸庞上，浮现淡淡的笑意。

萧炎慵懒地伸了一个懒腰，骨头间发出脆响，轻笑了笑，将手掌交叉伸进袖袍之中，微笑道："漠城，终于到了啊。"

"老师，我们真的要给那家伙炼制丹药？"站在一处沙丘之上，萧炎望着远处人来人往的城门口，微微皱眉，低声道。他口中的那个家伙，自然是当初在漠城偶然相遇的隐士，曾经跻身加玛帝国十大强者之列的冰皇——海波东。

"呵呵，怎么，既然都到这里了，那就顺便给斗皇一份人情吧。"戒指之中，传出药老苍老的笑声，"而且，难道你不想得到那剩余的残图了？虽说如今你已经得到一种异火，可往后功法的升级将会更加困难。再说，那净莲妖火，可是一个了不起的东西啊，若是能够得到它，这斗气大陆上，恐怕就没有多少人敢轻易小觑你了。"

"不过总觉得那家伙不是一个安分的人。"萧炎摊了摊手，道。

"嘿嘿，不安分又能怎样？就算他恢复了实力，那也不过是一名斗皇而已，还能把我们怎么着？"药老淡淡地笑道，"不过防人之心不可无，我们也不是什么软柿子，为了安全起见，总得准备一些防护措施吧。我以前就说过，在炼制丹药的时候，给他弄点辅料进去，若是他没歹心，那倒一切好说，若是他真的想打一些鬼主意，我们自然也不用留情。"

闻言，萧炎咧嘴笑了笑，微微点了点头，轻声道："也好，那便依老师所言吧，如果真的能够得到一名斗皇强者所欠的人情，倒也不错。特别是两月之后的云岚宗之行，虽然我并不担心与纳兰嫣然的决战，可若是最后胜利了，那些云岚宗的老家伙恼羞成怒要对我出手，这位冰皇，倒是一位不错的护卫。"

"嘿嘿，炼药师最擅长的，便是拉关系。你没瞧见此次的异火抢夺吗？凭那丹王古河的实力，根本不可能闯进沙漠深处，不过那家伙却生生地邀请了这么多强者助拳，最后还把蛇人族搞得鸡飞狗跳。"药老笑道。

"嗯。"萧炎笑着点了点头，手掌轻拍了拍背后的玄重尺，然后开始朝着那坐落在沙漠边缘的巨大城市缓缓行去。

顺利地进入城市，萧炎站在街道之上四处望了望，顺着记忆之中的路线向着街道尽头走去，半晌，停在了街道尽头的古朴地图商店门口。

或许因为天色已暗，此时的商店大门已经被虚掩了起来，淡淡的灯光从门缝中投射而出，照耀在萧炎的身上。

站在商店门口，萧炎望着那虚掩的大门，心中忍不住有些感叹：没想到当初自己的一通乱撞，竟然会遇见一名隐居的斗皇强者，这种结果，实在是有些出乎他的意料。

偏过头在人流稀少了许多的街道上扫了扫，萧炎这才悄悄地推开大门，然后钻了进去，并反手将房门紧紧地关了起来。

商铺之内，一枚月光石，散发着淡淡的毫光，温和而不刺眼的光芒，将店铺内照得颇为亮堂。

依然是以前的那般摆设，上次因为战斗而造成的破坏，已经被完美地修复。在那堆满地图的柜台之后，老人正垂首细心地制造着手中的地图，由于过于专心，他并未察觉到悄悄溜进来的萧炎。

商铺之内，还有四人在选购地图，三男一女，四人衣着都颇为华丽，在四人的身后，还恭敬地站立着几名体型颇为壮硕的大汉。萧炎进入时，他们也偏过头回望了一眼，不过当瞧得萧炎那风尘仆仆的神色之后，便又将头转了回去，随意地挑选着面前的地图。

在四人回头的时候，萧炎的目光从他们脸庞上扫过。三位男子模样倒是不错，不过眼中隐隐噙着一抹傲气，让人对他们的印象大打折扣。另外一名女子，穿着一套紧身的红色长裙，模样颇为俏美，身材在红裙的包裹下，也显得玲珑有致，旁边的三位男子偶尔扫向红裙女子那诱人的背影，眼瞳中都会掠过一抹爱慕与垂涎，不过在这抹爱慕之下，似乎也隐藏着对红裙女子的一抹忌惮。

萧炎没有理会这一群行为举止有些怪异的人，目光在老者身上扫了扫，缓缓行至柜台处，随手拿起一卷地图，懒散地翻了翻。

听得地图翻动的声音，老者那在地图之上行云流水般运动的墨笔这才微微顿了顿，不过如同第一次相见时一样，他依然未抬头，只是淡淡地道：“抱歉，本店今天已经休业了，若是需要购买地图，请明日再来吧。”

听得老者这一如既往的冷淡话语，萧炎忍不住摇了摇头，这老家伙……

就在萧炎准备开口之时，两名体型彪悍的大汉忽然阻拦在他面前，手掌紧握着腰间的武器，满脸凶光地盯着他。

“呃？”突然发生的一幕，让萧炎愣了一愣，他啥话都没说，难道又得罪人了？他当下满头雾水地摇了摇头，偏过脑袋，望向对面那似乎在这漠城中颇有些地位的红裙女子。

“冰大师制作地图的时候，不喜欢被打扰，所以，还请你出去一下。”模样俏美的红裙女子，缓缓走上前来，淡淡地道。

女子的声音虽然颇为轻柔，不过不难听出其中的一抹霸道与蛮横。

“难道这些人也知道了他的身份？”瞧得这女子竟然如此替海波东着想，萧炎顿时愣了一愣，心中愕然地道。

相对于萧炎的愕然，红裙女子的心中更是郁闷。她的父亲总是告诉她，这间地图店的老人是一位实力极强的强者，所以，每每有空闲，他便吩咐自己的宝贝女儿来到这里对老人嘘寒问暖，尽力给予他最好的照顾。不过老人似乎对她的照料并不领情，每次她来都是热脸贴着冷屁股，这实在让性子颇为高傲的她难以接受。

虽然一直受到冷遇，不过红裙女子却非常相信自己的父亲，并且在某一次，她也隐隐感受到过老人那不经意间流露出来的强大气息，在那股气息之下，她发现，她竟然只有战栗的份儿……

所以长久以来，虽然老人态度冷淡，不过她却依然对他极为恭敬，那副唯唯诺诺的乖巧模样，令她的同伴们感到不可思议：这乖乖女，还是那曾经将漠城搞得鸡飞狗跳的骄蛮魔女吗？

今天，她一如既往地来到商铺替老人打下手，当然，老人对她的态度，也是一如既往的冷淡，除了来的时候瞟了她一眼之外，之后便将心神投注到了地图之上，再也懒得理会他们。

以红裙女子那骄蛮的性子，被这般对待，心中自然有几分难以言明的怨气，不过这份怨气，她又不可能对着老人发，而此时闯进来的萧炎，似乎正好成了她的出气筒。

没有理会女子那骄蛮的叱喝声，萧炎随意地瞟了她一眼，将手中的地图丢在柜台上，身体微侧，便闪开了两名大汉的防护。

瞧萧炎竟然没有听从她的话语离去，反而得寸进尺地靠了过来，红裙女子柳眉微竖，眸子中掠过一抹危险的光芒，雪白的下巴微微一扬，顿时，周围的几名大汉，便眼露凶光地向萧炎围拢了过来。

红裙女子双臂环在胸前，眸子略微噙着一抹戏谑地盯着萧炎，然而就在她准备看萧炎讨饶之时，萧炎却做了一个让她目瞪口呆的举动。

只见萧炎一手扯过一把地图，然后狠狠地对着那在女子心中地位极为尊贵的老者砸了过去，嘴中还嘟囔道："老家伙，你还给我装冷淡，究竟还想不想炼药来着？"

几卷地图，在即将到达海波东身体之时，却被一股骤然涌现的寒气冻成了极寒的冰块，旋即无力地掉落在了老人身旁。

望着那骤然结为冰块的几卷地图，红裙女子美眸微微放光，这是她再一次看见老人展露出其可怕的实力。

"这不知死活的家伙，竟然敢对冰大师如此无礼，当真是鼠目寸光之辈。"红裙女子目光略微泛着戏谑地盯着萧炎。显然，她并不认为，老人会轻易放过这个胆敢冒犯他的莽撞家伙。

当然，这一切的想法，只是女子的一厢情愿。老人虽然的确如她所想地将心神从地图上移开，不过那犹如寒冰般的干枯脸庞，在目光扫向面前的黑衫少年时，却流露出了极为罕见的笑意，这抹笑意，是在这里恭敬地当了许久下人的红裙女子从未见过的。

“呵呵，小兄弟，你终于回来了，真是让我好等啊。”将手中的墨笔轻轻放下，海波东目光在萧炎身上扫了扫，眼眸中飞速地闪掠过一抹奇异。这才几个月不见，面前的少年，竟然变得强壮了许多，甚至，在少年的身上，海波东似乎还隐隐地察觉到一股让他略微有些恐惧的东西。

“难道是异火？天啊，他真的寻找到异火了？”心中飞速地闪过一个念头，海波东脸庞上浮现出一抹震惊，再度望向萧炎的目光，透着一抹难以言明的情绪。

“没办法，老先生手中有我所需要的东西，自然要赶紧回来。而且这一次路程，若非是有老先生的地图相助，即便我在沙漠中转上一年时间，恐怕也难以到达目的地。”萧炎笑吟吟地道。

“呵呵，各取所需罢了。”海波东笑着摆了摆手，鼻子微微抽了抽，旋即干枯的脸色微微一变，有些愕然地望着萧炎，震惊地道，“你……你和美杜莎女王接触过？”

店铺之中，望着那不仅没有对萧炎出手，反而与他相谈甚欢的海波东，一旁的红裙女子顿时满脸错愕。片刻后，她微微皱了皱柳眉，眼角偷偷地扫过那似乎年纪比她还要小上一些的黑衫少年，心中忍不住有些嫉妒，她在这里帮了海波东这么久的忙，却从未被他如此和善地对待过。

“这家伙……”红裙女子心中愤愤不平地想着，正打算回去让人查探一下萧炎的来历之时，那忽然从海波东口中说出来的话语，却让她当场如遭雷击般僵硬。

不仅是她，那三位年轻人以及几名壮硕的大汉，在海波东脱口而出美杜莎女王之名后，都全身猛地僵住了。在沙漠附近，美杜莎女王的凶名，足以让任何人感到恐惧。当年的大战，这位女王陛下曾经单枪匹马血洗了好几座城池，其凶名几乎达到让婴儿止哭的地步。

“这……这家伙，竟然和美杜莎女王接触过？而且还没死？”店铺之内，一道道泛着震惊以及不可置信的目光盯着那背负巨大黑尺的少年，他们的脑袋有些回不过神来。在沙漠附近的城市中，虽然也有少数与美杜莎女王接触过并且活下来的强者，不过那些人，哪个不是名震一方的超级强者，可面前的这位年龄似乎不足二十的少年……可能吗?

“呵呵，是挺倒霉地和她接触了一下，不过还好，侥幸保住了小命，不然，老先生也见不到我了。”萧炎耸了耸肩，开玩笑道。

“啧啧，了不起，竟然能从那女人手中活着回来，并且似乎毫发无损，当真是英雄出少年啊。我想，这加玛帝国年轻一辈的巅峰人物，恐怕非小兄弟莫属了啊。”闻言，海波东顿时咂了咂嘴，惊叹不已地道。

萧炎淡淡地笑了笑，对于那所谓的巅峰人物，却表现得不置可否。

“哦，呵呵，对了……小兄弟，不知道我托你的事……”搓了搓干枯的手掌，海波东忽然涎着脸笑问道。

“喏，这便是你需要的沙之曼陀罗，这东西可不好找，我也是在蛇人族的圣城之内才侥幸寻见的。”屈指轻弹着纳戒，一株淡黄色的植物，出现在萧炎掌心中。这株植物外形颇为古怪，缠缠绕绕的就犹如一条盘起来的黄色长蛇一般，在植物的顶部位置，便是那高高昂起的“蛇头”，在“蛇头”之上，略微凸出一个拳头大小的瘤子，这瘤子，便是整株植物中的精华所在。

“呵呵，真是劳烦小兄弟了。”海波东惊喜地接过这株植物，咧嘴感谢地笑道。

“各取所需罢了。”萧炎摊了摊手，学着先前海波东的语气笑道。

望着那正旁若无人般交谈的萧炎与海波东，红裙女子俏脸上的骄蛮逐渐收敛了下去。她虽然蛮横，可也不是傻瓜，看那神秘老人对待萧炎的这般态度，以及他们两人间的谈话内容，她心中便清楚，面前这看似比她还要年轻的少年，绝对拥有着与年龄不成正比的恐怖实力。

“天啊，这究竟是从哪里冒出来的怪胎？我怎么从未听说过加玛帝国中出现了一位这种年纪的强者？”红裙女子心中呻吟了一声，俏脸上流露出一抹苦笑。

“冰大师……”红裙女子略微迟疑了下，怯怯地道。

被打断了谈话，海波东眉头微微皱了皱，瞥了红裙女子一眼，淡淡地道：“你回去吧，以后，也不必再来了，和你父亲说一声，他的这些伎俩，实在有些烂。”

听得海波东这般毫不客气的逐客话语，红裙女子微微一愣，眼眶骤然红了起来，贝齿紧咬着红唇。她的本意是想让海波东收她作学生，可海波东这番话一出来，明显断绝了她的希望，当下心中备感委屈，丝丝泪滴将修长的睫毛浸湿了。此时的她，再没有了先前对待萧炎的那份蛮横。

瞧得海波东这般淡漠的态度，萧炎忍不住摇了摇头。这老家伙心倒是挺硬，虽说刚才这女人的蛮横态度也让萧炎对她印象不好，但她毕竟是在替海波东办事，只不过虽然她很努力地想讨得海波东的欢心，可似乎这顽固而冷漠的老头对她依然没有任何的感情。看来，这老家伙的性情，确实有些淡薄啊，日后与他合作，可得小心一点……

“老先生，以你的身份，这样对待一个女子，可有些掉价了哦……”瞧不惯一个女子那梨花带雨的模样，萧炎微微摇着头，把玩着柜台上的一张地图，似是开玩笑地笑道。

闻言，海波东愣了愣，望着萧炎那张笑脸，片刻后，笑着点了点头，手指在指尖上的那枚黄色纳戒上轻抚了抚，一卷卷轴闪现而出，手指弹在卷轴之上，将之射向红裙女子，有些无奈地道：“这是一卷玄阶低级的斗技，看你帮了我这么久，便送给你吧。我知道你想让我收你作学生，可我实在没有那种心思，所以，这便权当是我对你的补偿吧。”

愣愣地接着卷轴，红裙女子紧紧地抿着嘴唇，片刻后，对着萧炎感激地微微弯腰，然后黯淡着俏脸，轻轻地退出了店铺。

店铺内的其他人，也紧随而去。一时间，店铺内便变得空旷了起来。

“呵呵，我这人天生喜欢自由，可不太喜欢教导学生，她跟着我，也没多少前途。”拍了拍萧炎的肩膀，海波东笑着解释道。

微微笑了笑，萧炎对海波东伸出手掌，笑盈盈地道：“老先生，东西我已经给你带回来了，那一份残图，是否也该给我了？”

“呃……”闻言，海波东干笑了笑，搓了搓手掌，讪笑道，“小兄弟，当初我们可是说好了的，只要你帮我将解除封印的丹药炼制出来，我便把最后的残图给你，并且，日后，我也算是欠了你一个人情。”

“也好……”萧炎眼睛盯着海波东片刻，直到他略微有些不自在时，这才无所谓地点了点头，收回手掌，淡笑道，“希望老先生在得到丹药后，不会再扯一些别的借口，我这人虽然脾气好，可也不愿被人当猴子耍。”

“呵呵，小兄弟说哪里话，强者之间的承诺，难道还能有假不成？”讪笑着摇了摇头，海波东拍着胸口，打着包票道，“只要小兄弟能将我所需要的丹药炼制出来，老夫一定不会食言！”

“呵呵，那样自然最好。”笑眯眯地点了点头，萧炎对着海波东扬了扬下巴，微笑道，“既然如此，那我们便开工吧？”

“现在？”海波东一愣，旋即急忙点头，“好，好，请！”说着，他便赶紧推开柜台，将萧炎迎进了后屋之内。

进入屋中，萧炎随意地坐在椅上，目光瞟向海波东，嘴角略微挑起一抹笑意，轻声道：“药方，材料……”

“有时候，我发现你们这些炼药师，还真的让人羡慕……唉，这张破解封印的药方，是我费尽千辛万苦才得到的，如今被你一看，自然又得给它改名换姓……”无奈地从纳戒中将众多炼药材料掏了出来，海波东握着一张泛黄的古朴羊皮纸，脸庞上表现出的肉疼，可不是佯装出来的，为了这张药方，他不知道付出了多少辛苦。

萧炎脸庞上保持着和煦的笑意，心中略微有些发乐。药老早就和他说过，一些能够破解封印的药方，其价值也是难以估计的，虽说残图才是他最想要的东西，不过能够顺便捞一张炼制六品丹药的药方，那自然更是完美。

笑着接过海波东那万分不舍递过来的古朴药方，萧炎的目光在上面一扫，脸庞上的笑意，顿时变得更加灿烂了。

“破厄丹”，三个淡黑色的字，略微有些模糊地绘制在古朴的羊皮纸之上，隐隐地透着一抹古老的气息。

眼眸中泛着笑意，萧炎目光缓缓地在羊皮纸之上扫过，当视线扫过那羊皮纸上面所记载的丹药功效时，脸庞上的笑意更是浓郁了几分。

“丹列六品，具有破解多数封印之奇效，服用后，还能在体内形成一种针对此种封印的抗性，日后，若是再遭遇此种封印，则有可能将之化解。”

“啧啧，真是不错的东西！”来回地扫视了一遍古朴的羊皮纸，萧炎忍不住咂了咂嘴。没想到这东西不仅能够破解封印，而且竟然还能使中了封印的人体，对以前所中的封印增加一些抗性，光是这点，便称得起它六品丹药的名头。

“当然不错，当年为了得到这张药方，付出的代价，我现在想起来都心痛……”眼巴巴地望着萧炎，海波东苦笑道。

“呵呵，不管什么代价，比起能让你恢复斗皇的实力来，那都显得不值一提。”萧炎安慰了一声，旋即当着海波东的面，毫不客气地将这张古朴的药方收进了纳戒之中。

在炼药界，有一些不成文的规定，谁若是想请炼药师出手帮忙炼制一些偏方丹药，那么不仅需要自备药方，同时还必须自备材料。而且，这些药方，还得由炼药师随意处置，即使炼药师要将之据为己有，那也实属正常。

在炼药界，药方的制作，并非是想象中随便拿笔记录一下那般简单，在制作药方的时候，炼药师必须用自己的灵魂之力为墨，然后用笔作牵引，才能顺利地制作出一张合格的药方。

在使用药方的时候，炼药师则需要运用灵魂之力侵入药方中，才能得到药方内隐藏的一些炼药必备的数据资料，比如，所需要药材分量的多少，火候的温和程度等。这些东西，都是炼制丹药时极需要注重的，没有这些资料，不管一名炼药师炼药术再如何出众，也必须经过多次试验，最终才有可能炼制出药方所记载的丹药，不过在试验过程之中，恐怕会损坏许多珍稀的药材，这实在是极为庞大的损失。

所以，虽然海波东得到这张药方已有一段时间，却依然没有办法将丹药炼制出来。瞧得萧炎的举动，海波东忍不住抽搐了一下嘴角，半晌后，只得郁闷地摇了摇头，任由这家伙将自己辛苦得到的东西，毫不费力地收缴了过去。

笑眯眯地收好破厄丹的药方，萧炎将目光放在桌上的大堆药材之上。这些药材，都能算是珍稀之物，其中有几样，若是放在拍卖场中，甚至能够拍卖出不少于五十万金币的高价，然而即使有人出这个价，那也无人愿卖。毕竟，只要稍稍识点货的人，都不会将这些珍稀药草拿出来拍卖，因为指不定哪天遇见一名需要这种药材的炼药师，那才是一桩极为令人满意的交易。

或许是因为害怕失败，海波东所准备的这些药材，大都凑了两三份，满满当当地摆放在桌面之上。

将众多药材细细地检查了一遍，在并未发现有所遗漏之后，萧炎这才微微点了点头，抬头望着正紧紧注视着自己的海波东，微笑道："老先生，我想你也应该知道，炼制丹药这种事，都有一定的失败率。炼制之前，先说句不太好听的话，炼制这六品丹药，我有一定把握，不过却并不敢打包票。所以，若是最后出于一些缘故，导致炼制失败，这责任……"

"我知道，概不负责是吧？你们炼药师都是这样，难道你失败了，我还能把你强行留下来不成？"闻言，海波东摆了摆手，苦笑道。

"呵呵，老先生能理解，那自然是最好。不知能否给我准备一个安静的房间？在我未出来之前，不能让任何人打扰我，包括老先生自己。"萧炎将桌上的一干药材收进纳戒之中，笑道。

"跟我来吧。"海波东点了点头，朝着一处侧门走去，萧炎紧跟其后。

进入侧门，一条走廊现了出来，走廊中光线略微偏暗，萧炎跟着海波东行走了一段距离，然后停在走廊尽头的一处房门之外。

推开房门，淡淡的灯光照射而出，房间之内，或许是经常打扫的缘故，看上去颇为整洁，用来作炼药时暂时停留的地方，倒也还不错。

走进房间，萧炎四下望了望，笑着点了点头。

“小兄弟，这里还行吧？”海波东笑着问，瞧得萧炎点头后，这才继续道，“既然如此，那便请小兄弟在此处炼制丹药吧，我会守在走廊外面，这段时间，你会得到所需要的安静氛围，绝对不会有人打扰你。”

“嗯。”萧炎微笑着点了点头，望着那退出去的海波东，双手轻轻地将房门反扣上，转身望着这处房间，并没有立刻动手，而是缓缓地踱着步子将整个房间走了个遍，任何细小的角落，都被他严格地检查了一遍。好半晌之后，检查完毕的萧炎这才来到房间中央位置处的桌旁，手指弹了弹戒指，在心中轻声问道：“老师，这里没问题吧？”

“嗯，我检查过了，看来那家伙并未在这里耍什么花招。”药老的声音带着笑意响起。

闻言，萧炎点了点头，笑道：“既然如此，老师，该您动手了。”说着，萧炎手指轻抚着纳戒，顿时，先前的那一堆材料，便再度堆满了桌子。

“唉……就知道你会找我这把老骨头做苦力。”只见戒指微微一颤，药老缓缓地飘荡而出，望着桌上的众多材料，无奈地摇了摇头。

“嘿嘿，我倒是想自己动手，可这六品丹药，就算我如今有异火，也不可能将之炼制出来啊。”萧炎摊了摊手，无辜地笑道。

对于萧炎这话，药老只得翻了翻白眼，哀叹了一声，落在桌子旁，随意地拨弄了一下上面的药材，然后手掌对着萧炎扬了扬，顿时，那套在萧炎手指上的黑色古朴戒指，便落在了药老手中。

将黑色戒指小心翼翼地放在手中，药老屈指一弹，一座足有桌面大小的纯黑色药鼎，兀地闪现而出。

黑色的药鼎，体型颇为壮硕，鼎身上下隐隐缭绕着一股沉稳的气息。药鼎表面还绘制着栩栩如生的火焰图腾，药鼎缓缓旋转间，这些火焰图腾，竟然也犹如实物一般在燃烧。隐约间，萧炎甚至能够察觉到，淡淡的火焰能量，正在药鼎周围凝聚着。

“好鼎！”双眼放光地望着这尊气势不凡的黑色药鼎，萧炎忍不住赞叹了一声，自己所用的药鼎与药老这尊相比起来，无疑极为寒碜。而且，这黑色药鼎，明显不只是外表华丽，从它周围自动凝聚的火焰能量来看，很显然对炼药有着颇大的促进作用。

“药鼎，是炼药师手中最重要的东西，一尊好的药鼎，能够大幅度地提升炼丹的成功率。我这尊药鼎，名字倒是颇为霸气，别人称之为‘黑魔’……呵呵，当年为了得到它，我可是花了大代价啊。”望着那悬浮在半空的黑色药鼎，药老颇有些感叹地笑道。

“黑魔？果然够霸气啊……”萧炎啧啧地咂着嘴，赞叹地摇了摇头。并未太多与炼药界接触的他，自然不知道这个名字，但他了解，对于一名炼药师，好鼎拥有着何种狂热的吸引力。

与异火榜相同，在炼药界，也同样有一个天鼎榜，顾名思义，鼎榜之中所记载的，便是那些极其完美的药鼎。榜单之中，共有十三鼎，这其中的每一尊药鼎，都有着让无数炼药师趋之若鹜的魔力。而在那鼎榜之中，排名第八位的天鼎，便号称“黑魔”。

瞧得萧炎那惊叹的模样，药老也笑了笑，不过他并未开口说明面前这黑鼎的来历。他手掌微微抖动，森白色的火焰，迅速缭绕上了掌心，他接着缓缓地将手掌贴向黑鼎的一处菱形火口之处，屈指轻弹，森白火焰，便在鼎内缭绕而起。

“呵呵，看来老师对这次的炼药也颇为重视啊，不然也不会将自己的药鼎都拿了出来。”望着黑鼎内腾起的火焰，萧炎笑道。以前药老炼丹，都是直接在掌心炼制。

“六品丹药炼制的失败率不低，而且如今我也只是灵魂状态，实力不如以前，炼制这种丹药，自然需要药鼎的辅助。”药老淡淡地道。手掌在桌面之上急速挥动着，一株株药材被他抓进手中，然后全部一股脑地丢进了药鼎之内。

药老脸色淡然，此时干枯的手掌已离开药鼎，犹如穿花摘叶一般，急速地挥动着，而随着他指尖的弹动，黑鼎之内，炽热的森白色火焰，极其顺从地化为十几簇细小的火焰，将那些投注而进的药材包裹进去。

望着药老那行云流水一般的动作，萧炎满脸艳羡：自己啥时候能达到这般出神入化的地步啊……

感叹了一声，萧炎安静地坐在一旁的椅子上，细心地观察着药老的炼制。药老这种级别，几乎是任何一点细微的步骤，都能给萧炎带来一种豁然开朗的感觉。

安静的密室之中，森白火焰妖娆而舞，淡淡的药香，弥漫其中……

第三章
破解封印

或许是头一次炼制破厄丹的缘故，所以即便药老的炼药术颇为不凡，也依然因为药份的配制失调，导致炼制失败。

可药老并未因此有什么异样的心情，炼药失败，这在炼药界，几乎正常得犹如吃饭喝水一般，即使他精通炼药术，也不可能保证自己炼制任何丹药都能保持百分之百的成功率。

第一次虽失败，但好在只是损失了一小部分的药材，并不会影响后面的炼制。而随着药老再次生火炼丹，有了一次热手经验的他，有条不紊地将所有的炼药步骤完美地完成了。

整洁的房间之中，黑色的药鼎在半空中缓缓地旋转着，森白色的火焰在其中剧烈地翻腾，而随着黑鼎的旋转，其周围的空间，也不断地发出一圈圈连绵不断的细小能量波纹。这些能量波纹以药鼎为中心，呈圆形，逐渐地向着四面八方扩散而出，在即将碰触到墙壁之时，悄悄湮灭而散。

火焰翻腾的药鼎之内，一枚拇指大小的淡紫色丹药雏形，在火焰的烧制中，缓缓地滋长着。在某一刻，一股深紫色的丹香，忽然从鼎中散发而出，弥漫在房间之内，久久不散。

“要成丹了么？”嗅着那紫色的丹香，萧炎揉了揉有些疲倦的眼睛，振奋精神笑问道。上次亲眼见过药老炼制五品丹药，所以他也知道，丹香飘溢，基本便是高级丹药成形之前的预兆。

“嗯，这破厄丹药效虽然有些奇异，不过炼制难度并不算很困难，加上有黑魔相助，这炼制时间起码节省了大半。”药老笑着点了点头，道。

“呵呵，难怪，上次炼制血莲丹时，可是用去了两天多时间，这次炼制六品丹药，居然只用了一天而已，看来老师的这尊药鼎，还真是不凡啊。”萧炎笑道，目光带着些许惊讶地打量着半空中的黑色药鼎。一般的药鼎，虽说对于炼药师有增速效果，不过那效果却是颇为细微的，需要炼制一天的丹药，能够节省两个小时左右炼制时间的药鼎，便能够称得上是鼎中上品了，而以前萧炎所使用的那尊暗红色药鼎，则至多能节省一个小时左右的炼制时间。两相比较，萧炎自然越发地感觉到这尊黑色药鼎的不凡。

药老笑眯眯地点了点头，干枯的手掌一握一松之间，药鼎之内的森白火焰，又浓郁了不少。

“老师，别忘记下辅料哦……”望着那逐渐变得圆滑起来的丹药雏形，萧炎干咳了一声，赶忙提醒道。

“知道。”白了萧炎一眼，药老微微点了点头，左手翻转，森白色的火焰猛然浮现，然后开始了急速压缩，片刻之后，那团足有人头大小的森白火焰，竟然便不足拇指大小了。

被压缩到了这般地步的骨灵冷火，已经脱离了火焰的本质，反而变化成一枚细小的白色结晶体，一眼望上去，晶体之内，似乎还隐隐地翻腾着妖异的森白火焰。

将白色晶体捏在指尖，药老屈指轻弹，顿时，晶体化为一抹白光，射进了药鼎，然后径直钻进了那即将成形的丹药雏形之中。

晶体进入丹药，便猛然化为点点极其细微的白芒，分散地侵进丹药的各个部分。

望着丹药雏形上逐渐复原的小孔，药老微微点了点头，略微沉寂之后，手掌一挥，药鼎之内，森白火焰猛然暴涌而起，转瞬间，便把那枚紫色的丹药雏形完全包裹其中，开始了最后一轮的猛烈焚烧。

森白火焰只升腾了眨眼时间，便飞快地湮灭了下去。而随着火焰的湮灭，一枚拇指大小、通体淡紫、散发着淡淡光泽的圆润丹药，便滴溜溜旋转着，出现在药鼎之内。

在紫色丹药出现的那一霎，一股凶猛的能量涟漪波动，猛地自丹药之内暴涌而出。这股能量涟漪在经过黑鼎之时，虽然被拦截了一部分，不过其余的，依然渗透出来，然后狠狠地向着四面八方暴冲而去。看这架势，若是任由其扩散，这处房间，必将立刻崩塌。

淡淡地瞟了一眼那急速扩散的能量涟漪，药老干枯的手掌随意地挥动，一股无形的灵魂力量，眨眼间便在房间之内形成了一个透明的能量罩。

能量涟漪在接触到能量罩时，两者互相碰撞，顿时，那无形的能量罩之上，便犹如被投下一块大石的湖面一般，开始涌现一波波的能量涟漪。

涟漪逐渐由剧烈转化为细微，片刻后，终于完全消散。

当最后一道能量涟漪消散之后，药老这才将能量罩撤去，手掌对着黑鼎一招，那枚淡紫色的丹药，便被黑鼎喷吐而出，乖乖地落在了药老掌心。

握着这枚淡紫色的丹药，药老来回地翻看了一下，微微点了点头，淡淡地评价了一声“不错”后，将之随意地丢向一旁的萧炎。

接过丹药，萧炎好奇地打量着手中的这枚紫色丹药，这可是他第一次看见六品等级的丹药。

这枚丹药表面呈淡紫色，通体浑圆而富有光泽，并且，在丹药表面之上，似乎还隐隐地勾画着一种并非人为制造的奇异纹路，这些纹路曲曲绕绕，犹如一幅别有深意的特殊图画一般。近距离地观察这枚破厄丹，萧炎还能够模糊地感觉到其中所蕴含的奇异力量，或许，这便是能够破解封印的主要成分吧。

“丹药之中，被我加了些许骨灵冷火的特殊冰体。这种结晶体，若是被人吞噬，会深深地潜伏在人体之内，平日绝不会有半点异动，不过若是由拥有骨灵冷火的我催动的话，这些冰体会迅速转化为破坏力极强的骨灵冷火，到时候，对方若是还打什么歪主意，恐怕就得吃大苦头了。”药老将黑鼎收回漆黑的戒指，偏过头来，对着萧炎笑道。

“不会被他发现吧？”把玩着破厄丹，萧炎谨慎地问道。

“应该不会，不过……我也不能保证，毕竟世上没有什么绝对的事情，我只能保证，它被发现的几率很小。”药老摇了摇头，笑道。

微微点了点头，萧炎从纳戒中取出一个品质不差的玉瓶，将破厄丹小心翼翼地装入其中，然后目光瞟向桌上还剩余的那一大堆药材，嘴角一咧，毫不客气地把这些珍稀药草全部扫进了纳戒之中。

“嘿嘿，就当作是炼丹的额外报酬吧。”对于这些至少能卖出上百万高价的珍稀药材，萧炎可没有打算将之返还给海波东。

“终于搞定了！”将一切东西收好，萧炎满意地拍了拍纳戒，对药老笑道，“嘿嘿，现在就看外面那家伙究竟会不会信守承诺了。”

“希望他不会让我们失望吧。”药老轻笑了笑，身躯微晃，旋即化为一抹流光钻进黑色戒指之中。

将悬浮在身前的黑色戒指套上手指，萧炎抛了抛手中的玉瓶，整理好衣衫，然后向房间之外行去。

光线略微有些昏暗的走廊上，海波东背靠在墙壁之上，苍老的面庞虽然看上去颇为平静，不过那在墙壁上不断敲打的手指，却显示出他此时心中是如何的紧张与焦躁。

感受着时间的缓缓流逝，海波东回头望了一眼走廊尽头紧闭的房间，眉头忍不住地皱了皱，片刻后，叹了一口气。炼制破厄丹的材料并不好找，他足足花费了几年时间，方才凑齐这些药材，若是萧炎炼制失败的话，那他想要恢复实力的愿望，恐怕又得向后延迟了……

搓了搓手掌，海波东平静的脸庞上终于开始流露出些许担忧，低声喃喃道："难道失败了吗？唉，看来我还是有些莽撞了啊，那家伙的实力虽然让我有些看不透，可毕竟年纪太小了啊……就算他从娘胎里就开始修炼炼药术，那也不过十几年时间啊……十多年时间，能在炼药术上有多大的造诣？"

拳头与手掌重重地砸在一起，海波东的脸色一阵变幻，片刻后，颓丧地摇了摇头，苦笑道："到了现在，也只能希望那家伙能带来一些奇迹吧，毕竟，他可拥有那种极为恐怖的异火啊。"

时间一分一秒地过去，走廊之上的气氛，也逐渐萦绕上了一抹急躁。

海波东的手指在墙壁之上急躁地点动着，某一刹那，手指之上，斗气猛地缭绕而上，在狠狠点下之时，竟然将墙壁穿了一个孔洞出来。

"去看看！"干枯的脸庞抽搐着，海波东终于忍耐不住这种等待的煎熬，狠狠地吸了一口气，豁然转过身来，欲走进走廊。

海波东转身的刹那，其身体猛地僵硬，脸庞泛着惊愕，愣愣地望着那走廊之内倚靠着墙壁笑吟吟望着他的黑衫少年。片刻后，他才咽了一口唾沫，急忙向前走了几步，急切地问道："小兄弟，成功了吗？"

萧炎摊了摊手，朝着那满脸急切的海波东缓缓走来，手掌轻挥了挥，便将一个玉瓶丢向了海波东："比较好运，勉强成功了吧。"

望着那被抛过来的玉瓶，海波东几乎是手脚并用，极其狼狈，犹如接着自己儿子一般，小心翼翼地捧在双手中。望着玉瓶内的那枚紫色丹药，苍老的脸庞之上，涌上了一抹狂喜以及震撼。

狂喜，自然是因为自己如愿以偿地得到了这破厄丹；震撼，则是他依然有些难以相信，在短短一天时间内，面前这看似不过二十的小家伙，居然便将这即使是丹王古河也难以炼制出来的六品丹药给完美地弄了出来。

"深藏不露！"在这一刻，海波东心中，浮出了对萧炎的一句评价之语。

望着那满脸狂喜地紧握着玉瓶的海波东，萧炎轻笑了笑，道：“海老先生，东西，我已经给你顺利炼制出来了，那残图……”

闻言，海波东微微一愣，旋即快速将自己从狂喜情绪中拉了回来，舔了舔嘴唇，眼珠转了转，脸庞上略微露出一抹尴尬，道：“这个，小兄弟……”

“叫我萧炎吧。”瞧着海波东这副模样，萧炎眉头微微皱了皱，淡淡地道。

“呵呵，好，萧炎小兄弟。”海波东连忙点点头，冲着萧炎扬了扬手中的玉瓶，讪笑道，“小兄弟，别怪老夫多事……不是老夫我不相信你，主要是我也没有见过破厄丹具体是什么模样，只是从药方上面知道它呈紫色，所以……不知萧炎小兄弟能否让我将丹药服下后，测试一下它是否真能助我破解封印？呵呵，如果封印真的能够破解的话，老夫定然会立刻将残图奉上，并且向小兄弟道歉！”

“老先生，你这般不断地找借口拖延，可没有曾经身为加玛帝国十大强者之一的风度哦。”萧炎修长的指尖轻轻地弹落袖口上的一道灰尘，面无表情地道，“小子我是倾尽全力地帮助老先生……可你的所为，却是有些让我寒心啊。”

“唉，萧炎小兄弟，当初我们的确说好了只要你帮我炼制出破厄丹，我便将残图交与你……可，可你总得让我验证一下这丹药的真假吧？说句讨嫌的话，若是你随便拿一枚其他丹药来充数，我若不检查……那不是吃大亏了？”海波东一张脸皮倒是比萧炎想象中的要厚上许多，苦笑的模样，倒像他才是最大的苦主。

望着那苦着脸的海波东，萧炎眉头紧皱着，淡淡地说道：“老先生，我得提醒你一点，这破厄丹的药方，是你给我的，我也是完全按照上面所说炼制丹药，可这丹药究竟是否有破解封印的效果，那就只有鬼知道了……”

“所以，若你服下破厄丹后，因为你药方的问题，封印依然没有解开，那岂不是还得怪在我的头上？那我这般千里迢迢地赶赴沙漠，并且冒着被美杜莎女王击杀的危险，替你寻找沙之曼陀罗，还花费偌大精力炼制丹药的苦劳，都得被无视了？”萧炎十指交叉在身前，低声冷笑道：“我做了这么多，得到的，仅仅是一个残图以及一位斗皇强者口头上的人情，你说，我是亏了，还是赚了？”

“呃……”闻言，海波东脸庞略微有些尴尬，片刻后，方才干笑道，“老夫也知道我的要求的确有点过分，不过萧炎小兄弟请放心，我自然是不可能做出这种忘恩负义的事情的。这样吧，不说立即解除封印，只要这破厄丹能够产生丁点效果，那我都不会食言……而且，这破厄丹可是萧炎小兄弟亲自炼制出来的丹药，难道你对它还没有信心吗？呵呵。”

“呼……”深吐了一口气，萧炎抬眼望着那干笑的海波东，眉头紧皱着，好半晌后，方才有些不愉快地挥了挥手，淡淡地道，“就依你吧，提醒老先生一句，这是我最后的忍让了。”

“呵呵，多谢萧炎小兄弟谅解老夫的难处啊。”听得萧炎答应，海波东脸庞上顿时浮现出愉悦的笑意，将玉瓶小心地收进纳戒之中，然后对着萧炎道，“小兄弟，跟我去地下室吧，如果待会儿真的破解了封印，这地下室能保证气息不外泄，同时也能避免一些不必要的麻烦。”

萧炎点了点头，连话都懒得与他多说，冷着一张脸，对着他扬了扬下巴，示意海波东带路。

瞧得萧炎的脸色，海波东也知道他此刻心中很是不爽，当下只得讪笑了一声，然后赶紧闷头在前面带路。

跟在海波东身后，萧炎望着前方那步伐轻快的苍老背影，沉默了一会儿之后，面无表情的脸庞上忽然掀起一抹淡淡的冷笑，袖袍之中的拳头微微紧了紧，修长的指尖上，一缕青色火焰，调皮地跳跃着……

抿了抿嘴唇，萧炎微眯着眼眸，在心中喃喃道：“老家伙，希望你真的不会让我失望吧，不然的话，管你是不是什么曾经的冰皇，今日都得让你后悔莫及！”

走廊虽然并不大，不过那曲折回绕的程度，却是有些出乎人的意料。一路紧跟着海波东在走廊之内拐了几拐，周围千篇一律的环境，让人略微有种疲倦的感觉，不过好在萧炎定力不错，所以还不至于感到太难以忍受，只是心中略微感到有些压抑罢了。

走廊之中，光线并不强烈，每隔十多米距离，方才有一盏散发着淡淡光芒的灯。在这种昏暗的环境中，两人都保持着沉默，只有那脚步的轻微声响，在长长的走廊之中缓缓地回荡着，经久不息，听上去，让人隐隐有种毛骨悚然的感觉。

走廊虽然呈直线，但萧炎能够感受到，他们似乎正在走着下坡路。在这般沉闷地行走了将近二十分钟后，前面的海波东，忽然停下了脚步，转过头来，对萧炎笑道："到了。"

跳过海波东，萧炎的目光在前面扫了扫，只见在那淡淡的灯光照耀下，一扇厚实的铁门，出现在了视线尽头。铁门深沉而黝黑，透着一股厚实之感。

望着铁门，海波东的脚步明显快了一些，片刻后，来到门前，手掌扳动了一下门前的一尊黑铁狮子头，顿时，随着一阵咔嚓声响，铁门自动地缓缓打开，一道明亮的光芒，从中透射了出来。

"请！"海波东对着萧炎虚扬了扬手，笑着率先走进去。

萧炎站在门口略微迟疑了一下，目光在大门周围扫了扫，旋即也踏入地下室之中。

进入地下室，周围的温度骤然间降低了许多，淡淡的冷意缭绕在周身。萧炎四下望了望，有些愕然地发现，这地下室竟然是一处地下冰窟，在冰窟的天花板以及四周厚厚的墙壁之上，都挂着雪白的冰，头顶之上，一道道尖锐的冰凌，犹如锋利的长剑一般，倒悬在天花板上。

淡淡的寒雾散发而出，缭绕在地下室之内，经年不散。这种略微有些庞大的地下室，不知道花费了海波东多少时间与精力去修建。

"呵呵，我所修炼的斗气功法偏阴寒，所以在这种地方修炼，效果要更好一些。而且这里距离地面有一段距离，结的冰和泥土能够将这里的气息掩盖，这样不会被别的强者所察觉。"似是清楚萧炎心中的疑惑，走在前面的海波东笑着解释道。

"嗯。"萧炎微微点了点头，也不客气，在地下室中央位置的一张椅上坐下，抬头望向海波东，平静地道，“搞快点吧，我不太喜欢这里的环境。”

“呵呵，好。”

海波东笑着点了点头，将破厄丹从纳戒之中取出，放在手心细细地翻看着，那副小心翼翼的模样，再次让萧炎眉头皱了皱。

检查了半晌，在并未发现有异样的地方之后，海波东这才轻轻地松了一口气。此时的他，也学聪明了点，知道自己刚才的那番举动，肯定又让萧炎大生不满，所以他也干脆没有偏头去看萧炎的难看脸色，脚尖在地面轻点，身躯闪掠上一处完全由寒冰所凝聚而成的坐台，在坐台上盘腿而坐，然后将手中的破厄丹塞进了嘴中，喉咙微微滚动，将之吞进了肚内。

坐在椅上，萧炎垂头剔着手指，在海波东将破厄丹吞下的刹那，他垂下的脸庞上，忽然浮起一抹有些幸灾乐祸的淡淡笑容。

冰冷的地下室中，随着海波东逐渐进入修炼状态，气氛逐渐变得沉寂了下来。萧炎只顾坐在椅上目不转睛地盯着自己的手掌看，似乎一点也不关心海波东破解封印的进展是否顺利。

安静的氛围持续了半个小时左右，突然一圈凶猛的能量涟漪扩散而出，将这股宁静打破。

冰台之上，一直陷入沉寂的海波东，此时身体忽然剧烈地颤抖了起来，一股股凶猛的能量涟漪，从其体内急速扩散而出，能量涟漪所过之处，周围的桌子、冰柱，皆噼里啪啦地被崩碎了。

萧炎缓缓抬起头，望着那急速而来的能量涟漪，心随意动，淡青色的火焰斗气纱衣，迅速在身体表面浮现，炽热的青色火焰，将那些扩散而来的能量涟漪，尽数焚烧成一片虚无。

冰台之上的海波东，似乎并未察觉到他所造成的破坏，身体剧烈地颤抖了一会儿，那苍老的脸庞上，忽然猛地紧绷了起来，额头处的位置，幽青色的诡异能量急速地凝聚着，片刻后，竟然形成了一条幽青的细小能量蛇纹。蛇纹盘旋在海波东的额头之上，将他体内那澎湃的斗气死死地封印住。

在蛇纹浮现的刹那，海波东的脖颈位置，淡紫色的能量缓缓地缭绕而上，仅仅是眨眼时间，便开始与幽青小蛇接触。

两股凶猛能量的接触，又造成了一波波能量涟漪的出现。

紫色能量与幽青蛇纹，在海波东的额头位置，一上一下地不断僵持着。两种能量所释放出来的淡淡光芒，将海波东的脸庞映射得颇为诡异，再加上两种能量在脑部这种重要位置争夺，所制造出来的剧烈疼痛，也让海波东的脸庞略微有些扭曲，这般看上去，竟然隐隐有股狰狞的味道。

萧炎十指交叉在身前，抬起头，紧紧地盯着那脸庞散发着两色光芒的海波东，心头也略微有些好奇：这所谓的破厄丹，究竟是否有将美杜莎女王所设置的封印破解的能量？

紫色与青色两道能量，在海波东的脸庞上这般上上下下地僵持着，不过当僵持时间过了将近半小时之后，那幽青蛇纹，终于略微暗淡了几分。显然，这所谓的破厄丹，还真的有着克制这种封印的奇效。

“啧啧，这破厄丹真的挺不错啊！日后若是有机会，也得给自己备上一些，不然万一哪天被人给封印了，也有法子破解。”望着那在紫色光芒中越来越暗淡的蛇纹，萧炎眸子微亮，轻笑道。

“小心点，那家伙的封印要被破解了。”药老的提醒声，忽然在萧炎心中响起。

微微点了点头，萧炎体内斗气开始缓缓流淌，随时准备应对一切突发的变故。

紫色能量借助着克制之效，缓缓地驱逐着蛇纹所占据的地盘，在将后者逐渐驱赶至海波东额头之顶时，紫色能量猛地暴涌而上，一股凶猛的劲气，竟然生生地将那道蛇纹挤出了海波东的脑袋。

蛇纹刚刚脱离海波东的脑袋，便是一阵剧颤，旋即化为一阵青烟，袅袅消散。在蛇纹离体的那一霎，海波东紧闭的眼眸猛地睁开，精光自眸子中犹如实质一般暴射而出，一股凶悍气势，犹如睡狮初醒一般，从那被深深压抑了几十年的身体内部暴涌出来。

在这股强悍的气势之下，地下室之内的冰晶层，竟然都开始龟裂。

“哈哈，这该死的封印终于滚蛋了！老夫又成为斗皇了！”脚掌踏在冰台之上，海波东的身体闪电般地悬浮在了半空之中，脸上尽是狂喜，仰头放声狂笑。

剧烈的声波，被斗气所携带着，将周围龟裂的冰层，震得轰的一声，爆裂了下来。

狂笑了好半晌，半空中的海波东，猛然将那泛着精光的视线，投在了下方坐在椅上动也不动的萧炎身上，浑浊的老眼，微微眯起……

似是察觉到半空中射来的凌厉目光，萧炎嘴角微掀，缓缓抬起头来，脸庞平静得犹如一潭深不见底的井水一般，淡淡地凝望着半空中那位恢复了实力的斗皇强者。

半空之中，两人目光交织，隐隐地迸射着些许寒意。

第四章

石漠城之变

两人的目光交织在半空，彼此都释放出些许莫名的意味，淡淡的寒意缭绕在半空，气氛忽然间变得紧绷了起来。

萧炎漆黑的眸子平静地注视着半空上那随着实力的恢复，似乎也变得更加凌厉以及霸道的海波东，身子微微后倾，轻靠着椅背，十指交叉着放在身前，平淡如古井般的神情，并没有因为地下室中那股凶悍的斗皇气势而有丝毫变化。

半空中，海波东目光泛着些许凌厉，紧紧地盯着下方的黑衫少年，掌心之中，淡淡的寒气萦绕着。随着实力的恢复，海波东那被压抑了几十年的情绪，终于再度缓缓地舒发而出。当年的冰皇，冷漠而霸道，没有谁敢从他的手中强行取走任何东西，而萧炎，却打破了他的禁忌。

以前因为封印以及看不透萧炎的实力，海波东并未表现出任何一点敌意，不过如今封印破解，当年那叱咤风云的冰皇终于再度归来，突如其来的暴涨实力，也让海波东心中忽然悄悄地开始冒出了想要将残图完全占为己有的念头。

虽然海波东并不知道这些残图究竟有什么作用，不过他依稀能够感到，这些残图所隐藏的秘密，绝对不会小……毕竟当年这些残图，可是连美杜莎女王那种级别的强者，都被吸引得不远万里追杀了过来啊。

身体悬浮在半空之上，海波东周身萦绕着冰冷的寒气，眼睛盯着满脸平静的萧炎，少年这副沉默并且有些显得高深莫测的态度，终于让自信心高度膨胀的海波东略微清醒了一些。

眼睛虚眯成一条细小的缝隙，海波东回想起几个月前与萧炎的那场大战，脸庞微微变得凝重了起来。而当脑海中闪过当日少年所操控的奇异森白火焰之后，一股寒意忽然毫无预兆地从海波东心中浮现了出来，当初在与那森白火焰接触后，海波东对它的恐怖程度了解颇深。

随着海波东心中寒意的升腾而起，他的身体也轻微地打了一个哆嗦，脸庞上的冷意逐渐消融，一抹看似柔和的笑容，又挂在了那略微僵硬的苍老面庞上。

在经过反复沉思之后，海波东那因为实力暴涨而过度澎湃的自信心，终于在理智的压迫下，逐渐地消退下去。他模糊地计算了一下，略微有些心悸地发现，即使现在的他已经逐渐恢复了以往的实力，却依然不是少年的对手……

感应着萧炎的气息，虽然明明只是斗师强度，不过曾经与他交过手的海波东知道，谁若是真的把面前的少年当作是一名斗师来对付的话，恐怕将会得到血的教训。

“暂时还不宜与其为敌。”心中闪过一道念头，海波东那苍老的脸庞之上，涌上点点柔和的笑意，对萧炎貌似和善地笑着点了点头，周身所萦绕的寒气，也缓缓地收敛入体。

萧炎的眸子略微噙着些许戏谑地望着半空上那在经过一番沉思后，忽然主动收起了凌厉气势，并且开始表达善意的海波东。他把玩着手指上的纳戒，玩味十足地笑道：“海老先生，我还以为您如今恢复了实力，打算出尔反尔对小子出手了呢……刚才您的那副模样，可实在是让人有些害怕啊。”

“呵呵，萧炎小兄弟说的哪里话，老夫怎会忘记你对我的帮助？那种忘恩负义的事情，我海波东可做不来。”海波东连忙摆了摆手，缓缓落下地来，对萧炎笑着解释道，“实在抱歉，刚才由于忽然恢复了实力，所以一时间难以掌控气势，让小兄弟受惊了。”

萧炎笑了笑，坐在椅子上，修长的手掌轻拍了拍袖袍，略带着些许惋惜地轻笑道：“真是有些可惜了，小子本来打算领教一下曾经叱咤加玛帝国的冰皇的真实实力，现在看来，似乎没有这种机会了啊，可惜了……”

闻言，海波东眼角不可察觉地轻微挑了挑，尖锐的目光死死地盯着萧炎那不似说笑的面孔，片刻后，笑了一声，快速地移开了目光，同时在心中暗自庆幸，看这家伙的表现，似乎对恢复了实力之后的自己并没有太大的忌惮啊……还好刚才没有撕破脸皮，不然真打起来，谁胜谁败，还真是不好说。而且，得罪一名能够炼制六品丹药的炼药师，是一件极不明智的事情。若是自己有当场将之击杀的本事，那倒还好说，可一旦让对方跑了，那么日后，自己的麻烦恐怕将会接连不断，对于高阶炼药师的号召力之强，见多识广的海波东比萧炎要清楚得多。

“呵呵，萧炎小兄弟说的哪里话，我这把老骨头，可没有你们这些年轻人那般有活力。”海波东干笑着摆手道。

萧炎不置可否地笑了笑，缓缓从椅子上坐起，伸出手掌，目光紧紧地注视着面前的老者，淡笑道：“老先生，封印如今已解，我的任务也算是彻底地完成了。那份残图……”

“残图”两字入耳，海波东干枯的脸皮微微抽了抽。不过此时他倒并没再找其他的借口，因为他已经能够清楚地感觉到，在自己沉默的这一会儿，面前少年体内，斗气已经开始汹涌地流淌，那对漆黑的眸子之中，冰冷的寒意也逐渐地萦绕着，显然，若是此时他再说半句推迟的话语，那面前的少年恐怕就将立刻翻脸动手。

海波东苦笑着叹息了一声，手指在纳戒上摸了摸，一小块模样极其古老的泛黄皮纸，便闪现在手掌之中。极为不舍地轻抚着这小块古老残图，海波东叹道：“我制作了几十年地图，可从未见过如此复杂的地图。在得到它之后不久，我曾经想照着这份残图复制一份，不过最后所绘制出来的地图，却是极诡异且与原图大不相同，如此试验了好几次，也只得放弃这门心思。我想，这或许和地图的残缺有些关系吧。”

萧炎目光紧紧地盯着那块残图，瞟了一眼海波东的脸色，虽然他能模糊地知道一些原因，却并未出口替海波东解答这些疑惑。当初在魔兽山脉中得到第一份残图后，药老便发现，在这残图之上，隐藏着极为庞大的灵魂力量，这种灵魂力量极为隐晦，若非炼药师这种精神力远超常人的人，一般人极难将之察觉。这些灵魂力量，并不会直接对人产生什么伤害，不过若是有谁打算复制地图的路线以及纹路的话，那么这些灵魂力量，便会不知不觉间侵蚀他的神智，最后让他所绘制出来的地图，几乎与原图完全不同……

海波东恋恋不舍地摸着残图好半晌，这才郁闷地摇了摇头，将之递向萧炎，苦笑道："唉，拿去吧。以我的经验来看，这些残图应该是被分成了好些份，我手里也只握着这么一份，倒也没有大用。并且，想要在偌大的大陆上，寻找出其他残图，无疑是大海捞针。"

萧炎笑了笑，伸手接过这块触感颇为柔滑的残图，上下打量了一番，一股淡淡的沧桑以及古老的韵味迎面扑来，看来，这残图所经历的岁月恐怕不短。

握着这一小份残图，萧炎又从纳戒中将上次从海波东手中拿走的另外一小份取了出来，然后微微拼凑，在发现两者衔接处并无丝毫缝隙之后，这才松了一口气。

"嘿嘿，萧炎小兄弟，你似乎对这些残图很有兴趣？"望着萧炎的模样，海波东眼珠转了转，嘿嘿笑着问道。

"我对所有稀奇古怪的东西，都有不小的兴趣。"萧炎微微一笑，回答得颇为含糊。

"小兄弟，我手中的残图现在已经全部到了你口袋里，嘿嘿……不知道能否告诉我一下，这东西究竟有什么作用？凑齐残图后，能得到什么？"搓了搓手，海波东依然有些忍不住心中的好奇，开口讪笑着问道。

"海老先生，我以前就与你说过，除了那次在拍卖会上见过一次这种残图之外，这还是我第一次将残图弄到手，所以，它究竟隐藏着什么东西，我也不太清楚。"萧炎摊了摊手，笑吟吟地道。

闻言，海波东嘴角一咧，附和着笑了两声，心中却嘀咕道："你不知道？你不知道那才有鬼了，只有傻瓜才会为了一块不知底细的残图，冒着生命危险进入沙漠，看你这精明的模样，像是傻瓜吗？”

海波东心中也明白，萧炎并不想将残图的秘密与他共享，当下，也只得无奈地摇了摇头。毕竟现在残图都已经到了萧炎手中，想要强抢又不可能，所以，他只能强行将心中的好奇给掐灭了。

萧炎将残图小心翼翼地放进一个精致的盒子，然后装进纳戒之中，心中略微松了一口气：这东西，几经周折，终于到手了啊。

“海老先生，如今你的实力已经恢复，应该不会继续留在这里当你的商铺老板了吧？”萧炎双手插进袖中，冲着海波东笑道。

“当初留在这里，主要是想研究残图，也想寻找破解封印的办法，如今封印已解，自然是没有理由继续留在这里。”海波东点了点头，瞥了一眼笑意盈盈的萧炎，不由得道，“你有事？”

“呵呵，的确是有些事，想请海老先生帮一些忙。”萧炎袖袍中的十指轻轻弹动着，轻声笑道。

“嘿嘿，你这么快便想将一名斗皇强者的人情给用上了？”海波东嘿嘿一笑，道，“我说过，你帮了我一次，所以我欠了你一次人情，不过你现在若是想要我帮忙的话，那么这人情债就得抵销了。”

“我相信，海老先生以后或许会欠我更多的人情，不为其他，只因我是一名炼药师，而且还是一名能够炼制出六品丹药的炼药师。”萧炎淡笑道。

“唉，虽然话有些狂，不过倒是不假，一名能够炼制六品丹药的炼药师，即使是斗皇强者，也极其乐意与他做朋友。当然，我也不例外。”叹息了一声，海波东深有同感地点了点头。不管怎么说，在这片大陆上，炼药师，特别是高阶的炼药师，永远都是每个强者最喜欢的朋友。

“说说吧，你需要我做什么。只要力所能及，我都不会拒绝。”海波东抚着下巴处短小的胡须，笑问道。

“两个月后，我会去一趟云岚宗，到时候或许会和他们有一些冲突，而海老先生，则只需要在那个时候现一下身便可。”萧炎轻吐了一口气，略微沉默了一会儿，说道。

“云岚宗？你去招惹他们做什么？那可是一些大家伙啊。”闻言，海波东略微一愣，旋即惊诧道。

“解决一些恩怨罢了。”萧炎随意地说了一声，并未与之详细解释，毕竟那不是什么太光荣的事情。

“云岚宗势力很强，其中强者也不少，你这个忙，看来难度不小啊。”海波东摩挲着下巴，有些迟疑地道。

望着略微有点迟疑的海波东，萧炎笑了笑，道：“海老先生请放心，我并非是让你与云岚宗为敌，只是若到时候他们真的以多欺少、以强凌弱的话，海老先生露个面就好。”

“以强凌弱？你还真是幽默，以你的实力，那云岚宗除了宗主之外，谁还能与你抗衡？”

“因为一些事情，我并不想将实力暴露出去，到时，我只会使用表面上的这些实力。”萧炎摊了摊手，笑道。

“呃？真是莫名其妙的做法。”闻言，海波东一愣，沉吟了片刻，微微点了点头，无奈地道，“好吧，谁让我欠你一个人情呢，那我便陪你去云岚宗走一遭吧。虽然如今不敢说把云岚宗弄得鸡飞狗跳，可若是要护卫你的安全，那倒没什么困难。”

见到海波东点头，萧炎轻笑了笑。有一名斗皇强者做保镖，想必那云岚宗的一些顽固迂腐之辈，应该会收敛许多吧。

由于并不想继续留在漠城做那出售地图的商贩，所以在商讨完毕之后，第二天一大早，海波东便跟着萧炎离开了这座城市。

那曾经待了几十年的小商铺之内的东西，海波东并没有带走任何一样。照他所说，或许以后的某一天，疲倦了纷争的他会再度回到这里，彻彻底底地安心度过余下的日子。

站在一处高耸的沙丘之上，海波东最后一次眺望着那坐落在沙漠与陆地交接处的巨大城市，轻叹了一口气，神情略微有些落寞。几十年的隐居生活，也让性子淡漠的他，对这个地方生出了些许感情。

缓缓转过身来，海波东望向一旁的黑衫少年，问道："接下来去哪？"

"我想先去一趟石漠城，我的两位兄长在那边。"萧炎将目光投向西北方向，那里是石漠城的所在，微笑道，"上次走得匆忙，有些事情未曾办好，现在还有两个多月的空闲时间，想过去把事情弄妥当。你呢？"

"随你吧，我这段时间也没什么地方可去，便先跟着你转悠一下吧。"海波东皱眉沉吟了一会儿，旋即笑道。

"呵呵，那自然好。"闻言，萧炎笑着点了点头，有一个免费的斗皇级别打手在身边，他当然不会拒绝。

"那走吧，以我们的速度，想必一天时间，便应该能赶到石漠城。"海波东笑了笑，淡淡的寒雾从体内散发而出，最后在他背后凝结成一对晶莹剔透的寒冰双翼。

"嗯。"萧炎微微点头，背间轻抖，那贴在背上犹如一团漆黑文身的紫云翼，缓缓地舒展开来，片刻后，便化为一对面积比海波东的寒冰双翼还要大上几分的翅膀。

海波东目光泛着些许惊异地扫过萧炎背后的紫云翼，即使他以前已经见识过一次，可当下依然有些忍不住地啧啧赞道："飞行斗技！这种东西，老夫也不过只是听说过，却从未见识过，你这家伙还真是好运，竟然能把它弄到手。"

"呵呵，这比起老先生的寒冰双翼，速度可是要差上一截，有何好羡慕的？"萧炎笑着摇了摇头，手掌轻拍了拍背后的巨大玄重尺，双翼猛地一振，身形顿时拔升半空。

"走吧，动身了！"萧炎轻喝了一声，双翼急速地振动着，借助着这股浮力，脚掌在虚空一踏，身形化为一道流光，向着远处天际暴射而去。

望着前方飞掠的萧炎，海波东笑了笑，也振动着斗气之翼，快速地追赶了上去。

萧炎两人的飞行速度，自然远非走路或者骑乘可以相比。当初在修行时，这段路程萧炎曾经走了十来天，但这次在两人近乎毫不停歇的赶路之下，却仅仅用了一天时间，便到达了目的地。

当天空上的炽日逐渐西落时，一座比漠城要小上几号的城市轮廓，终于渐渐地出现在视线的尽头。

远远地望着那矗立在风沙中的黄土城市，萧炎微微松了一口气，对身后的海波东打了个手势，两人的速度猛地暴涨。

两道流光，犹如暗空中的两颗流星，直接从石漠城的上空飞掠了进去。

石漠城之内，一处高耸的建筑物上，两道人影突兀地闪现而出，居高临下地俯视着这座富有沙漠韵味的城市。

萧炎轻拍了拍衣衫上的黄尘，虽然一路风尘仆仆，可他的脸庞上，却噙着一抹淡淡的欣喜。经过这一天的赶路，萧炎终于确切地感受到了功法进化所带来的好处，若是放在以前，他想要从漠城飞掠到石漠城，途中不仅要经常歇息，而且还必须偶尔服下回气丹，方才有可能顺利到达。然而现在，焚诀进化之后，他这一路飞掠而来，除了呼吸急促之外，体内的斗气却没有出现匮乏的感觉。这种充盈有余的状态，实在让萧炎心中窃喜不已。

“玄阶功法与黄阶功法，果然是两个级别的东西啊！”萧炎在心中感叹着这两种功法间的差距，同时心中对更高阶的功法，再度升起了些许期盼之意：玄阶功法便这般强大，那地阶呢？天阶呢？到时候，恐怕真具有毁天灭地之能吧！

“呵呵，走吧，海老先生。”在心中感叹了一番后，萧炎对着身后的海波东笑了笑，背负着巨大的玄重尺，径直跳跃下了这处高耸的建筑物。

落地后，萧炎轻车熟路地领着海波东穿过几条街道，然后朝着那位于城角位置的漠铁佣兵团缓缓行去。

行走在城市中，萧炎目光扫了扫这本来应该是佣兵会聚的街道，眉头微微皱了皱，不知为何，他总觉得如今的街道，似乎变得冷清了许多……

原本那些来来往往的佣兵不仅大量减少，而且路上很多佣兵的胸口上，竟然都佩戴着同一种徽章。曾经在石漠城待了一段时间的萧炎自然知道，这徽章，是沙之佣兵团所特有的。

“有点不对劲啊，这沙之佣兵团的人，什么时候变得这么多了？”轻喃了一声，萧炎微眯着眼眸，缓缓地穿过这条街道，下巴微抬，凝视着那在街道尽头处的一座庞大院落，这里，便是漠铁佣兵团的总部。以前，此处人声鼎沸，极为热闹，而现在，街道之上一片凌乱，周围的商铺似乎也是早早关了门，一阵微风吹来，带着点点荒凉的感觉。

“出事了？”

手掌轻轻地摩挲着侧脸，萧炎忽然低声笑了笑，笑声之中所蕴含的冰冷杀意，让身后的海波东略微有些惊诧。这是他在认识萧炎以来，头一次瞧见这位当初即使被自己耍了几把依然能够保持淡然的少年露出如此凶狠面相，看来，那两位兄长，在他心中的地位不低啊。

手掌轻轻抚摸着背后的重尺，萧炎面无表情地缓缓向着街道尽头走去。半晌之后，来到那漠铁佣兵团总部大门口，微微偏头，在大门外，以前那杆高高飘扬的佣兵旗帜，已经无力地跌落在地，那旗帜之上，无数明显的脚印，刺得萧炎的眼睛略微有些发疼。

深吸了一口气，萧炎忽然偏过头来，快步走向大门，将大门缓缓推开，随着咔嚓声逐渐响起，门缝也扩大了起来，而当大门开启到将近一半之时，一杆沾染着些许鲜血的长枪，猛地自门后暴射而出，狠狠地刺向萧炎的喉咙。

突如其来的攻击，并没有让萧炎脸色有任何变化，他目光冰冷地望着那在眼瞳之中急速放大的枪尖，身体动也不动。

锋利长枪，在距离萧炎身体还有半尺之时，却从枪尖部位，开始诡异地熔化，眨眼时间，那长枪便变成了一堆炽热的铁浆。

萧炎阴沉着脸，右拳之上，青色火焰瞬间涌现而出，狠狠地对着厚实的大门砸去。随着一道轻微的闷响，一个人头大小的空洞，便迅速扩散而出，而萧炎的拳头，则从中探了进去，拳头摊开，闪电般地一抓，一条人影被狠狠地扯了过来，那个沾满鲜血的脑袋，填满了大门上的空洞。

"萧炎少爷？！"被抓出来的人，满脸的怨毒凶光，不过当他的目光扫过萧炎那淡漠的脸庞后，却是骤然一愣，旋即失声狂喜地叫道。

这人的叫声，将萧炎刚才狂暴的举动瞬间阻拦下来。萧炎眼瞳中的寒光急速消退，低头望着这脸上布满鲜血的人，皱眉道："你是漠铁佣兵团的人？"

"萧炎少爷，我是漠铁佣兵团八分队的队长非利，上次团长还吩咐我们替您查探沙漠的地下洞穴呢……"男子剧烈地咳嗽了几声，鲜血从他嘴中流淌而出。他咧开嘴，露出那沾染着鲜血的白色牙齿，憨笑道。

眼光逐渐变柔和，萧炎将男子小心翼翼地从孔洞中取了出来，快速地把一枚疗伤丹药塞进其口中，眼睛扫了扫他那满身的伤痕，刚欲替他上药，却被他拦了下来。

"萧炎少爷，您赶紧去训练场吧，我怕团长他们快要支撑不住了，沙之佣兵团这次来的人，实在是太多了。"服下疗伤药，非利脸色好了许多，他指着团内训练场的方向，声音嘶哑地道。

"沙之佣兵团？罗布那杂种好大胆啊！"闻言，手中握着的疗伤药玉瓶，被愤怒的萧炎猛然捏成一片粉末，森然的声音中，蕴含着难以掩饰的杀意。

"不知为何，前段时间，沙之佣兵团忽然开始清理石漠城的其他佣兵团，罗布仗着他大斗师的实力，很快便将一些小型佣兵团收拢了去。本来以我们漠铁佣兵团的实力也并不会惧他们，毕竟我们虽然没有大斗师，可斗师的数量却比沙之佣兵团多了许多……"非利似是担心时间不够，所以语速快而急促，"可就在前几天，沙之佣兵团之中的斗师，忽然多了七八位，而且，还多出了一名大斗师！实力暴涨到这个地步，石漠城中的其他中型佣兵团，几乎在短短几天时间内，便都被清理干净了。而今天，则正好是他们给予我们漠铁佣兵团最后通牒的时间。"

“多了七八位斗师，一名大斗师？”闻言，萧炎略感愕然，皱眉道，“沙之佣兵团不可能拥有这般强大的实力啊！”

“青鳞呢？她不是拥有一头斗灵级别的战斗宠物吗？”忽然想起那位拥有着碧蛇三花瞳的小女孩，萧炎急忙问道。

“前段时间，在沙之佣兵团清理之前，青鳞在一次外出后，便再没有回来。团长派人去查探过，从一些痕迹来看，青鳞似乎被人抓走了……”菲利苦笑着道。

眼角急速地抽搐着，萧炎缓缓地吐了一口气，他没想到自己才离开两三个月的时间，这里便发生了这么多的事情。

拍了拍菲利的肩膀，萧炎轻声道：“好了，接下来，便交给我吧。有我在，漠铁佣兵团不会有事。”

菲利重重地点了点头，受两位团长的影响，他对这位一直颇为神秘的少年，也有着一抹不知从何而来的信心。

缓缓站起身子，萧炎抿了抿嘴，脸庞之上，一抹杀意闪掠而过……

宽敞的训练场上，黑压压的人头分两边簇拥着，彼此对视的目光中，充斥着毫不遮掩的杀意。

在那场中，两道人影正在进行着殊死搏斗，两人的攻势都极为凌厉，任何一点疏忽，都会遭受致命的攻击。

两人中，一道人影全身被雷电所包裹，丝丝银蛇在他身上跳闪着，手中长枪抡刺之时，滚滚雷鸣声不断地响起。虽然他的攻击极为凶猛，可对他的对手来说，似乎并没有造成太大的伤害，这位对手在每一次攻击临身时，都能轻易地躲避开那银色长枪的扫刺。

从对方轻松闪避的模样来看，两人的等级明显不在一个层次之上，可那黄色人影，却并没有选择快速地结束战斗，这般戏谑的模样，便犹如那猫戏老鼠一般。

广场的一旁，大群的漠铁佣兵团团员，双目冒火地望着场中的战斗，他们也清楚那道黄色影子如此举止代表何种嘲讽与戏弄。

在这些人的首位，萧鼎面无表情地站立着，只不过那一对眸子之中，正缭绕着一股疯狂的怒意。

“团长，后门也被包围了，我们无路可走了。”一名有些狼狈的佣兵从后面挤了进来，声音低沉地道。

“果然啊……做得真绝！”萧鼎紧紧地握着拳头，深吸了一口冰凉的空气，努力让理智不被怒火所吞噬，淡淡地道，“既然不能逃，那便拼死一战吧。想要将我漠铁佣兵团清除掉，不让他们付出血一般的代价，那怎么行！”

阴冷地笑了笑，萧鼎忽然偏头道：“对了，我让你暗藏的东西，弄好了吗？”

“嗯，好了！”

“那就好，就算我漠铁佣兵团今日被灭了，可只要日后小炎子来到这里，他自然会找到那些东西，然后，他会为我们展开疯狂的报复的，呵呵……”萧鼎轻轻笑了笑，笑容中那抹阴狠和经常出现在萧炎脸庞上的表情颇为相似。

“二弟要败了啊，虽然雷属性斗气攻击力强横，可对方毕竟是大斗师啊……”抬头望着场中接近尾声的战斗，萧鼎身体轻微地颤抖着，心中的愤怒正在逐渐侵蚀着他的理智。

“雷弧三段舞！”

场中，银色人影猛地发出一声低喝，手中长枪诡异地跳跃起重重电弧，然后疯狂地对着黄色人影暴刺而去。

“哈哈，垃圾就是垃圾，狗屁的三段舞，在绝对实力面前，管你是不是号称攻击力最强悍的雷属性斗气，都给我去死吧！”面对着暴射而来的电弧，黄色人影不屑地狂笑了一声，硕大的拳头猛然紧握，拳头上黄色斗气疯狂凝聚，瞬间，竟然凝聚成了一道能量化的拳套。

只见那人紧握着拳头，猛然爆轰而出，呼啸的风声夹杂着凶猛的劲气，直直地与那电弧撞击在了一起。

两者相撞，黄色人影的拳头犹如摧枯拉朽一般地摧毁了三道电弧，在摧毁之后，去势依然不减，重重地砸在了萧厉的胸膛之上。

“噗……”遭受到重击，萧厉脸色猛地一白，一口鲜血狂喷了出来，身体擦着地面，猛地划出了十多米后，方才重重地撞在训练场边缘的一块巨石之上。

“哈哈，这点狗屁实力，也配与我嚣张？”浑身上下缭绕着黄色斗气的中年人冷笑了一声，脚掌一踏地面，身体犹如一辆横冲直撞的坦克，猛地暴冲向那失去战斗力的萧厉，拳头之上凶悍无比的劲气再度急速凝聚，看他的这副架势，显然是没有留活口的打算。

“哈哈，去死吧！”望着近在咫尺的萧厉，中年人脸庞上浮现出一抹残忍，拳头狠狠地砸了过去。

“铛！”

就在那双硕大拳头距离萧厉不足一米距离时，一道黑影闪电般地出现在萧厉身前，手中巨大的黑尺插进地面，而那双暴击而来的拳头，则重重地轰击在了黑尺之上，顿时，一道清脆的声音，在场地中响了起来。

脚掌擦着地面，巨大的劲气使中年人脚步急速后退了几步，阴沉着脸望着那巨大的黑尺，冷喝道：“谁？”

黑尺微微颤动，旋即被拿了起来，黑衫少年那单薄的身躯，出现在众目睽睽之下。

萧炎将黑尺扛在肩膀之上，微微抬头，淡漠地望着对面的中年人，手中黑尺豁然指向他，冰冷彻骨的森然声音在广场之中回荡。

“你的命，今天我收了！”

第五章
击杀大斗师

宽敞的场地之上，少年冰冷的平淡声音，缓缓地回荡着，让无数人目瞪口呆。

“小炎子？”望着那忽然出现的黑衫少年，广场的另一旁，萧鼎微微一愣，旋即那略微有些阴狠的脸庞上涌现出狂喜，手掌重重地拍在一起，“这家伙，来得简直太及时了！”

“呵呵，看来我们漠铁佣兵团还不该绝啊。”紧握的拳头缓缓地舒展开来，萧鼎深吸了一口气，将心中的狂喜缓缓压下，偏头对着身后的团员们微笑道。虽然萧炎年龄颇小，不过萧鼎对他抱有颇大的信心，而上次萧炎单枪匹马将沙之佣兵团恐吓得连城都不敢出一事，也让萧鼎的这份信心变得更加坚定了。

望着萧鼎那满脸的笑容，众人也松了一口气。虽然他们当中很多人并不知道这个少年为什么能够让两位团长如此有信心，而且当初萧炎与萧厉的切磋，他们也都见到过，可现在，连萧厉都不是那位大斗师的对手，萧炎或许……

漠铁佣兵团团员心中存有几分忐忑，不过他们也跟随了萧鼎这么多年，至少能明白，这位在做事上一直以冷静著称的团长，绝不会在这种场合胡乱夸口。

众人互相对视了一番，旋即眼中露出一抹劫后余生的笑意以及期盼，希望这位萧炎少爷，真的能够替漠铁佣兵团解去今日的这场毁灭危机吧。

“二哥，没事吧？”手持着重尺，萧炎偏过头来，望着那满身血迹的萧厉，漆黑的眼眸中，杀意更是难以遏制地浮现了出来，从纳戒中取出一瓶疗伤丹，将之投向萧厉怀中，轻声问道。

萧厉剧烈地咳嗽出一口鲜血，随意地将嘴角的血迹抹去，然后服下丹药，抬起头来，望着那站立在身前的身姿颀长挺拔的少年，苍白的脸上浮现出一抹红润，咧了咧嘴，紧绷的身体悄悄地放松了下来。

萧厉靠在身后的巨石之上，声音略微有些嘶哑地笑道："小家伙，你终于回来了，再晚点，恐怕以后就得来坟墓找二哥聊天了。"

“抱歉，我来晚了。”萧炎低声道，忽地笑了笑，笑容中透着一抹犹如饿狼般的狰狞与阴狠。他与萧厉对视了一眼，柔和的微笑中透着森然说："二哥放心，那家伙的命，我替你收。"

“那家伙名叫墨冉，一星大斗师，功法是土属性，这种属性，特点便是悠长浑厚，很适合长时间的战斗。我的雷斗气所携带的麻痹效果，对土属性的他没有多大的用处，不然的话，我还能坚持一段时间……不过可惜，我与他之间等级差距实在太大，所以这段战斗时间，他还未曾施展斗技，我也不清楚他拥有何种级别的斗技，你与他战斗时，小心点。”萧厉再次咳出一口鲜血，喘着气，缓缓地道。

“一星大斗师吗？”萧炎森然地笑了笑，冲着萧厉微微点了点头，旋即缓缓转过身来，那带着些许笑容的清秀脸庞，骤然间变得狰狞如修罗一般，阴冷如九幽寒冰的目光，让对面那位黄衣中年人头皮有些发麻。

“你是谁？”黄衣中年人甩了甩刚才因为劲气的反弹而有些麻木的手臂，阴沉着脸，对着萧炎冷喝道。

没有理会他的喝声，萧炎眼眸微闭，一缕缕青色斗气从气旋之中流淌而出，然后迅速地在体内涌动着，顿时，淡淡的青色斗气火焰纱衣，便缓缓地自萧炎身体表面升腾了起来。

望着萧炎身体之上那略微有些奇异的斗气纱衣，黄衣中年人脸色微微一变，这还是他头一次见到冒出实质火焰的斗气，当下脸庞上微显凝重，厉声喝道："小子，奉劝你最好不要多管闲事，免得引火烧身！"

"你要清楚，凭这漠铁佣兵团，还根本不足以与我们为敌。"墨冉手指向广场另外一旁簇拥着的大群人影，冷笑道，"所以，你也别做这些无用之功了！"

"你废话太多了！"眼眸睁开，萧炎淡淡地摇了摇头，手掌猛然紧握玄重尺，脚掌狠狠一踏地面，随着一道能量爆炸声响，脚掌离地之处，一个坑洞便出现在坚硬的石面之上。

爆炸声刚响，萧炎的身体便几乎化为一条黑线暴冲向名叫墨冉的中年人，这般速度使周围的人皆是发出惊呼声。

望着萧炎那迅猛的速度，墨冉脸色越发显得阴沉，冷笑了一声，手指在纳戒之上轻弹，一对通体黝黑、布满锋利尖刺的拳套闪现而出。

快速地将拳套戴好，一股凶悍的劲风，便猛地自面前涌现而出，并且还夹杂着刺耳的破风之声，狠狠地朝着萧炎的脑袋抡砸而去。

墨冉拳头紧握，黄色的斗气光芒在拳套之上急速凝聚着，雄浑的能量释放着淡淡的涟漪波动。

面对着萧炎的重尺攻势，中年人也并未退缩，他所擅长的，似乎也是硬碰硬的战斗，所以当下并未闪避，而是向前跨了一步，锋利的黑铁拳套携带着雄浑的劲气，狠狠地对着那带起一片漆黑阴影砸来的黑色重尺迎去。

"铛！"

清脆的金铁交击声，从两人交手处荡漾着传了出来，而随着音波的传出，一圈凶猛的能量劲气，自黑尺与拳套间暴涌了出来。顿时，萧炎以及中年人脚下的地面，都被悄悄震开了一道裂缝。

紧握着重尺，在这凶悍的对轰之间，萧炎脚步急退了几步，而反观那墨冉，却是仅仅后退了半步，便将身体稳固了下来。

"嘁，原来你也不过只是比刚才那家伙实力强上一点而已，竟然还有胆子在我面前装横。”踏回步子，墨冉望着那退后了几步的萧炎。经过刚刚的这番接触，他也算是勉强地摸到了萧炎的实力，当下撇了撇嘴，不屑地笑道。

没有理会他的话语，萧炎后退的脚步猛地一踏，身体再度犹如利箭一般暴射而出，手中漆黑的巨大黑尺，抡扇之间，带动着一阵阵极具压迫的风声。

在即将进入墨冉攻击范围之时，萧炎脚掌猛地一蹬地面，身体竟然诡异地横移到了墨冉的左边位置，手掌一紧，黑尺对着其脑袋抡砸而下。

经过刚才的交手，萧炎同样模糊地探清了对方的底子：虽然土属性斗气极其适合长时间战斗，不过正因为那厚实的斗气，他的速度并不显得快。所以，萧炎能够凭借自身迅捷的速度，对他展开狂猛的攻击。

而对于自己的缺点，墨冉同样非常清楚，因此他也并未去做那些无用的闪避之功，手中黑铁拳头舞得密不透风，凡是扑到身体近前的攻击，都被他以更加强猛的攻势给狠狠地弹射回去。

“铛，铛，铛……”

随着两人这般眼花缭乱的攻击与防御，宽敞的广场之上，金铁交击的清脆响声几乎融成了一片，在广场上空盘旋着久久不散。

随着场地之中两人的战斗越加火爆，那本来还因为萧炎实力仅仅是斗师级别而略微有些不屑的墨冉，却有些吃惊了起来。他最引以为豪的，便是自己在战斗上的持久力，然而面前的这位少年，却是从一开始便选择和他硬碰硬。一名斗师胆敢和一名大斗师硬碰，并且还毫发无损地一直坚持了下来。

“这家伙，想必修炼的功法级别应该不低，不然绝不可能与我对拼挥霍斗气！”墨冉目光紧紧地盯着那在自己周边急速闪掠进攻的黑衫少年，心中沉声道。

“速战速决吧，被一名斗师拖了这么久，若是被家族的其他家伙知道，恐怕又会成为他们的笑料。”心中飞快地闪过一道念头，中年人的脸色逐渐变得凶狠了起来。

“铛！”拳头再次将重尺砸开，拳套之上那尖锐的利刺，此时已经变钝了许多。

“小子，结束了！”

抵挡下萧炎的这一击，中年人忽然猛地侧踏了一步，刚好将萧炎的闪避路线堵住，森然沉喝：“地爆星罡！”

随着中年人沉喝声的落下，其拳头之上，凶猛的黄色斗气疯狂地凝聚着，片刻之后，犹如在拳头之上形成了一个黄色旋涡，旋涡中心位置是一个黝黑的空洞，凶悍的劲气正在其中急速凝聚着。

“死吧，小子！”咧嘴一笑，中年人脸庞上浮现一抹狰狞，手臂猛然重轰而出，一圈深黄色的凶猛能量涟漪，顺着手臂，暴涌而出。

拳头之上的黄色旋涡，在此刻骤然一顿，漆黑的孔洞中，一股几乎犹如实质一般的黄色能量团，携带着凶悍的劲风，狠狠地砸在了萧炎的黑尺之上，接触之时，黄色能量团一阵波荡，旋即犹如一枚炸弹一般，狠狠地爆炸开来。

“嘭，铛！”

这一道突如其来的金铁交响，几乎犹如雷霆一般，猛地在广场之上炸响了。剧烈的声波，让围观的众人不由自主地捂上了耳朵，满脸惊愕地望着场中。

黑尺被那股凶猛的能量团击中，萧炎脸色微微一变，脚步急退，每一步都在坚硬的石面上留下一道深深的脚印。

萧炎接连后退了十几步，手中重尺忽然猛地一颤，竟然强行脱离了萧炎的手掌，斜斜地飞落在了不远处的空地上。

“嘘……”在萧炎重尺离手之时，那些沙之佣兵团的团员，顿时发出不屑的嘘声，嘲讽的大笑声在广场上回荡着。

另外一旁，漠铁佣兵团的团员瞧得这一幕，只得黯然地叹息了一声，脸庞上闪过一抹失望。

“呵呵，有什么好唉声叹气的，忘记上次小炎子和二团长较量时的事情了吗？”萧鼎双手交叉插在袖间，目光凝望着场中的萧炎，微笑着喃喃道，“脱离了那把古怪黑尺的小炎子，才是最强的！”

倚靠着巨石，萧厉的呼吸已经平稳了许多，抬头瞧得场中那被击飞了武器的萧炎，无奈地摇了摇头，笑道："这家伙，现在总应该动真格的了吧？"

急速后退的脚步缓缓顿住，萧炎站稳了身子，眼角瞟了瞟不远处的那玄重尺，轻轻甩了甩近乎麻木的手掌，长长地吐了一口浊气，将胸口那股因为对方的攻击而产生的沉闷之感吐了出去。

轻咳了一声，萧炎揉了揉有些发胀的胸口，心中缓缓盘算着双方的实力差距。

自己的真实实力，虽然药老说是四星斗师，不过这段时间以来，或许是青莲地心火的缘故，所以萧炎能够察觉到，自身的确切等级应该在五星斗师左右！

至于功法，焚诀在吞噬异火后进化成了玄阶中级，可凭着它那与众不同的特效，其真实能力，就算是比起玄阶高级功法，也不会逊色……

因此，换算起来，修炼了相当于玄阶高级功法的萧炎的战斗力，应该能够抵过一名普通的七星斗师。再加上萧炎所修炼的八极崩以及那被青莲地心火煅烧强化之后的坚韧肉体，他自信即使是遇上一名九星斗师，也能与之相抗衡。

当然，一名九星斗师，对于一名一星大斗师来说，其中的差距仍是极大的，不过，这种差距对于拥有着青莲地心火以及地阶斗技焰分噬浪尺这两大杀招的萧炎来说，并不是不可弥补的！

因此，虽然第一次真正完全依靠自身实力面对着一名大斗师，萧炎却并未有丝毫的怯意，反而是满腔炽热的战意。

"小子，现在知道多管闲事的后果了吧？嘿嘿，不过你已经失去了离开的最好机会，所以，乖乖地给我把小命留下来吧！"扭了扭脖子，墨冉身体之上汹涌的黄色斗气，更是浓郁了许多，他抬头望着对面那失去武器的萧炎，狞笑道。

萧炎抬了抬眼，依然没有理会这聒噪的家伙。身体微颤，略微沉寂了片刻之后，体外那斗气纱衣，猛然腾升了半米之多，青色的斗气犹如一团翻腾的青色火焰，将萧炎整个人完全地包裹在其中，丝丝热气在周身缭绕，立脚之处，一道道细小的裂缝从脚掌之处缓缓地蔓延而出。

汹涌的斗气节节攀升着，一股强横的气息，也在此刻自萧炎体内暴涌了出来。在这股气息之下，周围那些出声嘲讽的沙之佣兵团团员，声音逐渐小了下来，片刻后，终于完全消失。

望着那浑身气息不断攀升的萧炎，墨冉眉头微微一皱，眼瞳中掠过一抹错愕：看这股堪与七八星斗师相提并论的气息，难道这家伙刚才竟然还隐藏了实力?

“哼，小子，管你今日如何挣扎，也唯有丧命一途！”心中忽地升腾起一股怒火，墨冉森然道。

场地之中，萧炎的气息在攀升到一个层次之时，终于缓缓地停住，青色斗气之下，那对漆黑的眸子中也有淡淡的青色火焰缭绕着。

“嘭！”

萧炎缓缓地抬起脚掌，然后猛然踏下，随着一道剧烈的能量爆炸声响，他的身形骤然化为一道细小的光线，转瞬之间便接近了墨冉。

望着那速度在顷刻间成倍翻涨的萧炎，墨冉脸色猛地一变，眼瞳微缩，死死地盯着那在瞳孔中逐渐放大的一抹黑色光线。

在某一刻，一股比萧炎还要凶猛几分的气息，乍然自墨冉体内暴涌而出，那对布满锋利尖刺的黑铁拳套，带起一股尖锐的破风声，狠狠地对着那条光线砸了过去。

似是察觉到迎面而来的凶悍劲气，那犹如一道闪电的光影骤然一顿，身体瞬间横移而出，然后便诡异地在墨冉背后现出了身形，身体微旋，拳头紧握间，劲气缭绕，拳头重挥而出，此刻空气之中，竟然传出了些许爆裂之声。

“嘭！”

随着一道低沉的闷响，萧炎的拳头，狠狠地砸在墨冉后背心之处，这沉闷的声响，让周围人群的心神也随之一颤。

“咔嚓！”萧炎立脚之处，几道裂缝急速蔓延而出，由此可知，这一击的力量究竟如何强横。

“好快的速度！不过小子，你真以为大斗师的防御是这般容易击破的吗？”被萧炎击中，墨冉的身体一阵剧烈颤抖，略微沉寂之后，左脚猛然狠狠对着后面暴踢而出，同时嘴中发出阴沉的笑声。

在萧炎的拳头击中目标之时，他的眉头便微微皱了起来，在他的感觉之中，他击中的不像是人体，反而更像是一层坚硬的盔甲。

萧炎的身体犹如泥鳅一般诡异扭动，而墨冉那带着凶狠劲气的脚掌，便贴着他的腰杆飞掠出去，尖锐的劲风，即使有着斗气纱衣的阻拦，可依然让萧炎皮肤上泛起了一些细小的疙瘩。

闪避开墨冉的攻击，萧炎猛地欺身而上，借助着那犹如泥鳅一般的闪避能力与快捷的速度，像一只跳蚤不断地在前者周身闪掠着，每一次出现，那蕴含着凶猛劲气的拳头，都会狠狠地砸在对方的身体之上。

在萧炎这般毫不停歇的进攻之下，场中，一道道“嘭嘭”的沉闷声响，从未间断过。

“小子，哈哈，我说过，凭你的实力，还不可能击破大斗师的防御！”墨冉狂笑道，身体站立不动，任由萧炎疯狂攻击。只是遇到偶尔朝向其要害部位的攻击，他才会出手抵挡，其他的，都任由它们落在身体之上。

“嘭！”

又是一道沉闷的声响，墨冉那接受了萧炎几十次攻击的衣衫，终于轰然爆裂开来。衣衫爆裂，萧炎眼瞳却骤然一缩，只见在墨冉的衣衫之下，一层泛着淡淡光芒的土黄色胸铠，正将他的上半身包裹其中，在那些胸铠之上，还能偶尔见到些许拳印，显然，它们都是刚才萧炎拳头所留下的痕迹。

“嘿，小子，这便是大斗师强者方才能凝聚的斗气铠甲，它是斗师斗气纱衣的进化产物，可惜我才进入这个级别没多久，不然便能够遮掩全身了。不过即使这样，凭你的攻击力，也依然不可能将它击破！”低头瞟了一眼那散发着浓郁光芒的黄色胸铠，墨冉先是惋惜地叹了一声，旋即斜瞥着萧炎，大笑道。

“斗气铠甲么……难怪……”望着那泛着浓郁黄光、犹如实质盔甲一般的胸铠，萧炎眉头微皱，冷笑道，“我就不信，你这乌龟壳还真的打不烂！”

萧炎脚掌再次猛踏地面，直直地对着墨冉暴冲过去，身体诡异旋转间，将那一双尖锐的拳套躲避开去，脚下一扭，身体强行扭曲成一个古怪的弧度，肘尖猛然对着那胸铠重砸了下去。

“八极崩！”心头间的一道低喝落下，萧炎浑身气势骤然变得犹如那出鞘的宝剑一般凌厉，肘尖之处，凶悍无比的劲气，竟然发出了一道道尖利至极的爆裂之声。

察觉到萧炎肘尖之处那忽然间变得极其恐怖的劲气，墨冉狂笑的脸庞微微一变。他没想到，萧炎竟然能够发挥出这种等级的强悍攻击，当下体内斗气急速流淌，胸膛之处的铠甲散发出的光芒，顿时更加亮堂了。

“嘭！”

萧炎的肘尖结结实实地砸在了胸铠之上，一圈无形劲气自接触部位暴涌而出，顿时，周围的石面之上，便咔嚓咔嚓地现出了道道裂缝。

“好小子，没想到你竟然还懂得这般高深的斗技，当真是小瞧你了！”墨冉脸色阴沉地望着那因为萧炎此次的攻击而裂缝四布的斗气铠甲，眼瞳之中充斥着暴怒，拳头猛然紧握，刚欲给萧炎送去狠狠一击，两道沉闷的暴响声，忽然在其体内响起。

在体内闷声响起之时，墨冉身体猛地一阵剧烈颤抖，脸色一阵青一阵白，一丝血迹，从嘴角流溢而下。

“暗劲？”擦去嘴角的血迹，墨冉暴怒的脸庞犹如那噬人的老虎一般，极为可怖。他没想到，自己只是稍稍疏忽了一点，便被面前的萧炎趁机搞得这般狼狈。

紧握着因为愤怒而不断颤抖的拳头，墨冉猛地仰头发出一声咆哮，咆哮声被斗气所携带着，将整座广场之上的所有声音都压了下去。

“小杂种，今天，你必须死！”

满脸狰狞地发出一声怒嚎，墨冉左手猛然探出，死死地抓住了萧炎那还来不及收回的手腕，右拳之上，黄色斗气急速凝聚着，瞬间后，酝酿出一股让萧炎脸色大变的恐怖劲气,狠狠地对着萧炎胸口抡砸了过去。看这势头,若是被击中,即使不死,恐怕也会立刻重伤，失去战斗力。

剧烈的压迫风声，使萧炎呼吸略微有些困难。他紧紧咬着牙齿，手臂使劲地扯动着，可对方似乎打定主意要一次将他解决，所以任由他如何扯动，那只大手，依然犹如爪子一般，将他牢牢地抓住。

再次挣扎了一番依然未果后，萧炎心头终于也涌上一抹暴怒，脸庞之上阴狠闪过，右手微颤，青色斗气萦绕其上，然后再度狠狠地对着先前八极崩所造出来的铠甲裂缝处砸了过去。

两只大小比例略微有些不同的手臂，在两人之间擦过，其上所蕴含的劲气，都让对方心中有些凛然。

萧炎并未阻拦对方的攻击，显然是一副以命搏命的决斗态势。

冷冷地望着萧炎那副狠命姿态，墨冉脸庞上掠过一抹狰狞的残忍笑容：与一名大斗师比拼抗打能力，这家伙脑袋被打傻了吗？

广场周围的人，望着那几乎已经进入了赤膊血战的两人，都忍不住再度发出些许嘘声，萧炎这副与一名大斗师硬碰硬的姿态，同样让很多人都认为，他已经失去理智了。

在众目睽睽之下，萧炎与墨冉的拳头，终于携带着尖锐得几乎刺穿耳膜的破风声，即将接触到对方的身体。

在这一霎，周围的所有人都不由自主地屏住了呼吸，眼睛瞪得老大，死死地盯着场中两人，所有人都有同一种预感，在这次的对轰之中，绝对有一人会惨败出局……

或许会是那位强横的大斗师，当然，更大的可能，还是那位身材单薄的黑衫少年……

因为，众人实在难以相信，在那具单薄的躯体之内，能够隐藏着与大斗师强者相抗衡的力量。

萧炎的拳头在即将接触到墨冉身体的那一霎，忽然诡异地颤抖了几下，而随着其拳头的颤抖，一缕青色火焰忽然袅袅浮现而出，将萧炎的拳头包裹其中。

在那缕看似不太起眼的青色火焰出现之时，萧炎拳头周围的空间，顿时变得扭曲了起来，空气似乎都在这一刻变得极为炽热。

空气的忽然变化，同样引起了墨冉的感应，他当下豁然低头，望着那缕翻腾着的青色火焰，眼中先是闪过一抹茫然，旋即瞳孔骤然缩成了针孔大小，惊骇之色布满脸庞，显得尤为可怖。

“嘭！”两只各自蕴含着恐怖能量的拳头，在下一刹那，终于狠狠地砸到了对方的身体上，顿时，两人的脸色都变得苍白了起来。

在这一霎，本来宛如雷霆暴动的两人，几乎同时静止了下来，在两人的立脚之处，强横的能量波动，将周围那坚硬的石头地面，击打成犹如被牛犁过的田地一般。

场地周围，所有人都在此刻安静了，一道道目光，死死地盯着场中那静止不动的两人。

训练场之上，淡淡的压抑气氛缭绕着，将周围的人群压迫得略微有些呼吸急促，不过又不敢大口出气，当下许多人都被呛得脸色涨红。

寂静持续了几分钟之后，场中，墨冉的身体忽然率先微微一颤，而随着他身体的颤抖，其对面的萧炎，脸上忽然涌上一抹潮红，一口鲜血噗的一声喷了出来。

望着那忽然间喷血的萧炎，漠铁佣兵团的众人，心情都猛地往下一沉，即使现在是炽日悬空，可一股彻骨的冰冷，依然是缭绕周身，经久不散。

“失败了吗？”一名漠铁团员轻叹了一声，苦笑着摇摇头，眼中闪过一抹失望。

周围的众人脸色黯然，皆保持着沉默，一股希望破灭的沉闷气氛，将所有人都包裹在其中，压抑的氛围使得众人心头如悬巨石。

萧鼎袖袍之中的双手紧紧地握着，眼睛眨也不眨地盯着场中少年的脸庞，身体也在轻微地颤抖着，心中茫然地喃喃道：“真的失败了？”

然而某一刻，萧鼎浑身猛地一阵剧颤，旋即脸庞上涌上一抹笑意。在刚才，他分明地瞧见，场中的少年对着他咧嘴笑了笑。

众目睽睽之下，那本来在众人心中似乎应该落败阵亡的萧炎，忽然剧烈地咳嗽了几声，之后，居然缓缓地转过身来，走到一旁，慢慢地将玄重尺捡了起来，然后负于背上，缓缓地朝着一旁的萧鼎等人走去。

随着萧炎的转身，那原本静止不动的墨冉，身体微微后倾，重重地倒了下去，那张依然覆盖着些许惊骇的惨白脸色，出现在众人注视之下。

一道道震惊的目光，在墨冉身体上扫过，最后停留在了他胸膛位置处，那原本被厚实的斗气铠甲所覆盖的胸膛，此刻已经完全变成一团焦黑，胸口有一个漆黑的大洞，目光瞟去，那洞内的一切东西，都化为了虚无。

“嘶……”望着那死相极为凄惨的墨冉，周围人群头皮一阵发麻，脸庞之上布满着惊骇，深吸了一口冰凉的冷气，然后目光泛着恐惧，转移到一旁的萧炎身上。所有人都没想到，这看起来人畜无害的少年，下起手来竟然是如此狠毒。

“咕噜……”望着走过来的萧炎，漠铁佣兵团的团员，都不由自主地小退了一步。显然，墨冉的死状，让他们对萧炎也升起了一抹恐惧。

萧鼎站在原地，他并未后退，笑吟吟地望着萧炎，反而快步上前，拍了拍他的肩膀，轻笑道：“小家伙，没事吧？”

萧炎笑了笑，手掌捂着嘴剧烈地咳嗽了几声，些许鲜血溅到手心上。他随意瞟了瞟，然后便不在意地在袖袍上擦了擦，轻轻掀开外衣，指着里面那件当初在魔兽山脉云芝给他留下的内甲，笑道：“多亏了它，不然这次恐怕真的会重伤。”

“啧啧，真是个了不起的家伙，你竟然真的解决了一名大斗师……”瞟了一眼远处墨冉的尸体，萧鼎忍不住惊叹道。这还是他第一次看见萧炎显露真正的实力。

萧炎从纳戒中取出一枚回气丹，然后吞了下去，长长地舒了一口气。说实在的，这场战斗，他无疑胜得有些侥幸，虽然他还有底牌，不过那墨冉，也只是使用了一次斗技而已。

若不是这家伙实在是自以为等级稍高而有些大意轻敌，这场战斗的困难度，恐怕还会再上升三倍有余。并且，他对自己的斗气铠甲实在是太过信心了，乃至最后萧炎在召唤出异火之时，他已经失去了抵御能力。可以想象，那种看似坚固的斗气铠甲，对于青莲地心火这种连美杜莎女王都忌惮不已的天地奇物来说，是何等的脆弱。

所以，被异火所覆盖的拳头，轻易地穿透了墨冉的防御层。而由于萧炎对异火的操纵也颇为生疏，在异火钻进墨冉的体内时，那股乍然暴涨的异火，便在转瞬间将墨冉体内的所有器官都焚烧成灰烬……因此，那墨冉，才会出现这般凄厉的死状，说起来，萧炎倒也是无心。

“把这些家伙也宰了吧。”萧炎对着萧鼎轻笑了笑，然后转过身来，指着训练场另外一边的大批沙之佣兵团的团员灿烂笑道。

此时的萧炎，出乎所有人意料地虐杀了大斗师墨冉，借助此举所造出的震撼，气势极为凌厉。因此，瞧得他望过来，那些沙之佣兵团的团员，都赶忙后退了几步，推推搡搡间，气势荡然无存。

萧炎豁然抽下背上的重尺，猛地作势向沙之佣兵团的团员冲去，望着他这举动，那些本来便因为失去了首领而士气全无的佣兵们，顿时发出一阵阵惊恐的叫喊声，然后极其狼狈地逃窜出了漠铁佣兵团总部。

“嘁……”瞧得那些慌不择路的沙之佣兵团团员，萧炎撇了撇嘴，甩了甩有些眩晕的脑袋，低头望着手掌上的鲜血，却轻声笑了起来。这么多年来，这是他第一次面对难以战胜的敌人，依然坚持使用自己的力量，结果……他竟还成功了！

“呵呵，小家伙，干得不错！原本我以为，这次或许又会让我出手，可你却依靠了自己的力量。或许你自己都不曾察觉，依靠自己，坚信自己的力量，是强者方才拥有的信念……”心中，药老那一直陷入沉寂的温和笑声，带着几许欣慰，忽然缓缓地响起。

“现在的你，正在慢慢变成一名强者……”

第六章

直捣黄龙

宽敞的大厅，萧炎几人正坐其中，漠铁佣兵团的其他人，则开始忙碌地清理被搞得一片狼藉的总部。偶有一些佣兵经过客厅，都会向那坐在桌旁轻轻抿着茶水、满脸和煦微笑的少年投去敬畏的目光。

先前对于萧炎出手狠辣的些许恐惧心理，在略微持续了一会儿之后，便从这些佣兵心中自动地烟消云散了。他们都是刀头舐血的人，神经强悍度自然是远超常人，并且那墨冉还是漠铁佣兵团的敌人，谁也犯不着为他多生一丝同情心，因为他们同样清楚，若是今日萧炎没有及时赶到的话，那墨冉屠杀起自己的兄弟来，也绝对不会有丝毫手软。

端着温热的茶杯，萧炎瞟了瞟外面那些忙碌的佣兵。在他身旁的座椅上，是那脸庞保持着淡漠的海波东，这位曾经的冰皇，也并没有因为萧鼎两人与萧炎的关系，而多出几分和善笑意。

"海老先生是我的朋友，脾气虽然略微有些……呵呵，不过他可是一名真正的强者。"瞧着从进屋后便保持着沉默的海波东，萧炎无奈地摇了摇头，冲着对面的萧鼎与萧厉笑道。

萧鼎微笑着点了点头，眼角的余光从海波东身上扫过，隐隐间的感应告诉他，在这位淡漠的老人那单薄佝偻的身体之下，隐藏着一股近乎恐怖的能量。

“呵呵，强者自然是有强者的脾性，不然怎能彰显个性？”萧鼎轻笑了一声，玩笑道。

萧炎笑了笑，询问了一番萧厉的伤势后，这才微微皱眉，问道：“告诉我究竟发生什么事了吧？为什么沙之佣兵团会忽然间多出这么多的强者？还有，青鳞那小丫头怎么回事？”

听得萧炎的问题，萧鼎脸庞上的笑意缓缓收敛，苦笑着叹了一声，沉吟了一会儿，似是在整理思绪，好半晌后，方才缓缓道：“半个月前，青鳞在一次外出后，便再未回来，经过我的调查，她应该是被人抓走了……在她消失的地方，我们发现了剧烈打斗的痕迹，那里还有不少沾染鲜血的蛇鳞，想必应该便是青鳞的那条双头火灵蛇脱落下的。”

“能够打败双头火灵蛇，并且将青鳞抓走，那么对方至少也是一名斗灵强者……”萧炎手指轻轻地敲打着桌面，紧皱着眉头，疑惑地道，“可谁会对青鳞出手呢？她不过是一个小女孩而已。哪位斗灵强者，会如此降低身份地打她的主意？”

“这我们就不太清楚了。”萧鼎苦笑着摇了摇头，接着道，“正是在青鳞失踪后的第二天，沙之佣兵团便忽然对城内的其他势力进行吞噬或清除……基于沙之佣兵团在石漠城的势力，除了我们少数的两三个佣兵团之外，其他的佣兵团基本不可能与他们相抗衡。所以，不到五天时间，城内的其他弱小势力，便被他们闪电般地清除干净了……

“到了这个时候，我们几个势力稍强的佣兵团才回过神来，当下便欲结盟抗衡沙之佣兵团。按照我们的计算，沙之佣兵团即使有罗布这名大斗师，依然不可能轻易打败我们的联盟。但是，在接下来的几天时间中，沙之佣兵团内便忽然出现了一名大斗师以及好几名斗师……

“在对方这种暴涨的实力下，我们内部也开始慌乱了，毕竟只是临时的松散联盟，没有太大的约束力。因此，在这般各自为战的情况下，其他的三个佣兵团，一个惨被灭团，一个投降，另外一个，则是在给予沙之佣兵团一笔庞大的求和费用后，选择撤离了这座城市。因为我们漠铁佣兵团是最不好啃的一块骨头，所以被他们留在了最后，于是，就有了今天的这些事情……若是你再来晚些，恐怕漠铁佣兵团，也就覆灭了。”萧鼎叹息道。

“知道那些忽然加入沙之佣兵团的人是什么来路吗？”萧炎缓缓地抚摸着温热的茶杯，轻声问道。

“不清楚……”萧鼎摇了摇头，面露沉吟之色，片刻后，迟疑地道，“我似乎觉得，青鳞的失踪和沙之佣兵团那些忽然加入的强者有点关系……毕竟这之间的时间有些太巧合了……”

“青鳞的那条火灵蛇，应该很少有人知道吧？那他们怎会选择对她出手？”萧炎皱着眉头，敲击着桌面的手指忽然一顿，心中喃喃道，“难道是因为碧蛇三花瞳？”

“我们也不知道究竟是怎么回事……”萧鼎与萧厉对视了一眼，皆是满脸苦笑。

“你们不知道，不过，想必罗布那家伙应该知道吧……”萧炎微微坐直身子，笑了笑，道，“我去找找他，顺便看看他究竟是哪里来的胆子……”

“呃……我们召集点人，一起去吧。他们毕竟人多。”萧鼎沉吟道。

“随你吧。”萧炎不置可否地点了点头，站起身来，朝着门外走去，在路过海波东时，笑道，“海老先生打算一起去吗？”

“闲在这里也无聊，陪你去看看热闹吧，不过别想让我出手，我出手费用很贵的。”海波东淡淡地笑道。

萧炎笑着点了点头，举步行出大厅，其后，海波东懒洋洋地跟随着，再后面，是萧鼎与萧厉，以及迅速召集的五十多位精干团员。浩浩荡荡一行人，气势汹汹地冲出总部，满脸杀气，径直朝着沙之佣兵团的地盘杀去。

大街上，瞧着这忽然冒出来的一群目露凶光的佣兵，周围的行人都赶紧让路，旋即目光奇异地望着这群汉子，窃窃私语声低低地响起。

“咦，他们不是漠铁佣兵团的人吗？怎么这时候还敢出来？难道不怕沙之佣兵团了吗？”

“嘿，刚才我听一位沙之佣兵团的人说，他们这次的行动失败了，那位大斗师，死在了漠铁的人手中。现在，恐怕这些家伙是打算去砸场子了。”

“什么？沙之佣兵团的那名大斗师死了？漠铁佣兵团什么时候有能与大斗师抗衡的强者了？”

“喏，就是那位带头的黑衣少年，嘿嘿，很震撼吧？不过那位叫作墨冉的大斗师强者，真是在众目睽睽之下被他杀了。”一名知道些许内幕的路人，目光泛着敬畏地望着那群佣兵大汉前面的一位身躯单薄的少年，笑道。

“怎么可能？那少年恐怕还没有二十岁吧,怎么可能打败大斗师？”路人的周围，一干人等皆是目瞪口呆，满脸的难以置信。

“嘁，看着吧，这一次，我想那沙之佣兵团要倒大霉了，谁让他们这段时间如此嚣张，嘿嘿……”路人幸灾乐祸地笑道。

在那一道道目光注视下，萧炎等人穿过几条街道。十多分钟后，那防卫森严得犹如铁桶一般的沙之佣兵团总部，便出现在了众人的视线之内。

此时的沙之佣兵团，明显已经接到了墨冉被杀的情报，所以，那门口处，大批的佣兵正握着明晃晃的武器巡逻着，他们紧绷的脸庞上，神色极其凝重。而当他们发现大群漠铁佣兵出现在街道尽头时，脸庞上顿时涌上慌乱，几名佣兵飞奔着报告去了。

萧炎等人淡淡地望着那些簇拥在大门口、握着武器、身体略微有些颤抖的沙之佣兵团佣兵，缓缓地停在了门口处。

“这里是沙之佣兵团的地盘，你们来做什么？”一名干瘦的佣兵，色厉内荏地干吼道。

“让罗布滚出来吧。”萧炎轻剔着指甲，抬起头来，微笑道。

沉默。望着那站在最前面的黑衫少年，门口的所有佣兵都保持着沉默。从先前从漠铁佣兵团回来的人口中，他们已经知道，那位大斗师强者，便是以一种极其凄惨的死状，栽在了这位笑容和煦的少年手中。

“算了，还是我自己进去找他吧。”望着那群沉默的佣兵，萧炎无奈地笑了笑，朝前缓缓踏了一步。

“哗哗……”随着萧炎前进一步，那门口处的佣兵，顿时满脸惊慌地急退一步，整齐的步伐声，听上去颇为滑稽。

“团长有令，杀了他们，不惜一切代价！谁杀了那黑衣家伙，赏五万金币！”沉默之间，大门之内忽然响起一声大喊。

随着这喊声落下，门口处的佣兵，眼睛顿时亮了起来，再次望向萧炎的目光中，少了几分恐惧，多了几分贪婪。

萧炎清楚地感应到这些家伙的变化，轻轻地摇了摇头，也懒得再废话，挥手将身后那些准备抽刀子上的漠铁团员阻拦下，再度向前踏了一步。

“杀了他！”在那巨额悬赏之下，终于有一名佣兵禁不住诱惑，紧握着锋利的武器，满脸狰狞地朝萧炎冲杀过来。

他的举动，无疑引发了连锁反应，顿时，那后面的佣兵，也满脸狰狞地握着武器，对着萧炎冲了过来。

凝望着那些暴冲而来的几十名佣兵，萧炎缓缓地吐了一口气，双手微微旋转，旋即猛地推出："吹火掌！"

随着萧炎手掌的推出，一股凶悍无比的劲气，猛地浮现而出，然后夹杂着能够将一块巨石掀翻的劲风，狠狠地砸在了那几十名佣兵胸口之上。

“噗，噗……”

被劲风砸在身体之上，犹如被千斤巨石砸中一般，几十名满脸杀气的佣兵顿时脸色一白，旋即一口口鲜血喷射而出，像是下起了一场血雨。

萧炎轻拍了拍手掌，瞟了一眼那转瞬间变得空荡的大门，转过头来，对着那些满脸愕然的漠铁佣兵笑道："走吧。"

说完，他便率先踏进其中，大摇大摆的模样，犹如进自家门院。

望着前面少年的背影，众人面面相觑，皆有些无语：一掌掀翻几十名普通佣兵，这家伙，也太不正常了吧?

“唉，变态的家伙啊！”萧厉叹息了一声，与萧鼎对视了一眼，两人无奈地摇了摇头，然后举步跟了上去。

沙之佣兵团的确不愧是石漠城最强大的势力，萧炎刚走进大院之中，上百名手持明晃晃武器的佣兵便围了上来。虽然这些佣兵比起漠铁的团员少了几分肃杀气质，不过这么多人一凑起来，还是颇有些声势的。

望着这些阻拦在面前的大批佣兵，萧炎的脚步没有丝毫停留，掌心推送之间，铺天盖地的凶猛劲气，极为霸道地暴涌而出。在这股劲气的攻击之下，凡是实力在五星斗者之下的佣兵，皆吐血倒退，仅仅有一些实力稍高点的，方才能够将萧炎这种大范围的劲气攻击阻拦而下。不过饶是他们抵挡住了萧炎的劲气攻击，可还来不及窃喜，那鬼魅般的身形便闪现眼前，并不显得如何壮硕的拳头，每一次轻飘飘地挥击而出，都会有一名佣兵重伤晕厥。

一路走过，那些倒在小路两旁不断打滚哀号的沙之佣兵团团员，终于再度验证了玄阶功法的强横。这若是放在以前，萧炎只能使用五次吹火掌斗技，恐怕体内斗气便得宣告枯竭，而现在，这玄阶功法，却能够支持他随意地挥霍，这之间的差距，简直就是天壤之别！

一路横冲直撞，萧炎似乎打出了瘾，身形化为一条黑影，穿梭在那些实力仅仅是普通斗者的佣兵群之中，身影闪掠过处，漫天鲜血飞舞，人影倒射。

跟在萧炎的身后，萧鼎等人无语地望着前面那些不断吐血倒飞的佣兵。从进门到现在，他们甚至没有一次出手的机会，而前面的那黑衣少年，犹如有用不完的精力以及斗气一般，这般毫不吝惜地挥霍，让旁人都有些心疼。

众人脚步灵活地从一些昏倒在地的佣兵身上踏过，目光环视着满院的狼藉，皆轻叹了一口气：这家伙，恐怕一人便能将整个沙之佣兵团给端了吧?

紧闭着大门的大厅之中，几十人坐立不安地走动着，听得那门外不远处响起的惨叫声，他们的脸庞上都布满惊慌，一股恐慌的气氛笼罩在大厅内。

罗布脸色略微有些苍白地坐在大厅首位上，端着茶杯的手轻微颤抖着。他抬头望了望大厅，然后将目光转向身旁不远处的几人，这几人身上并未穿沙之佣兵团的服饰，他们的胸口位置，也并没有沙之佣兵团的团徽。

“几位，我早就说过，漠铁佣兵团的萧鼎与萧厉有一个实力恐怖的弟弟，你们却仍然要一意孤行地毁灭他们。现在可好，那家伙回来了，现在他打过来，我们如何抵挡？”罗布的声音，因为愤怒，而略微显得有些尖锐。

“罗布团长，不用太过担心，那人的实力的确有些强横，但从他与墨冉长老战斗的情况来看，远非像你所说的是一名斗王强者，虽然他最后战胜了墨冉长老，可他也受了伤呀，所以，以我的猜测，他的实力，顶多也就在二星或者三星大斗师水平。而罗布团长，你可是一名四星大斗师，何必惧怕他？更何况，只要你能坚持一段时间，我们便会发讯，然后我们家族的大长老便会赶来，到时候，凭他老人家斗灵的实力，难道还怕一个毛头小子不成？”处于几人首位的一名壮年男子笑道。

“我不知道在与墨冉战斗时，他是否保留了实力，不过当初他诡异地来到我的房间，那种速度，我敢说，即使是一名斗灵，也具备不了。”罗布阴沉着脸道。

“当时罗布团长可与他交了手？”男子笑问道。

“没有。”

“呵呵，这就对了，或许他的速度的确很快，不过强者战斗，速度可并不是最主要的东西，说不定，那家伙也就只有速度快而已呢。”

闻言，罗布脸庞上闪过一抹迟疑，心中逐渐地盘算起来，略微点了点头。当初因为萧炎的诡异出场，所以他也被震得有些慌乱，现在想来，一名不过二十岁的少年，怎么可能会是一名斗王强者？就算他每天吃天材地宝、极品丹药，那也绝对不可能吧？

这般想着，罗布脸庞上的阴沉也逐渐消散了，紧了紧拳头，“呸”的一声吐了一口唾沫，恶狠狠地道："也好，这次就让我来瞧瞧，这家伙究竟有多强，我还真不相信，他一人能把这里的十多名斗师都打败！"

瞧着罗布的气势逐渐地回来了，大厅之内脸庞紧绷的众人，也悄悄地松了一口气。在这时，若是连首领都没有了战意，那就真的完蛋了。

"嘭！"

在众人心绪逐渐热乎起来之时，那紧闭的大门，被震成无数碎片，四处飙射。

门口处，木屑逐渐飘散，一袭黑衫，缓缓地出现在众人的视线之内。

"诸位，躲在这里可是很好玩？"淡淡的戏谑笑声，轻飘飘地传了进来。

大厅之内，所有人的心都微微紧了一下，举目望去，在那门口处，黑衫少年笑盈盈地随意站立着，一抹阳光倾斜而下，刚好将他照在其中，一眼望去，少年脸庞上的笑意那般温暖和煦。

罗布目光扫过那张笑容满布的清秀脸庞，然后停在那双漆黑的眸子上，那里，却并未含有半点笑意，反而是一片漠然的冰冷。

瞧得萧炎的身形，大厅之内的众人赶忙向后退了几步，都拥到了罗布身旁，连那几位不知来路的人也是这般举动。

萧炎目光在大厅之内扫了一圈，缓缓走进，在他的身后，萧鼎等人也鱼贯而入，不怀好意地盯着对方的一群人。

"罗布团长，手段挺狠的啊！"

萧炎的视线先是在那几位服饰与沙之佣兵团团员不同的几人身上扫过，旋即转向坐在椅上的罗布，微笑道："上次留了你的命，似乎是个错误的选择。"

被萧炎那双冷漠眸子这般盯住，罗布身体略微有些发寒，不自在地扭了扭身子，偏头望了望那些拥在身后的属下，眼角轻微地跳了跳，手中的茶杯，"嘭"的一声，被他捏得粉碎。

"你叫萧炎是吧？"茶水混合着粉末顺着手掌滴答而下，罗布努力让自己的表情看起来淡然一点。

“我不知道你究竟是什么来路，也不想知道，不过你今日这般大摇大摆地闯进我沙之佣兵团，是否该给我一个说法？”罗布冷笑道。

“呵呵，抱歉，没有什么说法。”萧炎挠了挠头，灿烂地笑道，“如果硬要说有，那就是我想把你这佣兵团给砸了。”

罗布脸皮抽搐了几下，萧炎那嬉皮笑脸的神色，让他忍不住满腔怒火，而且，在这怒火之下，还有几分看不清对方虚实的内荏。他紧咬着牙齿，手掌猛地狠狠砸在面前的桌面上，顿时，坚硬的桌面，便“咔嚓”一声，直接变成了一地碎片。

“好，我今日倒真是要看看，你凭什么来砸我沙之佣兵团！”罗布怒喝了一声，身体表面之上，雄浑的斗气急速凝结，转瞬间，那厚实的斗气铠甲，便覆盖在了他的躯体之上。

“你们既然自己送上门来，倒也省了我一些心思，今日，都留下吧！”体内开始奔腾的雄浑斗气，也让罗布胆子逐渐壮了起来，大手一挥，顿时一股大斗师级别的压迫气势，弥漫了大厅内部。

察觉到那股强横的气势压迫，萧鼎等人脸色微变，脚步都不由自主地退后了一步。

萧炎平静地望着那身体之上气势逐渐浓厚的罗布，竟然缓缓地闭上了眼眸，浑身的气息完全收敛入体。若不细心感应，还真会把面前的少年当成一个不会斗气的普通人。

瞧得萧炎这般奇异举动，身旁的萧鼎等人都是微微一愣，不过他们并未开口打扰，而是安静地站在萧炎身后。

片刻之后，一旁的海波东偏过头来，紧紧地注视着萧炎，淡漠的老脸上忽然闪过一抹诧异。在他的感应中，面前少年的气息，忽然变得极陌生而且恐怖了起来，他皱了皱眉头，心中疑惑地喃喃道：“就是这股气息……好强……即使是现在的我，也依然比不上。这家伙究竟是怎么回事？一会儿只有斗师的实力，一会儿却又变得这般恐怖，真是个莫名其妙的怪胎……”

海波东实力远远超过在座的所有人，因此他能够察觉到萧炎体内逐渐变得恐怖的气息，不过其他人却没有这种感觉，他们只能看见，现在的萧炎，似乎犹如在闭目歇息一般。

紧皱着眉头望着举止奇怪的萧炎，罗布心中逐渐泛起一抹不安，手掌一挥，沉声道："杀了他们！"

听得罗布的命令，其身后的十几名沙之佣兵团的精锐团员互相对视了一眼，旋即一咬牙，抽出腰间锋利的武器，几名斗师更是快速地召唤出斗气纱衣，然后颇有声势地对着萧炎冲杀而去。

瞧着对方的举动，萧鼎脸色一冷，手掌一挥，刚欲带着人冲上前去，一旁的海波东却忽然淡淡地道："不用出手，看着就行。"

闻言，萧鼎微微一愣，偏过头来与萧厉对视了一眼，旋即点了点头。虽然他们对海波东并不熟悉，不过能够让萧炎都称为强者的人，想必实力不会弱，他所能看见的，自然是要比自己等人要更远一些，更深一些。

将身后的众人阻拦下，萧鼎目光死死地盯着那些冲过来的沙之佣兵团团员，紧握的掌心中泛着些许汗水。

在那些沙之佣兵团的人即将到达攻击范围之时，紧闭着眼的萧炎终于睁开了眼眸，漆黑的眸子中，少了少年的几分锐气，多出了几分历经世事的沧桑。

目光淡淡地凝望那些已经能够清楚看见满脸狰狞之色的佣兵，萧炎缓缓地抬起手掌，修长的指尖处，森白色的火焰一闪便逝。

在森白火焰闪逝的那一霎，那十几名暴冲而来的佣兵，身体骤然一颤，然后，在一道道惊骇的目光注视下，一股股洁白的冰层，忽然自他们脚底蔓延而上，短短两三秒时间，十几道人影便全部变成了通体洁白光润的冰棍。

"嗞……"望着那被凝固成冰棍的佣兵，一旁的海波东，脸皮忽然急速地颤抖了几下，心中狠狠地吸了一口凉气。别人或许会认为那些冰层是由寒气所凝聚而成，不过他这个玩冰玩了大半辈子的人却知道，那并不是一种寒冰能量。

在海波东的感知当中，在被冰层包裹的那一霎，那十几名佣兵，便在顷刻间化为了虚无，那是一种真正的虚无，连骨灰都没有遗留下。

虽然这种白色的结晶体与寒冰极为类似，可海波东清楚，这根本不是寒冰，因为在那结晶体之内升腾的，是一种近乎恐怖的炽热高温！

“这家伙，身手简直太恐怖了！这才是他的真正实力？”喉咙微微滚动着，海波东再次为自己当初在恢复实力时，没有选择与萧炎当场翻脸而感到庆幸。

大厅之中突兀出现的十几座人形冰棍，使大厅陷入一种近乎呆滞的沉默之中，所有人都满脸惊骇地盯着那在毫无预兆之下便变成了冰雕的人形柱子，浑身上下忽然涌起一股发自内心的冰凉寒意。

罗布身旁，那几个不属于沙之佣兵团的斗师强者，也满脸呆滞地望着那十几个冰雕，心中逐渐涌上一抹不安，他们现在才略微认识到，罗布当初的感觉，似乎并没有错……

“这次麻烦了……”领头的男子，心中喃喃道。

萧炎微微偏头，淡淡地望着那坐在椅子上目瞪口呆的罗布，脚步缓缓从十几具冰雕之中穿过。而随着他的贴身擦过，那些人形冰雕，“咔嚓”一声，竟然爆裂开来。冰雕爆裂，其中别说人影，甚至连半点血肉都没有留下，这灵异的一幕，更是让所有人头皮发麻。

萧炎脚步缓慢地走进大厅，片刻后，在一道道目光的注视下，站立在罗布身前，微微低头，嘴角扯了扯，似乎是露出了一个笑容，轻声道：“上次给了你提醒，为什么还要这般愚蠢？”

“咕……”喉咙里翻滚着，罗布咽了一口唾沫，额头之上，冷汗顺着脸颊滴落而下，抬起头，望着少年那噙着淡淡笑意的清秀脸庞，一股难以遏制的彻骨寒意，从脚心处渗发而出，让他如坠冰窖。

在这一刻，罗布感受到了死亡的气息，以及那面临着死亡扑涌而来的恐惧。

罗布牙齿紧紧地咬在一起，似乎并不甘心束手就擒，死命地催动着体内的斗气，顿时，身体表面上的那层斗气铠甲，变得更加坚固了。

目光泛着些许讥讽地盯着那负隅顽抗的罗布，萧炎轻笑了笑，修长白皙的手掌缓缓抬起，然后就这般轻飘飘地对着罗布脖子处落去。

眼瞳死死地盯着那不断放大的手掌，罗布想要闪避，却骇然发现，自己的身体，似乎在此刻更换了主人一般，完全不听他的使唤。

白皙修长的手掌，轻飘飘落在了罗布脖子之外的那层厚实斗气铠甲之上，萧炎微微一笑，然后那层斗气铠甲便开始融化。

眼瞳在此刻缩成针眼大小，罗布能够感受到斗气铠甲的飞速融化，然而他还来不及说话，一只冰凉的手掌，便轻轻地放在了他的喉咙之处。在这一霎，罗布浑身的汗毛，猛地倒竖了起来，淡淡的死亡阴影，死死地纠缠在心头。

"大……大人……饶命！"

在这一次的交手中，罗布终于确切地感受到了对方的恐怖实力，身体僵硬在座椅之上，生怕自己稍稍一动，那只死神之手，便会忽然一捏，将自己那条小命捏走。罗布脸色惨白如僵尸，冷汗从身体各处渗透而出，只是片刻，一件衣衫，便犹如浸了水一般。

"知道青鳞的消息吗？"萧炎微偏着头，忽然笑了笑，声音轻柔地问道。

闻言，罗布微怔，在他沉默的瞬间，脖子之处的手掌，猛然变得冰凉了许多，刺骨的寒冷，让他瞬间打了一个冷战。抬起头，望着那对漆黑如墨、淡漠如冰的眸子，他丝毫不怀疑，若是自己再迟疑片刻，对方会立刻将他也冻成一根冰棍，当下急忙点头，声音因为恐惧而略微有些急促与尖锐："大人，我知道！"

"恭喜你，你的命，暂时又回到了你的手上。"

萧炎轻笑了笑，缓缓收回手掌，满脸的笑容，虽然和煦如暖日，却依然让罗布等人遍体生寒。

第七章
墨家

在大厅内那一道道近乎呆滞的目光中，萧炎随手抽出一把椅子，大大咧咧地坐了上去。瞥着那脸色惨白的罗布，他轻剔着指甲，淡淡地道：“说说吧，你们最近是怎么回事。以你的性子，似乎还没有横扫石漠城所有势力的魄力啊。”

听着萧炎这略微有些损意的话语，罗布也只得讪讪地笑了笑，沉默了下，苦笑道：“的确，我并没有想过独霸石漠城这块地盘，而且沙之佣兵团也不具备清除石漠城所有势力的实力。”

“这一切事情，或许还是因为漠铁佣兵团的那位叫作青鳞的小女孩。”罗布脸庞上的表情，略微有些后悔。

“罗布，你可要小心你在说什么！我们家族能够帮你称霸石漠城，也能让你们在顷刻间覆灭！”就在罗布准备和盘托出之时，那一旁男子中的首领，忽然暴喝道。

听得这喝声，罗布脸色微微变了变，片刻后，他恶狠狠地转过头，对着那男子怒道：“要不是你们，老子也不会沦落到今天的下场！”

“他们是谁？”萧炎偏过头，盯着那几位并不属于沙之佣兵团的男子，轻声问道。

见到萧炎望过来，那几位男子急忙后退了几步，体内斗气急速流淌着，满脸的忌惮，眼角不住地瞟着脚下，生怕那诡异的冰层，会忽然从脚底下冒出。显然，先前萧炎的那番出手，已经让这些人心中升出了些许恐惧。

“他们是墨家的人，那位叫作青鳞的小女孩，便是他们的大长老亲自出手擒回去的。之后不久，他们墨家便联系上了我们沙之佣兵团，说是可以借人给我们，然后帮助我们称霸石漠城，不过条件就是……必须将漠铁佣兵团的所有人杀光……”罗布扫了一眼萧炎身后的萧鼎等人，说道。

“墨家？”闻言，萧鼎脸色微变，失声出口。

“他们是什么来路？”萧炎偏过头来，望向脸色略微有些不好看的萧鼎，问道。

“墨家，加玛帝国东部省份的四大家族之一，其势力虽然比不上纳兰家族那般庞大，不过也不可小觑。他们常年盘踞在东部，在那里的势力几乎根深蒂固，俨然是一方土霸主，极少有人敢去招惹他们。没想到，此次竟然是他们要对付我们。”萧鼎紧皱着眉头道。

“墨家……他们实力如何？”萧炎手指轻轻地敲打着桌面，低声问道。

“墨家实力最强的，便是他们先前所说的那位大长老，我听过他的名字，应该是叫墨承吧？他的名头，在帝国东部这块地方，还是颇为响亮的，当年曾经一人单枪匹马地将东部最猖獗凶狠的黑旋风强盗团杀了个精光。要知道，那黑旋风强盗团，实力可不容小觑，其中光是大斗师便有三位，斗师更是有十几名之多，再加上天性凶悍，帝国几次派兵围剿，都未有太大建树，反而损失了不少人……那场杀戮，当真是血流成河，因此，也造就了他那‘刽子墨’的外号……”萧鼎沉声道。

“似乎也是一个狠人啊……”萧炎轻笑道。

“当然，虽然身为一名斗灵，实力也的确很强，不过让墨承有如今这般声望地位的，主要还是他的另外一个身份。”说到此处，萧鼎的脸色略微有些古怪起来。

“什么身份？”

“那家伙年轻的时候，曾经拜入云岚宗，后来因为要管理家族事务，便离开了。不过那家伙也算机灵，虽然脱离了云岚宗，不过每一年都会给云岚宗上缴一份极其丰厚的供奉，并且每次云岚宗的高层有喜事等，他都会亲自前去祝贺，为人极圆滑。

据说，十几年前云岚宗宗主收入门弟子时，那家伙也受邀在列，从云岚宗回来后，那家伙就一直将这事挂在嘴上，满天下炫耀。当然，能够参加云岚宗宗主的收徒仪式，也的确挺让人羡慕的……”虽这样说着，不过萧鼎还是轻摇了摇头，心中对那墨承的人品略微有些鄙视。

“哦，对了……云岚宗的宗主这么多年，就收了一个女弟子，你应该知道她是谁……”萧鼎摊了摊手，道。

“嗯。”萧炎微微点了点头，淡淡地笑了笑。那女弟子，除了纳兰嫣然之外，还能是谁？

“因此，虽然这家伙脱离了云岚宗，可不仅未被云岚宗的执法队追杀，反而弄了个外门执事的称号。这些年来，很多强者在东部这块地方混迹时，未与他起冲突的最主要原因，还是忌惮他背后的云岚宗……呵呵，毕竟那才是一个真正的庞然大物。”萧鼎叹息了一声，笑道。

“小子，既然知道云岚宗是我们墨家的后台，那便识相些，乖乖放我们回墨家，倒还……”听得萧鼎的诉说，那几人之中的一位稍显年轻的男子，脸庞上忍不住浮现些许得意。然而他的得意话语还未说完，那坐在椅上的萧炎，便随意地挥了挥手，一股冰层瞬间从年轻男子的脚掌下蔓延而出，然后将之包裹其中，同时也将那还未说完的话语堵了回去。

“今天就算是云岚宗的宗主来了，也不见得能把你们带走。所以，别再说那些脑残的话了，谁多说一句，就多一具冰雕。”萧炎连看都没有去看那冰雕一眼，语气淡漠地道。

听得萧炎这般狂语，那仅剩的四人脸庞上涌现一抹怒气，不过他们也只是狠狠地咬着牙齿，不敢再开口。

“不过这些家伙还真是奇怪，抢了我们的人，还要反过来把我们全部杀光，是有毛病，还是怕我们知道什么东西？”萧鼎的眉头微微皱了皱，有些疑惑地喃喃道。

“知道他们抓青鳞做什么吗？”萧炎望着罗布，询问道。

“这个……我就不知道了。”罗布眼角斜瞥了一眼那多出来的冰雕，咽了一口唾沫，讪讪地摇了摇头，似乎生怕萧炎不相信，他紧接着又赶紧补充道，“我与他们没怎么接触过，那墨冉，便是我见过的墨家地位最高的人了。”

萧炎紧盯着面前的罗布，半晌后，方才点了点头，手指指向那几位来路不明的男子，道：“他们应该便是墨家的人吧。”

“嗯。”罗布赶忙点头。

萧炎笑了笑，将目光转向那几位脸色变得难看起来的男子，笑道：“几位，说说你们抓青鳞的目的吧。”

那位站在首位的男子，目光有些颤抖地扫过那立在身旁的冰雕，喉咙滚动了一下，颤声道：“我们也只是奉命行事，并不知道其中的内情。”

萧炎眼眸微眯，屈指轻弹，妖异的冰层，再度从那男子身旁一人的脚下蔓延而出，转瞬间，便将之变成了一根人形冰棍。

“我想听实话……”萧炎笑盈盈的模样，在那几位墨家的人眼中，却犹如恶魔一般恐怖。

“我们真的不知道！”男子脚跟微微打着哆嗦，脸色因为恐惧而略微有些发青，声音也嘶哑了许多。

闻言，萧炎脸庞淡漠，刚欲再度挥手，一旁的海波东却忽然出声道：“别问他们了，他们的确什么都不知道，以墨家保密的严格程度，是不会将一些重要信息告诉他们的。”

萧炎手掌顿住，回过头来望着海波东，微笑道：“你知道些什么吧？”

目光与那漆黑如墨的眸子对视了一眼，半晌后，海波东主动把目光移开，沉吟道：“当年我曾经与墨家接触过，所以知道一些秘密……墨家的祖上，曾经出了一位炼药师，不过他对正统的炼药并没有太大的兴趣，反而专注于研究一些稀奇古怪的东西，比如，从一些魔兽身体上卸下强健的爪子或者骨骼等，然后移植在人体上……”

“挺变态的。”萧炎轻声道。

“嘿嘿，的确很变态，不过那家伙也算是有些本事，最后竟然也捣鼓出了一些东西。当时墨家的很多人都移植了这些东西，虽然实力大增，不过却将自己搞得人不人鬼不鬼。在研究了许多魔兽之后，他又将注意力转到了一些拥有奇异器官的人类身上……你也知道，总有一些人，有些与众不同的东西，而墨家那位祖上，便想尽办法将那些人抓住，然后从他们身上挖走那些奇异的器官，最后移植在自己人身上，使得他们实力大长……”说到此处，海波东脸庞上闪过一抹厌恶，显然，他对这些变态的东西也极为不认同。

“我想，那位叫作青鳞的小女孩，应该有点与众不同的地方吧。不然，我也实在想不出他们费这么大的劲抓一个小女孩做什么。”

听着海波东的话，萧炎的脸色豁然间变得极其难看。他自然知道青鳞身上有什么与常人不同的地方，那所谓的碧蛇三花瞳，就连药老都评价颇高，若是那墨家的人发现了这个秘密，以他们的变态性子，自然是会想尽办法将她抓住。

“原来这些杂种竟然是打上了青鳞眼睛的主意……”萧炎脸色阴沉如水，紧握着拳头，袖袍猛地一挥，一股森白火焰暴涌而出。一旁的几位墨家男子，除了刚才答话的那人之外，其他几人，尚来不及发出惨叫，便被焚烧得荡然无存了。

一旁的海波东，瞧得忽然暴怒的萧炎，微愣了愣，旋即心中略感明了，喃喃道：“看来那位叫作青鳞的小女孩，还的确是有些与众不同。”

随着那几位墨家的人被焚烧成虚无，大厅的气氛骤然间变得鸦雀无声。

额头之上，冷汗缓缓地滴落着，罗布坐在椅子上丝毫不敢动弹，偷偷地瞟了一眼那黑衫少年阴沉的脸色，浑身上下再度被森寒所缭绕。

那位仅存的墨家男子，全身僵硬地立在原地，脸庞在这一刻，猛然间变得煞白，嘴唇哆嗦着，眼瞳中尽是恐惧。刚才，只要那白色火焰再飘移过来一点，那么现在的他，恐怕也连灰烬都不会遗留下了。

“你……你这是在挑衅我们墨家！”男子颤抖着声音，色厉内荏地喝道。

“我不光要挑衅，还要把那狗屁墨家给砸了！”萧炎阴冷地笑道。

“你不要太嚣张了，我们墨家的后台可是云岚宗！”男子怒声道，似是在给自己打气一般，声音说得颇大。

“带我去墨家，或者和你刚才的同伴一样，两种选择，你自己决定。”萧炎十指交叉，放在身前，斜瞥着那颤抖的男子，淡淡地道。

“墨家没有叛……”男子努力压制着心中的恐惧，嘴巴依然颇为强硬，不过这一次，萧炎似乎失去了多余的耐心，手掌轻挥，一缕森白火苗闪电般地蹿出指尖，然后在男子那满脸惊骇之色中，将他焚烧成了一片虚无。

“墨家的总部，便在帝国东部的盐城之中，那是帝国东部省份最大的一座城市。”萧鼎在萧炎身后轻声道，“从石漠城到盐城，走路的话，或许需要八天时间，若是飞行的话，一天多时间就可到达。”

微微点了点头，萧炎转过头来，看着罗布，笑盈盈地道：“罗布团长，接下来，我们似乎该说说我们之间的问题了，不管你是受何人教唆，你们给我们漠铁佣兵团造成了不小的损失，这倒是实实在在的。”

闻言，罗布脸庞之上，冷汗顿时流了下来，顾不得擦拭，他面如土色地颤声道：“我沙之佣兵团给贵团十万金币作为赔偿，不知是否可行？”

萧炎微笑着摇头。

“那二十万？”

“三十万？”望着那依然是摇着头，并且脸庞上的笑意越加冰冷的萧炎，罗布终于哭丧着脸道，“萧炎大人究竟想要如何，您就明说了吧，以您的实力，我们沙之佣兵团根本没有半点反抗的机会。”

到现在，罗布也的确是死心了，以萧炎的这恐怖实力，沙之佣兵团根本就没有和他讲条件的资格。

“让沙之佣兵团并入漠铁佣兵团。对于低级团员，给他们些钱财，剔除出去；

七星斗者以上的团员，可以留下来；如果是斗师的话，保持原有的地位。”萧炎左手手指轻轻地敲击着右手手背，缓缓道。

听得萧炎此话，大厅之内众人都是一愣，旋即脸色各有不同。萧鼎与萧厉对视了一眼，心中略微有些激动：若漠铁佣兵团真的将沙之佣兵团吞并了，那么不只石漠城，就算是附近的其他城市的一些势力，也难与他们抗衡，到时候，漠铁佣兵团的发展肯定会势不可当！

不过这种措施虽然好处不小，可弊端也极为明显：沙之佣兵团实力毕竟比漠铁佣兵团强，若是让他们合并过来，说不定会出现喧宾夺主的隐患，到时候，恐怕反而会将漠铁佣兵团搞得内部大乱，那样的话，可就有些得不偿失了。

在萧鼎与萧厉两人思量着这其中的利弊之时，那罗布，却是满脸苦涩了起来。他虽然并没有什么称霸的大志向，可也并不想在别人手下听从差遣，更何况，他的实力可远远强于萧鼎二人，让他听从他们的命令，他的心中难免有些别扭。

“漠铁佣兵团，是我们三兄弟创建的，所以，我也算是漠铁团长，你们在我手下做事，想必应该不会掉价吧？”似是清楚罗布心中的别扭，萧炎笑道。

萧炎这一说，倒是让罗布以及周围的几名斗师脸色略微好看了一点。在一名或许是斗王级别的强者手下做事，他们不仅不会掉价，反而还会备感荣幸。

“罗布团长，究竟是合并，还是让我来清理，如何选择，你自己作决定吧……”说到这里，萧炎顿了顿，微笑着补充了一句，“希望你不会再让我失望。”

被那双漆黑的眸子盯住，罗布嘴角忍不住地抽搐了几下，深吸了一口气，脸色急速地变幻着。

随着罗布的沉默，大厅之内再度陷入了寂静，安静的氛围中，只有萧炎手指轻轻敲击着桌面的细微声响。

安静持续了许久，就在萧炎脸庞上的笑意逐渐收敛之时，罗布终于苦笑着叹息了一声，抬头对萧炎道：“我想今日我若是不答应的话，恐怕沙之佣兵团就得立马解散了吧？”

萧炎笑了笑，不置可否。

“那你认为我还有别的选择吗？”罗布满脸苦涩地道。

“似乎没有了……”萧炎笑道。瞧得罗布那苦笑的脸色，知道了他的选择后，萧炎耸了耸肩，掌心微翻，一只小玉瓶出现在手中，目光扫了一眼罗布以及其后三位斗师，玉瓶微微倾斜，从中倒出四枚红色的丹药，屈指轻弹，四枚丹药，便飞射进了愕然的四人手中。

“别说我不相信你们，当然，如果我说我现在对你们深信不疑的话，恐怕你们都不会相信……”说了句颇为绕口的话后，萧炎笑道，“这东西，算不上什么剧毒之物，不过若真是毒发起来，相信除了罗布团长能够多坚持一会儿之外，其余三位，恐怕得当场毙命……”

偏头望着罗布，萧炎补充道：“记住，我说的是多坚持一会儿，并非你能抵抗它的毒性。”

看着罗布四人那略微僵硬的脸庞，萧炎笑着道：“这只是我的一些防范措施而已，毕竟现在我可不能完全相信你们。解药我会分批放在我大哥手中，只要你们别玩什么花样，自然不会有事，等日后你们取得我的真正信任，我会替你们驱毒。”

“似乎……不吃不行啊！”握着手中那枚红色丹药，罗布沉默了片刻，叹息道。他心中自然也清楚，若是不服下萧炎的药丸，恐怕萧炎根本不会相信他们甘愿合并。

萧炎微微点了点头，轻声道：“罗布团长是聪明人，自然应该知道，我这么做，也是为了保险起见。”

罗布苦笑了一声，抬头紧紧盯着萧炎，虽然那张脸庞上依稀带着几分笑意，不过那对漆黑的眸子中，依然是冰凉淡漠。被那冰冷的目光看着，罗布心中微微打了一个冷战。他相信，若是自己不肯服下这枚丹丸的话，恐怕下场也会和先前墨家那几人没什么区别。

再度叹了一声，罗布转头与三名属下对视了一眼，皆苦笑着摇了摇头，然后无奈地将那枚红色药丸吞了下去。不管怎样，今日这条命，总算是保住了。

望着四人将丹丸服下，萧炎这才微微点了点头，缓缓站起身来，道："你先准备合并的事情吧。团内的一些蛀虫，该清则清，记住，漠铁佣兵团不要那种只会狐假虎威的垃圾。"

说完之后，萧炎便转身朝大厅之外走去。萧鼎瞟了一眼满脸颓丧的罗布，也紧跟了上去。

跟在萧炎身后，那一干漠铁佣兵团的团员望着前面那单薄的背影，脑袋略微有些眩晕。仅仅半天时间，这石漠城最大的势力，竟然便被强行并入了漠铁佣兵团！这戏剧性的一幕，实在是让众人觉得犹如做梦一般。

罗布颓废地坐在椅子上，望着那些鱼贯而出的人，叹了一口气，无力地挥着手，道："准备清理那些没用的人吧。"

"团长……我们就这般被纳入漠铁佣兵团了？"身后，一名斗师苦笑着问。

"不这样，还能怎样？萧炎的实力，你们也清楚地瞧见了，他若是要毁灭我们沙之佣兵团，仅仅是翻手间的事情而已。而且……跟着一个有斗王强者做保护伞的佣兵团，安全性总比以前更高一些吧。"罗布揉了揉额头，道。

闻言，三名斗师也只得相视苦笑，默然无语。

行出大厅，萧炎一行人缓缓向外面走去，转过街角，萧炎脚步微缓，转过头对萧鼎与萧厉笑道："虽然强行将沙之佣兵团并入漠铁佣兵团有些危险，不过以大哥和二哥的本事，想必应该能把这些处理妥帖吧？"

"的确有点麻烦，不过有了你刚才那手，我有信心将罗布压得不敢乱来。至于那些从沙之佣兵团转移过来的佣兵，倒无须太过担心，我有办法处理。"萧鼎笑道。

"如此就好。"见到萧鼎并无犹疑，萧炎也松了一口气，道，"接下来我会前去墨家所在的城市一趟，这里的事情，便靠你们了。"

"去墨家吗？"闻言，一旁的萧厉皱了皱眉，片刻后点了点头，提醒道，"小心一点，墨家毕竟是盐城的土霸主，而且他们和云岚宗的关系也颇为不错。"

“嗯。”

萧炎微笑着点了点头，对着一旁的海波东挥了挥手，然后背间微微一颤，紫云翼扑扇而开，缓缓升空，对着下方惊愕的萧鼎等人笑着摆了摆手，便与海波东腾上半空，双翼振动间，两人的身形化为两道流光，迅速消失在天际。

第八章
盐城

两道淡淡的流光，犹如流星一般飞掠过天际，眨眼间，便消失在天尽头。

飞行在萧炎的身旁，海波东偏头借着月光望着这少年，此时少年体内那股陌生的恐怖气息已经再度完全消失，取而代之的，依然是那仅仅斗师级别的气息。

海波东浑浊的老眼紧紧地打量着萧炎这种几乎是两重天的变化，沉吟了许久，眉头微皱，片刻后，忽然道："萧炎小兄弟，那股堪比斗皇强者的陌生气息，其实……并不是你发出来的吧？"

海波东这突如其来的话语，使萧炎的飞行速度略微减缓了一下，他转过头来，瞥着海波东，淡笑道："海老先生为什么会这么说？"

"虽然我不否认萧炎小兄弟的修炼天赋很杰出，不过，说句实在话，我闯荡了这么多年，类似你这种修炼天赋的，并非没有见过，可他们在你这个年龄时，顶多也仅仅是斗师或者大斗师左右的实力，至于斗皇……那绝对不可能。"海波东笑了笑，道，"所以，在先前感应了你体内那股陌生气息后，我想，你应该是催动了什么不为人知的物品吧？呵呵，也就是说，那股力量，其实并不属于你。"

萧炎眉头轻挑了挑，瞥着海波东，片刻后，轻笑道："海老先生不愧是斗皇强者，果然眼光毒辣！"

对于这点，萧炎并没有直接否认。因为他清楚，斗皇级别的强者，已经能够初步感应到他本身气息和药老气息之间的分别，不过好在海波东并非是炼药师，不然，在一名斗皇级别的炼药师那强大的灵魂感知力下，药老的灵魂一定会无处躲匿。而这也是为什么当初在沙漠，丹王古河出现时，药老会小心沉寂的原因。虽然古河不一定能够完全感知到药老的存在，不过依靠着强大的灵魂感知力，古河至少能够知道那股力量绝非萧炎所有。

听得萧炎并没有否认的意思，海波东脸庞上明显掠过一抹惊诧，不过他识趣地没有接着询问下去。

“呵呵，那股力量虽然的确不属于我，不过，海老先生只需要清楚，我能操控着它和斗皇强者相抗衡便是。”萧炎若有深意地笑道。

海波东笑着点了点头。的确，不管那力量来源于什么地方，只要萧炎能够操纵它，那么他便是一名能够与斗皇相抗衡的强者。只要手中握有力量，一切的怀疑与挑衅都将会无足轻重。

瞧得海波东并未再说什么，萧炎这才微微一笑。对方也是个聪明人，知道力量这东西不分来源，谁只要拥有它，那么谁便拥有话语权。

“走吧，争取在天亮的时候赶到盐城，不过我并不清楚去往盐城的路途，所以只得依靠海老先生了。”萧炎笑道。

“呵呵，我在漠城待了几十年，每天绘制地图，这些路线我还是极熟悉的，跟着我吧。”海波东笑了笑，背后寒冰双翼微微一振，速度骤升。

望着骤然加速的海波东，萧炎点了点头，紫云翼扇动着，赶忙追赶了上去。

夜空之中，两道流光闪逝而过。高空之上，银月渐落。

盐城，坐落在加玛帝国东部省份，便利的交通使得它成为帝国内部通往东部省份的必经之路，战略位置极为不错。因此，这座号称加玛帝国东部省份最大的城市，常年都被帝国派重兵把守。

盐城之中，除帝国的势力之外，最强大的，自然便是萧炎他们此行的目标——

墨家!

由于墨家的霸道垄断，盐城之中，将近百分之六十的产业都属于墨家所有。每年的利润，除去一些必需的税收以及打通关系的钱，尽管所需花费很多，但剩余收入依然将墨家养得财大势大。

虽然树大容易招风，不过有云岚宗这个庞然大物作后台，即使是加玛帝国皇室，也不会轻易来找墨家的麻烦。所以，在这般肆无忌惮的发展之下，墨家，几乎成了盐城的土霸主，若非在东部省份还有其他三个家族牵制着它，恐怕墨家早就将势力范围扩张到其他大城市了。

不过即使如此，近几年中，墨家依靠着强横的后台，也稳稳地将三大家族压在了身下，俨然一副独占鳌头的霸主姿态。

经过一天马不停蹄地赶路后，萧炎两人终于接近了盐城的范围。当天空之上的银月被炽日取代之后，一座散发着丝丝凶悍气息的庞大城市轮廓，终于出现在视线的尽头。在日光的照射下，那座遥远的巨大城市，犹如一条匍匐在地的远古凶兽一般。

萧炎两人在盐城之外几百米处落下地来，稍作休息后便换了一身宽大的带篷黑色长袍。宽松的长袍将两人的身体完全包裹其中，头顶上垂下来的黑篷，也让人看不清其下的面貌。

萧炎虽然并不惧怕墨家，不过能够在掩藏身份的情况下将事情完美解决，自然最好。再者，海波东也并不想太过得罪云岚宗。显然，对于这个雄霸加玛帝国的庞然大物，这位曾经的冰皇也并非毫无忌惮之意。

换完装束之后，两人这才顺着宽敞的大路，向不远处的那座庞大的城市缓缓走去。

行近城门，萧炎有些愕然地发现，那城门处，有几十名全副武装的士兵站立在城墙两旁，锐利的目光不断在来往的路人身上扫视着。

望着那森然的守卫，萧炎眉头微微皱了皱，这里已经算是远离帝国边境了，怎么防御竟然比漠城还要森严？

萧炎略微有些疑惑地摇了摇头，与海波东对视了一眼，掀开黑色斗篷，安静地排在受检的队伍之后，随着队伍，缓缓地向城市内部行进。

“唉，真是好大的排场，墨家不愧是盐城最大的家族啊。”排队期间，萧炎前面的几位身着佣兵服装的男子，或许是因为无聊，都相互间窃窃私语起来。

“嘿嘿，今天似乎是墨家大长老墨承的寿诞吧？听说不仅东部这一块区域的很多势力都赶过来庆贺，就连云岚宗都派了人过来呢。”

“哦？云岚宗竟然也来人了？这墨承好大的面子啊。”

“喊，墨家虽然势大，不过在云岚宗眼中又算得了什么，若不是墨家每年向云岚宗缴纳那般庞大的供奉，以他们的眼界，会屈尊下来和墨家打交道？”一名佣兵不屑地撇了撇嘴道。

“嘿嘿，也是。”几名佣兵似乎对墨家也不太瞧得上，皆附和着低笑道。

站在队伍之后，听着几名佣兵间的谈话，萧炎眼眸微眯，轻笑道：“这来得还真是巧啊，那老浑蛋竟然刚好庆寿。”

“来了这么多势力，我们似乎不太好下手吧？”海波东眉头微皱，迟疑地道。

“呵呵，海老先生，以我们两人联手的实力，别说一个墨家，就算是云岚宗，也没什么可惧的。况且，难道你还以为云岚宗的宗主会亲自来给他庆寿不成？”萧炎淡淡地笑道。

“那样的话，也实在是有些抬举那墨承了。”海波东笑着摇了摇头。一个统领云岚宗这种庞然大物的超级强者，在这加玛帝国，能有几人够资格让她亲自前来庆贺？

“呃……我似乎没答应你我要出手吧？”笑了一会儿，海波东这才忽然一愣，愕然道。

“嘿嘿，海老先生，若到时候需要你，那便出手吧，我知道你出手费用很高，不过我应该负担得起。”萧炎笑道。

“一名能够炼制六品丹药的炼药师，我倒真的很希望你能欠下我的人情。”海波东拍了拍萧炎的肩膀，低笑道。

萧炎微微一笑，抬头望着即将轮到自己的队伍，刚欲前行，身后不远处传来阵阵马蹄之声。偏过头来，却看见几位身骑骏马的男女正飞奔而来，沿途扬起的灰尘，将一旁排队等待的诸人气得七窍生烟，不过当他们愤怒的目光投向那骑马的首位人影之后，心中的怒气顿时强行咽了下去。

首位骑马的，是一位年轻的女子。女子身穿一套紧身红衣，玲珑的身姿被包裹得淋漓尽致。女子脸颊颇为俏美，光洁的额间，佩戴着一枚小小的水晶挂饰，微微晃动间，为那张噙着几抹骄蛮气息的脸颊添了几分灵动。

红衣女子的视线，并没有因为她驾驭马匹给排队的人带来麻烦而有所停留，仅仅是斜瞥了一眼后，便自顾自地骑着马，带领着身后的一群人，在那些守卫士兵无奈的目光中，横冲直撞地冲进了城市。

嗒嗒的马蹄声逐渐地远去，排队的队伍中，这才响起一些不满的谩骂声。

“真是的，不就是仗着自己是墨家二小姐么，神气什么啊！你墨家还不是靠讨好云岚宗才有如今地位，哪天云岚宗不乐意了，迟早会把你墨家给踢了。”

听着后面响起的低低骂声，萧炎淡淡地笑了笑，微眯着目光扫向那黑漆漆的城门通道，然后整了整黑袍，在周围士兵的注视下，缓缓地走了进去。

通过一道有些漆黑而深邃的城墙通道后，刺眼的日光忽然间洒下，让萧炎的眼睛不适应地虚眯了起来。

片刻，待适应了光线之后，萧炎这才缓缓睁开眼睛，沸腾的喧闹声开始充斥在耳间。

一座庞大的内部城市，赫然出现在视线之内。站在城墙出口处，萧炎抬头望着街道两旁密密麻麻、造型颇为华贵的商铺以及街道之上川流不息的行人，不由得赞叹了一声。不愧是加玛帝国东部省份最大的城市，这种繁华程度以及人流量，恐怕能够和上次萧炎所见的黑岩城相媲美。

站在街道上，萧炎揉了揉被突如其来的喧哗声吵得有些胀痛的耳朵，眼中泛起了一抹难以掩饰的疲惫，转头对一旁的海波东笑道："连续赶了两天的路，我们先找个地方歇息一会儿，再顺便打听点墨家的情报吧？"

"嗯，也好。"闻言，海波东微微点了点头。虽说进入斗皇境界后，抗疲劳程度远超常人，不过这两天马不停蹄地飞行赶路，对斗气的消耗也实在太大，能够休息一下，他自然不会反对。

见海波东点头，萧炎笑了笑，率先走进街道，然后顺着人流缓缓地前行着。

一路走来，周围那些繁华得令人眼花缭乱的商铺，让萧炎略感诧异，在走完一条街道之后，萧炎啧啧地咂了咂嘴，轻笑道："我算过，这条街道上总共有一百零三家店铺，其中七十四家店铺的匾额上，都写着一个'墨'字。人们总说这墨家是盐城的土霸主，如此看来，果然不假啊。"

"这墨家现在的确是越混越好了，当年我来这里的时候，这盐城里，可还有好几方势力能与墨家抗衡呢。"海波东目光在周围环视了一圈，点了点头道。

"那云岚宗，真有这么大的能耐吗？一个以前并不算太过强横的家族，在依靠了他们之后，竟然可以混得这般风生水起？"萧炎摩挲着下巴，皱眉道。

"云岚宗表面上的实力并不可怕，不过它的潜在势力却是极为恐怖的。你要知道，这么多年来，不知道从云岚宗内走出了多少强者，这些强者，散布在加玛帝国各个地方，有的甚至还扩散到了帝国之外，他们所建立的势力，很多都和云岚宗有着关联，甚至你可以把他们比喻成为云岚宗的分支势力。你想象一下，若是哪天云岚宗将这些强者以及他们所建立的势力全部召集在一起，这股庞大的力量，将会有多恐怖？那时候，我想即使加玛帝国皇室有着一位老祖宗坐镇，恐怕也只能靠边站吧。"海波东脸庞上少见地浮现出一抹凝重，淡淡地道。

"是挺恐怖的啊……"闻言，萧炎轻吐了一口气，喃喃道。

“我并不知道你和云岚宗有什么过节，不过，看在我们也算认识的分上，我奉劝你一句，能不去招惹，就尽量少招惹他们，那个马蜂窝，可不能随便捅啊。”海波东沉吟了一会儿，提醒道。

萧炎轻扭了扭脑袋，手掌轻拍着袖袍，脚步缓缓地行走着，半晌后，方才偏过头来，微笑道：“或许你说得有理吧，不过有些事，我必须去做，就算最后将那马蜂窝给捅个穿，我也不能退缩！”

听着萧炎这话,海波东也只得无奈地摇了摇头。他不知道这个前途无量的少年，为什么偏偏要去招惹云岚宗，难道他不知道这举止有点愚蠢吗?

“而且，如果他们以后真的像马蜂一般死命地找我麻烦，那么，我也会让他们知道，我萧炎可不是泥捏的，他敢来，我就敢杀。我还年轻，有大把的时间挥霍，凭借斗皇实力或许不能掀翻云岚宗，那我就努力地向着斗宗进发，斗宗不行，那就斗圣……甚至斗帝！”萧炎忽然传过来的淡淡话语，让海波东脚步一顿。海波东满脸愕然地望着那紧抿着嘴唇、显得极为倔强与狠厉的清秀脸庞，半晌后，心中忽然冒出个无奈苦笑的念头：“说不定，这次是云岚宗招惹到一只有些疯癫的马蜂呢……”

“哦，对了，刚刚海老先生所说的那个加玛帝国皇室的老祖宗，他是谁啊?”萧炎忽然疑惑地问道。

“一个老怪物、老妖怪，以后有机会去帝都，你自己去认识吧。那老东西是加玛帝国皇室的守护者，实力强得恐怖，这么多年不见，不知道实力长了多少。”海波东抚着胡须，脸庞上的表情略微有些忌惮，半晌后，嘿嘿笑道，“当年他也和美杜莎女王战斗过，不过比我要好些，他和美杜莎女王战了个平手，并且最后全身而退。”

闻言，萧炎脸庞上涌过一抹惊诧：美杜莎女王可是站在斗皇巅峰的强者，能够与她交战而不败，那位老怪物的实力恐怕至少也是六星斗皇之上吧?

萧炎惊叹着摇了摇头，行走的脚步缓缓顿下，目光扫向一旁街道上的一家名为“墨索花苑”的豪华旅馆，对着海波东道：“就先在这里暂歇一会儿吧？”

“嗯。”海波东微微点了点头。

两人走进这家豪华的旅馆，目光在其中扫了扫，略微有些惊异地发现，这家旅馆的大厅之中竟然坐着不少人。萧炎竖着耳朵倾听了一会儿这些人的谈话才知道，原来，这些人都是从外地赶来准备给墨家大长老祝寿的。

萧炎微微摇了摇头，行至柜台处，说明想要开两间客房之后，那名颇有几分姿色的侍女打量了一下他们，却甜甜地回道：“先生，请问您有墨家的请帖吗？”

“请帖？”萧炎愣了愣，皱着眉，摇了摇头，“没有，我们来盐城，还必须要墨家的请帖？”

“抱歉，先生，最近几天盐城之内的所有旅店，都被墨家包了下来，只接待墨家的客人。”侍女笑容可掬、颇有礼节地回道。

“嘁，墨家似乎挺霸道的啊？”萧炎轻笑了笑，把玩着柜台上的一件挂饰，懒懒地道。

闻言，侍女脸色微僵，这可是她第一次听见有人敢在盐城说墨家的不是，当下笑也不是，不笑也不是，一张脸显得颇为尴尬。

瞧得侍女尴尬的脸色，萧炎也觉得无趣，转身便欲离开，然而一道黑影，却忽然从一旁狠狠挥来，“啪”的一声砸在柜台之上。

“哪里来的土包子，竟敢在盐城数落我墨家霸道？”黑影落下后，女子冷笑的声音，便紧接着从萧炎左边响起。

听得这明显是那些刁蛮女特有的声调，萧炎眼中便闪过一抹不耐烦，转过头来，望着不远处的那一群人。

这群人明显年纪颇轻。为首一人，身穿紧身红衣，丰满的身姿玲珑有致，倒也颇具魅力。一条略短的皮裙，将那修长白皙的长腿，完全展现在众人眼前。大厅之中，不少男子的目光偶尔扫过这双美腿，眼中都掠过一抹惊艳。

萧炎眼睛扫了扫这位手持长鞭的红衣女子，认出了她，先前在城门口策马狂奔的，正是这位被人称为墨家二小姐的女子。

萧炎目光淡淡地瞟了这位趾高气扬的女子一眼，摇了摇头，转身便朝着外面走去。

“小子，找死！”瞧得萧炎那无视的模样，素来被众人当作宝贝般捧在手心的红衣女子，顿时柳眉一竖，手中长鞭“嗖”的一声，便化为一道黑影，狠狠地甩向萧炎。

长鞭在即将到达萧炎身体上时，一股青色火焰忽然诡异地涌现而出，将长鞭焚烧成灰烬，而另一股淡淡的青色火焰，猛地对着那红衣女子飙射而出。

青色火焰一现身，大厅之内，温度骤然提升。

大厅中，并不乏见多识广之人，当瞧得那青色火焰之后，皆不由得骇然失声道：“异火？”

一缕细小的青色火焰，在众人的骇然声中，笔直地射向红衣女子脸颊，看这形势，若是被击中，就算红衣女子侥幸逃得性命，可那张漂亮的脸蛋，恐怕得就此毁容了。

美眸泛着惊恐，红衣女子惊骇地望着那在瞳孔中不断放大的青色火焰，有心想要躲闪，可以她的实力，又怎可能躲避得开？当下，只得傻傻地站在原地，任由青色火焰暴射而来。

就在青色火焰即将射中红衣女子之时，一道影子猛地自外边闪掠而进，一把抓住女子，然后身形变幻间，将青色火焰躲避开去。

青色火焰刚好轰击在了刚才红衣女子站立地方之后的一块青色岩雕之上，在一道道惊恐的目光中，僵硬的岩雕顷刻间化成了一摊液体。

“咝……”望着那一缕火焰竟然恐怖如斯，大厅之内，所有人都倒吸了一口凉气，旋即将那震撼的目光，投向柜台处脸色淡然的黑袍少年。

“这位小兄弟，还请停手！”大厅的一处，一名中年男子急步走出，在他的身后，是那俏脸惨白的红衣女子。显然，刚才出手相救的，便是这位中年人。

淡淡地望着那站在一段距离之外，便不肯再上前一步的中年人，萧炎微微偏头，修长的手掌缓缓探出黑袍，一缕青色火焰，再度调皮地在指尖穿梭着。

“小兄弟，刚才是灵琳过于冲动了，还请看在我墨家的分上，不要与她一般见识。”中年人头皮发麻地望着萧炎指尖的那缕青色火焰，抱拳客气地道。

“嘁……墨家？”嘴角轻撇了撇，萧炎瞥了这位实力在斗师级别的中年人一眼，冷笑道，“管好你家的人，不要以为墨家有云岚宗撑腰便可肆无忌惮，指不定哪天惹到不该惹的人，就算是云岚宗，也保不了你们。”

少年的冷笑声，在大厅之内回荡着。所有人都被这番有些狂妄的话语震了一震，瞟了瞟萧炎指尖那缕恐怖的青色火焰，再扫了一眼站在萧炎背后、满脸淡漠一言不发的海波东，皆是非常明智地保持了沉默。能够如此年轻便拥有那种恐怖的青色火焰，若说背后没有超级强者相助的话，众人绝对不会相信……而若少年的背后真的拥有超级强者，那么刚才的那番话，也并不算狂妄了。

“呵呵，小兄弟说得是，今日回去后，我定会让家主好好地责罚灵琳。”这位中年人明显不是一个莽汉，所以当下并未有所愤怒，反而赔笑道。

萧炎瞟了中年人一眼，目光扫向其后面的那位俏丽红衣女子。似是察觉到萧炎的目光扫过，这位刚才还趾高气扬的女子，顿时脸色苍白地将脑袋缩在了中年人身后，生怕那缕恐怖的青色火焰会再度袭击而来，胆怯的模样，再没有一丝嚣张跋扈。

萧炎手掌缓缓收进黑袍，刚欲转身，那名中年人急忙上前一步，客气地道：“两位，这几日盐城的所有旅馆都被墨家包了下来，所以两位现在即使是走遍盐城，也找不到歇息之所。呵呵，这样吧，为了给两位赔罪，我吩咐这里立刻给两位准备两间最豪华的房间，不知能否接受我们墨家的歉意？”

脚步微顿，萧炎偏过头来，望着这位做事颇为圆滑的中年人，与海波东对视了一眼，没有丝毫的客套话，转身就往楼梯处走去，淡淡地道：“带路！”

“呃……”望着萧炎和海波东那没有丝毫拖泥带水的模样，中年人也着实愣了一愣，旋即赶忙回过神来，将身后的红衣女子安抚了一下，然后赶忙跟了上去。

望着萧炎两人缓缓消失在楼梯尽头处，大厅之内紧绷的气氛，这才微微缓解了一点，低低的窃窃私语声响了起来。想来，他们都在猜测这神秘的一老一少究竟是何背景。

红衣女子苍白的俏脸直到萧炎消失后，方才缓缓地浮现些许红润，手背抹了一下美眸中的雾气，这还是她这么多年来，第一次受到这种恶劣对待。

在女子身旁，一干先前同样被吓呆了的青年，赶紧出声安慰着。

红衣女子虽然性格骄蛮，不过至少也是大家庭出来的女子，半晌之后，便将情绪稳定了下来。此时的她，明显收敛了许多骄蛮，虽然笑起来依然有些勉强，不过美女就是美女，不管怎样，周围那些雄性，都会将之捧上天去。

“灵琳，刚才那家伙实在是太可恶了，你放心，明天我一定找人帮你出一口气。”刚才那些被吓呆的青年，此刻都赶紧踊跃地在美人面前表达着自己的勇敢以及决心。

“呵呵，灵琳妹妹，怎么哭得这般可怜？难道还有谁敢在这盐城得罪你不成？”一阵犹如空灵古钟一般的清脆笑声，忽然从大门之外传进。

大厅之内，所有人心头微颤，旋即一道道目光赶忙转移向那大门之处。

在女子淡淡笑声落下之后不久，一位身穿一袭淡雅的月白色裙袍的女子，便缓缓地出现在众人视线之内。

望着那优雅走进大门的女子，大厅内，所有的人呼吸微微停滞，那本来泛起好奇的眼瞳中，立马充斥着几分惊叹。

女子身着一袭宽袖紧身曳地月白长袍，盈盈一握的柳腰之上，束着一条淡银色的衣带，刚好将那纤细的腰肢完美地展现了出来。

女子玉手如柔荑，肌肤如凝脂，螓首蛾眉，巧笑倩兮间透着一股淡淡的出尘娇贵，看似柔和的笑容，却又透着一股拒人千里的淡漠。

女子娇嫩的耳垂上挂着一对绿色的玉坠，玉坠摇晃间，轻微的叮咚声，犹如山泉与礁石演奏出的动人乐章。

这忽然出现的月白裙袍女子，不论气质与容貌，都远非那位红衣女子可以相比，两者站在一起，实在有些令那红衣女子自惭形秽。

大厅之内，一道道炽热的目光不时地投向那位女子，在女子周身流连不已。不过当他们忽然瞟见女子宽袖之上绘制的一道云彩形状的银色长剑后，眼中的炽热，骤然便被一盆冷水淋湿，目光飘散间，隐隐噙着一抹敬畏。

红衣女子俏脸错愕地望着那笑吟吟地行进大门的娇贵女人，愣了一会儿之后，急忙蹦了过去，欢快地娇笑道：“纳兰姐姐，你怎么也来了？”

第九章

纳兰嫣然

望着那蹦过来满脸欣喜的女子，月袍女人轻笑了笑，笑容矜持而暗噙高贵，既不使人觉得冷漠，又有一种令人点到即止的疏离。不管怎样，三年岁月，当初的青涩少女，已成熟了许多。

大厅内的众人，眼角余光扫过月袍女人美丽脸颊上浮现的些许笑容，皆不由有些感到目眩神迷。

在月袍女人进来之后，一名同样袍服的老者，也笑眯眯地走了进来。他站在月袍女人身后，老眼开合间，偶尔精光闪掠，露在袖袍之外的干枯手掌，没有节奏地微微扭动着，犹如那尖锐的鹰爪一般。

与月袍女子打过招呼之后，灵琳又对着其身后的那位老者甜甜笑道："葛叶老先生。"

"呵呵，几年不见，灵琳丫头倒是越来越漂亮了。"被称为葛叶的老者，笑吟吟地点了点头。

俏脸上浮现一抹绯红，名为灵琳的红衣女子亲昵地拉着月袍女人那白皙如温玉般的纤手，惊喜地笑道："纳兰姐姐，没想到你竟然会亲自下云岚山，若是父亲他们知道，一定会很高兴。"

“奉老师的吩咐而已，而且我也正好这段时间要回家一趟，便顺便过来了。”月袍女人声音柔和地道，明眸流转间，在大厅中扫视了一遍，玩笑道，“看刚才灵琳妹妹那委屈的模样，难道是被谁欺负了？”

被月袍女人提起这问题，灵琳俏脸上浮现一抹讪笑。她虽然为人骄蛮，不过也不是笨蛋，从救她的那位长辈对待萧炎的举止来看，她心中便知道，这个年龄看似比自己小上一点的少年，绝对不能轻易招惹，因此，她也并未将详情说出来，免得横生些不必要的枝节。

“没什么，遇见一个有趣的人而已。”灵琳摆了摆手，眼角余光却不由自主地瞟向一旁那化为液体的岩石雕塑，俏脸上又忍不住地微微苍白了一点。那模样看起来颇为清秀的少年，没想到下起手来竟然没有半点的怜香惜玉。

三年的磨炼，月袍女子明显已经不是当初那凭着一腔不甘便敢跑到别人家喊退婚的青涩丫头，因此，灵琳脸颊上的变化，并未逃过她的察觉。目光顺着一旁扫过去，最后停留在那依稀还散发着些许热气的岩石液体上，略微一愣，旋即美丽动人的脸颊上，便浮现出一抹凝重。

微微偏过头来，与一旁的葛叶对视了一眼，两人皆从对方眼中瞧出了一抹惊异。

“是个精通火属性斗气的强者。”对视间，两人心中都飞速地闪过一个念头，然后脸庞上的惊异迅速收敛。

灵琳脸颊上的苍白仅仅是瞬间便消散了下去。她扭过头来，望着那群本来一直簇拥在自己身旁想得到自己好感的年轻人，此时却满脸痴迷地望着身后的月袍女人，其中一位定力稍差的，更是脸庞涨红，目光热烈。

望着这些人丢脸的表情，灵琳眉头微蹙，心中暗自嘀咕道：“一群不知天高地厚的家伙，你们家的那点势力，跟人家比起来，不过是脚下的一块碎石而已。”

摇了摇头，灵琳没有再理会这些年轻的纨绔子弟，对着月袍女人笑道：“纳兰姐姐，今日天色已晚，不如就在这里歇息一夜可好？这里可专门设有招待姐姐这种身份的贵客的房间哦。”

"嗯，麻烦灵琳妹妹了。"月袍女人笑着点了点头，目光再次扫过那堆岩石液体，若有深意地微笑道，"下山前老师就与我说过，斗气大陆无比辽阔，奇人异事数不胜数，没想到如今方才出来不久，便让我大开了眼界。"

闻言，灵琳讪讪笑了笑，也不说话，在前面闷头引路，将月袍女人与老者引上了楼梯。

望着几个人消失在楼梯尽头，大厅之内，窃窃私语声更是犹如苍蝇一般响了起来。

"啧啧，没想到啊，这次竟然连云岚宗宗主的亲传弟子都亲自来给墨承祝寿，这墨家可是长面子了。"

"是啊，年纪轻轻便生得这般绝代风华，而且以我的实力，竟然还看不透她的底，不愧是云岚宗主的亲传弟子啊。"

"嘿嘿，好漂亮的人儿，谁若娶到了她，那可真是捡到了天大的便宜。未来的云岚宗宗主，纳兰家族中公主，这两方势力加起来，在这加玛帝国，还有谁能匹敌？"

"呃，我上次偶然间似乎听说，那乌坦城的萧家三少爷，便是她的未婚夫吧？"

"嘁，你那是什么时候的消息了？早在三年前，人家纳兰小姐便气势汹汹地冲至萧家，强行让萧家家主将婚约解除。"

"啊？那萧家脸面不是被丢尽了？"

"丢了又能如何？他萧家能和纳兰家族、云岚宗相抗衡吗？吃了这么大的亏，也只得往自己肚子里咽了。况且，当初那萧家三少爷，可是个名声响亮的废物，怎么可能和天赋卓绝的纳兰小姐相配？"

"切，狗屁都不知道，却到处乱放厥词。"一名坐于角落中的男子，不屑地对着那正大声说话的两人撇了撇嘴，瞧得他们怒目瞪来，这才懒洋洋地道，"纳兰小姐三年前的确去萧家解除婚约，不过她却并未拿到解除婚约的契约，反而是拿到了一纸休书！没错……那位萧炎少爷，直接把这位身份简直可以和帝国公主相比的未婚妻，给休了。"

“休了？”这话一出，满厅呆滞，所有人都愕然地张着嘴。谁能相信，一个当初仅仅是废物的少爷，竟然敢将这位身份地位极其高贵的未婚妻给主动休了？

“这家伙竟能下得去手……”大厅内，虽然大多数人都不怎么相信这话的真实性，不过依然有少数人满脸震撼地喃喃道。

能够将一位不仅身份如此高贵，而且容貌还如此出众的未婚妻给休掉，那还真是需要一些魄力，至少，在座的很多人，在审量一下自身之后，发现自己绝没有那份魄力。

站在门口，萧炎目送着那位墨家的中年人离开后，这才缓缓地将房门关闭，转过身来，保持着淡漠的脸庞上，终于露出一抹疲倦，揉了揉有点发黑的眼圈，对着海波东无奈地摊了摊手。

“我敢说，那家伙回去后，第一件事便是调查我们的底细。”海波东端起桌上的茶杯，抿了一口，对萧炎道。

“嗯。”萧炎微微点了点头，笑道，“随他去吧，他墨家还没那么大的本事，将我们底细调查出来。我们现在还是将状态调整好，这几天赶路，让我实在是要到达体力的极限了……还有，调整了状态后，明天进墨家，寻找青鳞。”萧炎伸了个懒腰，向房间之内走去，边走边道。

望着萧炎的背影，海波东点了点头，也起身朝另外一处房间走去。这几日赶路，同样让他精神上有些疲惫。

走进屋后，萧炎睁了睁有些沉甸甸的眼皮，强忍着想一头睡下去的冲动，手指轻抚着纳戒，一道青芒缓缓升腾而起，最后化为青莲座悬浮在半空之上。

脚尖在地面轻点，萧炎稳稳地坐上青莲座，那从皮肤接触处传进来的一缕缕温热能量，将隐藏在萧炎身体内部的疲惫，缓缓地驱除而出。

长长地吸了一口清爽的气息，萧炎伸出手掌，一缕青色火焰在指尖略微有些生涩地蹿动着，半晌，他微微摇了摇头，无奈地低声道：“这东西虽能量强大，却并非想象中那么好操控啊。”

在掌心中锻炼了一会儿对青火的操纵性之后，萧炎这才缓缓闭目，开始进入修炼状态。

随着萧炎进入修炼状态，周围天地能量微微波动，一缕缕肉眼可见的能量，汇聚成一条条斑驳的能量带。这种吸收速度远超以前，显然，功法进化后给萧炎带来的好处，已经逐渐显露出来。

略微有些斑驳的能量，飞速地穿过青莲光罩的封锁，在经过初步净化之后，灌注进萧炎的身体之内。

体内，覆盖着点点青色光芒的能量，沿着经脉飞速地流淌着，经脉壁犹如细胞一般微微蠕动着，而在经脉的蠕动间，斑驳的能量正在迅速变得精纯，许多杂质能量都被经脉壁吸收、吞噬，最后借助着皮肤毛孔悄悄从体内排出。

当能量沿着繁琐的经脉完成一圈循环之后，斑驳能量的精纯度已经颇高，此时，再经过青莲地心火的煅烧，一股股庞大的能量正以肉眼可见的速度缩小着。半晌之后，能量完全消失，取而代之的，是一滴闪烁着异样光芒的青色液体，缓缓地滴落进气旋之中。

在萧炎进入忘我的修炼状态之时，房间之外的走廊上，灵琳领着那位娇贵美丽的月袍女人，刚好停在了他们这所房间的对面，然后开门，徐徐走进。

清晨的阳光从花纹状的窗户间投射而进，斑斑点点地照射在地板上，宛如一朵盛开的花朵，温暖而艳丽。

房间之中，盘坐在青莲座之上的萧炎，缓缓地睁开眼来，淡淡的青芒从漆黑的眸间闪掠而过，旋即迅速湮灭。

微微扭了扭身子，萧炎轻吸了一口清晨凉爽的空气，一股舒畅的感觉，由心肺间逐渐蔓延到了全身。

经过一夜休整，萧炎脸庞上那抹疲惫终于完全消失，他身形轻灵地闪掠下青莲座，手掌一招，青莲座化为一抹青光，再度钻进了纳戒之中。

整了整衣衫，萧炎打开房门，来到客厅中，目光扫了扫，却发现海波东早已醒来，此时正站在窗前，双手负在身后，静静地望着窗外那喧闹的街道。

似是察觉到萧炎走出房门来，海波东缓缓转过身，对他笑了笑，道："看你的状态，似乎调整得不错。"

点了点头，萧炎弹了弹宽大的黑色袖袍，笑道："走吧，今天趁墨家繁忙，我们进去先寻找青鳞，然后再给墨承那老家伙好好地'祝寿'！"

"看你那满脸杀气的模样，似乎这墨家的喜事，快要变丧事了。"瞥着萧炎脸庞上那闪掠而过的森冷，海波东老眉一挑，戏谑道。

"他既然能够下令让人将漠铁佣兵团杀个鸡犬不留，那自然也有被报复的心理准备。虽然灭人满门的事情我暂时还有点干不出来，不过把那老家伙宰了，却没什么好犹豫的。"萧炎双手插在袖间，笑道，"而且，失去了墨承支撑的墨家，恐怕地位也会急速下降，到时候，东部省份的另外三个大家族，可不会放弃这个蚕食墨家地盘的机会。"

"你不怕云岚宗帮他报仇？"

"海老先生难道认为，云岚宗会为了一个外门执事而来追杀两名斗皇强者？"萧炎微笑道。

"两名斗皇强者？"眨了眨眼睛，半晌后，海波东翻着白眼道，"我说了别把我拖进去，这是你和他们之间的事，与我没关系。"

"海老先生是怕云岚宗吧？"萧炎笑眯眯地道。

"嘁，别来如此低级的激将法，我虽然忌惮云岚宗，可还远远谈不上怕字，我只是不想无缘无故被你这家伙当成枪使而已，等把你那人情债还完之后，那就是天高地阔任我行了。"海波东撇了撇嘴，道。

把玩着桌上的精致木杯，萧炎沉吟了一会儿，目光在海波东身上扫了扫，笑吟吟地道："海老先生，你如今是几星斗皇？"

“两星。你问这干吗？”被问到这个问题，海波东脸庞一僵，悻悻地道。

“呵呵，那请问未被封印之前，海老先生是几星？”萧炎脸庞上的笑容颇为奸诈，犹如一只正垂涎着兔子的狐狸。

“五星。”海波东斜瞥着萧炎，哼道。

“五星斗皇么……这样看来，虽然海老先生的封印已经破解，却依然没有恢复到以往的巅峰状态啊。”萧炎似是有些惋惜地道。

嘴角抽了抽，海波东挥着袖袍道：“我被封印了几十年，实力自然不可能一下子就完全恢复，只要……等个四五年，就能恢复到巅峰。”

“呵呵，这话恐怕连海老先生自己都不会太相信。你我都知道，有时候实力降了下去，想重新提回来，需要的时间会更久。”萧炎笑着摇了摇头。

“萧炎，你究竟想说什么？”瞥着萧炎那一脸古怪的笑意，海波东眉头微皱，问道。

“我只是想说，我或许能够让海老先生在一年时间内，将因为封印而受损的力量完全恢复过来，并且没有太大的后遗症。”萧炎手指轻轻地点在木杯之上，低笑道。

闻言，海波东苍老的脸庞微微一变，眼瞳中隐晦地掠过一抹惊喜，不过片刻后，脸庞迅速恢复正常，谨慎地盯着萧炎，迟疑了一下方才问道：“什么办法？”

“听过复灵紫丹吗？”萧炎修长的手指轻轻弹动，望着海波东那略微有些茫然的神色，不由得笑道，“这是一种五品丹药，虽然阶别不算很高，不过其所需要的材料却颇为难寻。它的作用，便是将一些因为封印或者体内残伤而导致衰退的实力完全修复过来，这对于海老先生来说，似乎极为合适。”

“复灵紫丹？”脸庞犹自带着几分喜意地喃喃了几遍，海波东紧紧地盯着萧炎，舔了舔嘴唇，道，“说吧，你需要什么报酬？”

海波东可不会相信，萧炎这无利不起早的家伙会无缘无故地这么好心帮助自己。

“嘿嘿……”闻言，萧炎笑了笑，那笑容活脱脱便是一只狡诈的狐狸，“由于复灵紫丹的药材颇难凑齐，所以需要花费大量时间去搜集，这些药材，我会帮你搞定。

不过，在我替你炼制复灵紫丹之前，海老先生或许得一直跟在我身边了……”

“……你这是在找长久的打手吧？”眼角抽搐着，海波东一口就道破了萧炎的目的。

萧炎满脸笑容，并未否认。

望着萧炎那笑眯眯的脸庞，海波东眉头紧皱，满脸的不爽。无论如何，他也是一名斗皇强者，让他来给萧炎当打手，他自然不会觉得有多荣幸。

“海老先生，你应该清楚，依靠你自己的力量，若是没有一些特别的奇遇，恐怕十年之内，难以恢复巅峰。而只要你在我身边当一段时间的护卫，就能节省你十年的时间，这笔交易，还是挺划算的。你要知道，这十年，你可以干多少事？”萧炎轻飘飘的声音，不断地击打着海波东内心那脆弱的防线。

沉着一张老脸，海波东心中挣扎着，而萧炎也并未再出声打扰，安静地坐在椅子上，等待着他的答案。

宽敞的客厅之中，气氛略微有些沉闷与寂静，好半晌之后，海波东终于无奈地叹了一口气，抬头紧盯着萧炎，沉声道："我不管那些药材究竟如何难得和稀奇，但我只给你一年时间，一年内，我当你的护卫，保你安全，不过你必须在这段时间凑齐你所说的那些药材，然后帮我炼制出复灵紫丹！不然，若是你搜集好几年的药材，那我不是也要跟在你身边好几年吗？”

“呵呵，没问题！”

闻言，萧炎略微沉吟，便笑着点了点头。一名斗皇级别的打手，那可绝对不多见，日后他说不定要得罪云岚宗这个庞然大物，身边能有这么一个经验丰富的强力助手，自然能够替他节省大把的气力。

虽说海波东的体内，被萧炎与药老偷偷地摆了一道，不过萧炎可不敢将这种事摆在台面上说出来。无论如何，海波东都是一名斗皇强者，强者的尊严，可以使得他与别人交易，但却绝对不能容忍这种威胁。

若是萧炎真的执意用这东西来胁迫海波东成为他的护卫，恐怕第一时间，这位曾经名震加玛帝国的冰皇，就会立刻不顾性命地对自己暴怒出手。一名斗皇强者发起疯来，即使萧炎有药老庇护，也绝对讨不到好。

所以，能够用双方都满意的条件将这个问题解决，自然是最好的结局。

望着海波东那略微有些无奈的脸庞，萧炎手掌轻轻地抚摸着那藏在黑袍之下的巨大黑尺，满脸得意的笑容。

在心中略微为自己这一年的苦命叹息了一阵之后，海波东从纳戒中掏出一张皮纸，丢在桌上，无奈地道："这是我昨夜趁你修炼时出去逛了一圈的成果——墨家的大致地图。有了它，寻找那位叫作青鳞的小女孩的任务，应该会顺利许多。"

闻言，萧炎脸庞上浮现一抹惊喜，抓起地图，细细地打量了一番，忍不住点头赞叹道："看来聘请海老先生作为护卫，是极为明智的决定啊。"

对于萧炎的这番赞美，海波东撇了撇嘴，没有过多理会。

将地图打量了一番，然后将之小心翼翼地收好，萧炎站起身来，将头顶上的大黑斗篷掀了下来，顿时整个人都被笼罩在了阴影之下。

"走吧，去墨家。"将身体包裹得严严实实，萧炎对着海波东笑了笑，转身朝着房间大门处行去。其后，海波东也无奈地将黑袍斗篷掀下，跟着萧炎走出了房间。

出了房间，萧炎随手关上门，然后顺着走廊走下楼梯。

在旅店的大门处，一袭紧身曳地月色裙袍的娇贵女子，正静静地站立着，玲珑动人的身躯，在月袍之中，别具一番魅力。

此时的她，正微笑着与身旁的灵琳说着什么。大厅中，一道道有意无意的目光，在噙着几抹敬畏间，悄悄地在月袍女子曼妙的身姿上徘徊。

缓缓地走下最后一层楼梯，萧炎忽然微微抬起头来，目光随意地扫向大门口处，瞬间之后，当扫见那位隐隐透着一抹高不可攀气质的月袍女人之后，跨动的脚步骤然一顿，身体如遭雷击，当场猛地僵硬！

眼睛死死地盯着大门处嫣然轻笑的月袍女子，萧炎那被笼罩在阴影之下的脸庞，豁然间便由微笑变成了阴沉。虽说时隔三年，各自变化颇大，不过他还是能够从女子身上，依稀地看出当年那娇贵少女的影子——纳兰嫣然！

拳头紧紧地握着，指甲扣进掌心之中，传出阵阵的抽痛之感，眼睛眨也不眨地盯着月袍女子的一颦一笑，萧炎心中忽然涌出一股难以遏制的愤怒。这三年，她或许在云岚宗过得极为舒畅吧？可自己呢？自己却已经无数次在死亡刀口上险险爬过。她或许并不知道，每次苦修间，萧炎那即将到达极限的忍耐力，都是因为她，才能够继续咬着牙，狠狠地熬了过去。

身体轻微地颤抖着，半晌后，一股凶悍的气息，猛地自萧炎体内暴涨而起。

"萧炎？"走在萧炎身后的海波东，感受到萧炎那忽然不受控制暴涌而出的气息，不由得一愣，旋即赶忙在其身后低声喝道。

海波东那噙着些许寒冷斗气的声音传进萧炎耳中，让他逐渐从那股忽然涌上心头的莫名情绪中回过神来。深吸了一口冰凉的空气，萧炎眼眸缓缓闭上，心中低声喃喃道："没想到啊……"

的确没想到，三年来，面前不远处的那美丽女人，几乎是催动着萧炎强忍孤独进行苦修的动力，如今忽然遇见，那股情绪，让他几乎有种难以控制的失态冲动。

"的确是没想到……"

药老的安抚笑声，也缓缓在萧炎心中响起。一直陪伴着萧炎修炼的他，自然清楚，面前这个女人在萧炎心中留有何种深刻的烙印，只是这块烙印，是她通过践踏萧炎的尊严而遗留下的。不过无论如何，这个女人在萧炎心中的地位，恐怕都能与他极其在乎的薰儿相比，当然，这是两种截然不同的感情。

一个女人能够让一个男人时时刻刻地狠狠记着，从某个方面来说，不管女人用意如何，她似乎都是成功了。

手掌伸进黑袍中，非常用力地搓动脸庞，直到清秀的脸庞泛起几缕通红后，萧炎这才停止，深呼吸了几次，终于逐渐将心态调整完毕。目光泛着些许冷意，扫过纳兰嫣然及其身旁那位同样留给萧炎不浅印象的老人，萧炎在心中低声问道："老师，能查探出她现在的实力吗？”

闻言，药老沉默了一下，片刻后回道：“不行……”

听得这话，萧炎心头猛地一沉，错愕地在心中失声道：“不行？怎么可能？以老师的实力，竟然探不出她的底？难道这三年时间，她竟然飙到斗皇之上了？”

“胡扯什么呢！”瞧得萧炎如此失态，药老哭笑不得地斥了一声，接着道，“并非是因为她实力太强而导致探测不出其真实实力，我能感受到，在她的身上，笼罩着一层能量膜，就是这层能量膜，隔绝了我灵魂力量的探测。”

“以我的经验来看，她应该是佩戴了某种能够隔绝探测的道具。所以你也不用太过担心，等日后与她交手，其真实实力，自然可见分晓。”药老安慰道。

“呼……”闻言，萧炎这才松了一口气，缓缓地将心中的那些情绪压下，微偏过头，对着身旁的海波东低声道，“没事了。”

“你怎么了？”海波东略微有些诧异地盯着身旁被罩在黑袍下的少年。相识这段时间，他还是第一次看见萧炎失态到竟然连自身的气息都把持不住的情况。

“没什么。”含糊地摇了摇头，萧炎略微抬起头，发现大厅内，因为自己刚才那忽然爆发的气息，导致一道道错愕的目光都投射了过来。

在这些目光中，萧炎清楚地感觉到了一道清冷而略带诧异的视线，微微抬头，目光透过垂下的黑罩，正好与大门处那转身望来的月袍女人对视在了一起。

死死地盯着那副美丽动人的容颜，从中还能模糊看见当年少女脸蛋的轮廓。缓缓地吐了一口气，萧炎拳头轻轻地捶了捶胸口，强行将心中再度升腾而起的那缕怒火压下，对着一旁的海波东轻声道：“走吧。”

瞧得萧炎这一会儿忽然变得莫名其妙的举动，海波东愣了愣，片刻后，目光扫向大门处的月袍女子，眉头微皱，心中似是模糊地明白了点什么。

无奈地摇了摇头，海波东快步跟了上去，与萧炎一前一后，朝大门之外走去。

望着那两位全身包裹在黑袍中的神秘人，纳兰嫣然饶有兴致地眨了眨修长的睫毛，目光在萧炎的身上停留了一会儿。不知为何，这位黑袍人，总是给她一种莫名的感觉，当然，这种感觉，自然不可能是男女间的那种，反而倒像是冥冥中宿敌间的感应。

素手轻揉了揉额头，纳兰嫣然将这有些莫名其妙的荒唐念头甩出了脑子，偏头望着身边的灵琳，轻声笑道："想必这两位，便是昨天你得罪的人吧？"

灵琳尴尬地点了点头，眼角余光略微有些胆怯地扫过两道黑袍。她知道，以她的身份，在这种强者眼中，其实与普通人没什么区别，若真是惹怒了人家，直接一怒把自己杀了，似乎也没什么了不起的。

瞧灵琳点头，纳兰嫣然转过头来，对着葛叶低声道："葛叔，这两人的实力，你能看透吗？"

"小姐，你也太高看我这把老骨头了吧？"闻言，葛叶苦笑着摇了摇头，浑浊的老眼犹如鹰鹫一般盯着那缓缓走过来的两人，叹道，"这两人，我一个都看不清底细，很明显，他们的实力，远远超过我。"

听得葛叶这话，纳兰嫣然俏脸上明显掠过一抹惊诧。这三年时间，葛叶已经从当初的七星大斗师，顺利地突破了二星斗灵的实力，而且还有古河长老的丹药相助，如今倒也能算得上是一名强者了，能够让他都如此评价的人，想必实力恐怕在五星甚至七星斗灵之上！

"老师说得果然不假，这加玛帝国隐藏的强者，数量也是不少啊……"心中轻叹了一声，虽然有心想要结识一下这等强者，不过瞧得萧炎两人的装束，纳兰嫣然却又明智地打消了这种念头。这两人穿成这样，明显是不想让人分辨出他们的身份，既然如此，纳兰嫣然也自然不会主动地自讨没趣，不管怎么说，她的身份，还容不得她如此掉价。

"嫣然师妹，呵呵，实在抱歉，家族这两日事多，差点怠慢了贵客。"大门之外，忽然响起一道清朗的笑声，紧接着，一位模样颇为英俊的青年，笑容满面地走了进来，对纳兰嫣然亲昵地笑道。

望着这进门来的英俊青年，萧炎脚步再次微微顿了顿，心中升起一抹古怪的感觉。因为他发现，这青年，赫然便是三年前陪同纳兰嫣然来萧家，使得家族那些花痴女爱慕不已的年轻俊杰。

“呵,今日这风气倒真是挺正的,这三人,竟然再次凑在了一起。”萧炎摇了摇头，心中冷笑道。

“墨黎师兄客气了。”俏脸上浮现些许笑意，纳兰嫣然冲着青年微笑道，笑容矜持，并未因为青年眼瞳中那抹炽热而有所柔和。

瞧见纳兰嫣然那矜持的笑容，被称为墨黎的青年眼中飞快闪过一抹失望。几年相处，这被他视为心中女神的女子，似乎依然对他没有那等心思，这实在让他心中有些颓丧。

迅速地隐匿眼中的失望，墨黎笑道：“嫣然师妹，待会和我一起去墨家吧，正好顺路。”

闻言，纳兰嫣然略微迟疑，旋即微笑着点了点头。

瞧得纳兰嫣然点头，墨黎心中有些窃喜。这几年的相处，总还是有些成果，若现在换别人来的话，恐怕纳兰嫣然会含蓄地拒绝邀请。所以，他相信，凭借自己那过人的修炼天赋以及家世、容貌，只要坚持下去，这位未来的云岚宗宗主，应该是难逃自己的掌心。

“只要日后她真的成为我的妻子，这加玛帝国，还有谁敢凌驾于我之上？”心中悄然泛起一抹不为人知的野心，墨黎目光忽然扫见那缓缓朝门口走来的萧炎两人，回想起今天那位族叔的汇报，他赶忙上前几步，笑容满面地迎了上去。

瞧见墨黎的举动，纳兰嫣然也略有兴趣地将目光投了过去，她对这两位神秘的黑袍人同样抱有几分兴趣。

“呵呵，两位先生，在下是墨家墨黎，昨天听说舍妹不小心得罪了两位先生，家父便遣在下来向两位先生赔个不是。”墨黎脸庞上的笑容，看上去颇为真诚，“两位若是不介意的话，今日正好是墨家的喜日，不知能否请两位赏个脸，前去一叙？”

不得不说，这墨黎说起话来，倒还是滴水不漏，颇容易获得人好感。不过这对于本来就对他抱有恶感的萧炎来说，没有半点作用。

顿下脚步，萧炎眸子噙着一抹戏谑地望着面前的墨黎，心中想着，若是他知道他毕恭毕敬地称呼着先生的人，就是当初那位几乎一只手就能解决的废物少爷时，脸上会是何种精彩表情？

心中冷笑了笑，萧炎微微抬头，淡淡地道："不用相请，我们此次的目的，便是赶往墨家。我想，过不多久，墨少爷应该便能在墨家见到我们。"

说完，萧炎径直走过墨黎身边，然后与海波东缓缓走出大门，最后消失在人来人往的街道之上。

立在大门处，纳兰嫣然微微蹙着柳眉，轻声喃喃道："这声音……为什么让我觉得有些耳熟？"

第十章
墨盟

穿过几条人流汹涌的街道，萧炎两人在围着盐城转了将近半圈之后，方才逐渐来到位于城中心位置的墨家。

站在街道尽头，萧炎望着那严实得宛如一个小型堡垒的墨家总部，忍不住摇了摇头。这墨家不愧是加玛帝国东部省份势力最强大的家族，光是这所防卫森严的堡垒，便不知投入了多少财力来修建。

在那高耸的墙壁之上，每间隔几十米，便设有巡逻防御，在一些空隙之处，萧炎能够隐约地看见，锋利的箭刃在日光下闪烁着森寒的毫光。

灵魂之力粗略地从堡垒上方扫过，萧炎察觉到，在堡垒的上空，至少布有十几道毫无死角的视线封锁，谁若是想要从上面进入，恐怕那隐藏在暗处的无数箭支，会立马将来犯者射成刺猬。

“啧啧，这防卫挺森严的啊，看来想要不惊动任何人就潜入进去，还真有点麻烦啊。”目光在堡垒上扫过，海波东略微有些惊异地道。

“的确有些麻烦。”萧炎微微点了点头。或许因为今日是墨承大寿，堡垒之中的防卫力量更是增加了好几倍，在这种密不透风的守卫下，萧炎与海波东想要神不知鬼不觉地溜进去，还真是有点难度。

“要不我去搞两张请帖吧？”海波东皱眉道。

“呵呵，以我们这身打扮，一看就知道来者不善，就算有请帖，别人在没有搞清我们的身份之前，也不会放我们进去的。”萧炎笑着摇了摇头，目光停在墨家大门口处那极其热闹的庆贺人流上，片刻后，转向一旁的偏僻小道，对着海波东挥了挥手，道，“跟我来。”

两人拐进小道，沿着墨家外围转了半圈，最后停留在一处安静的地方。这里因为地处偏僻，来往人流极少，堡垒墙壁上虽然也有巡逻守卫，不过相比外面，这里的防御无疑要薄弱许多。

站在一处葱郁的树荫下，萧炎抬着头，静静地望着城墙上的守卫交替循环。许久之后，萧炎脚尖猛然一点地面，身形化为一道黑影闪电般地飙射上堡垒墙壁，手掌急速挥动，青色火焰从指间暴射而出，迅速而准确地射中那几名因巡逻交错而过的守卫。

在萧炎收拾了几名守卫后，海波东也悄悄地闪掠上来，两人对视了一眼，皆迅速跃下堡垒墙壁，躲过那几乎没有丝毫间断的巡逻队伍，身形化为两道影子，穿梭在房屋的阴影之中。

“你打算怎么找？墨家这么大，若说是没有一些密室的话，你恐怕也不会相信，这样挨个找下去，得找到哪天？”身体蜷缩在一处阴影中，海波东浑身的气息，此刻都被完全收敛，再借助黑袍的掩护，尽管现在是大白天，可他依然将自己隐匿得极为完美。看这熟练的模样，很明显他以前也曾经干过这种事情。

“我曾经与青鳞待过一段时间，所以对她的气息颇为熟悉，待会我会用灵魂力量扫描墨家，只要不是一些地下深处的位置，我应该能够探测到。”萧炎沉吟道。

“灵魂力量，虽然我也不弱，不过却比不得你们炼药师，所以这搜寻的事情，只能交给你了。”海波东道。

“嗯，帮我注意一下周围的情况便可。”微微点了点头，萧炎眼眸微闭，药老那股雄浑灵魂之力，迅速破体而出，然后成涟漪状，朝着四面八方急速蔓延开去。

在灵魂之力蔓延而出后，一幕幕环境影像在萧炎的心中飞速闪过，却都并未发现青鳞的踪迹。

随着灵魂之力扩散的范围越来越宽阔,萧炎的眉头却皱得越来越深了。半晌后，没有丝毫成果的他，只得将扩散的灵魂力量收拢回，然后仔仔细细地扫描着周围的环境。

由于需要精确地寻找，所以萧炎灵魂之力笼罩的范围缩减，以至于他不得不移动着身形，方才能够使得灵魂之力不断扫描着另外的地方。

搜寻在持续了半个小时后，萧炎终于脸色阴沉地睁开了眼。

“没找到？”瞧着萧炎的表情，海波东便知道了答案，不过还是习惯性地询问一声。

“这墨家应该有一些难以发现的密室，不然以我这般精确扫描，不可能发现不了一点蛛丝马迹。”萧炎眼睛透过墙壁的缝隙，望着外面那全副武装巡逻而过的守卫，皱着眉头，声音低沉地道。

海波东摸了摸略微有些花白的胡须，瞥着萧炎的脸色，迟疑道：“墨家的那些家伙会不会已经得到了所需要的东西，把那位青鳞小姑娘给……”

嘴角急促地抽搐了几下，萧炎深吸了一口气，脑海中再度浮现当初小女孩的那副胆怯得有些让人心疼的可怜模样，咧了咧嘴，森然道：“若真是那样，我不介意血洗了墨家！”

望着萧炎那满脸森冷的脸庞，海波东无奈地摇了摇头，只得保持着沉默，不再出言相激。

萧炎阴沉着脸斜靠着墙壁，不甘心的他，再度启用药老的灵魂力仔细搜索了一圈，得到的，依然是杳无音信。

望着那随着扫描的深入脸色越来越阴沉的萧炎，海波东摇了摇头，道：“算了，直接动手吧，把墨承抓起来打个半死，我想他应该会说。”

闻言，萧炎轻吐了一口气，袖袍中的拳头紧紧握着，半晌后，微微点了点头，阴冷地轻声道："也好，直接动手吧。"

语罢，萧炎袖袍轻挥，脚尖轻点地面，身形便犹如大鹏一般，轻巧地跃上了房屋之顶，目光在四周扫过，然后贴着房顶，向着堡垒中央位置那座最庞大的大殿闪掠而去。其后，海波东的身形犹如轻风中的落叶一般，轻飘飘地紧跟着。

将速度施展到极限，萧炎与海波东的身体几乎化为了两道模糊的黑线，瞬息间，便闪掠过上百米的距离。而在那些房屋之下巡逻的守卫，只能感觉到一股怪风忽然狂涌而来，待他们警惕地抬起头时，却连鬼影都未能发现。

光线略微昏暗的密室里，几道人影坐立其中。

"墨林，事情准备得怎样了？"首位之上，一名头发花白，身着淡灰衣衫的老者，低沉地开口道。

"大长老，已经确定了那小女孩的确拥有传说中的'碧蛇三花瞳'。"一名中年男子恭声回道。

"那就好……"闻言，老者眼瞳一亮，一抹兴奋忍不住闪掠过脸庞，阴声笑道，"没想到我墨家这次会如此好运，竟然能够遇见这种还未完全成熟的碧蛇三花瞳。"

"大长老，那碧蛇三花瞳真的有传说中那般神奇？"那名中年男子低声问道。

"嘿嘿，说不定还不止，你们没瞧见那小女孩护身的双头巨蛇吗？那可是一头斗灵级别的守护兽，若非是碧蛇三花瞳的缘故，你们以为凭她那连斗者都不是的实力，能够将之驱使？"老者贪婪地笑道。

"只要我们能够取得那双眼睛，然后将之淬炼成熟，这加玛帝国，还有谁敢与我们抗衡？到时候，即使是云韵，我也能与她一决高下，又何须再依靠云岚宗？哼，若是能够省下每年给他们上缴的那些庞大供奉，我们墨家的发展速度恐怕远远不止于此！"老者手掌重拍着桌面，满脸不甘地道。

听着老者这愤怒的话语，其他几人也不敢插嘴，只得赶忙点头。

"对了，石漠城那边派去的人，有回报了吗？那漠铁佣兵团可是清除干净了？

他们与那小女孩待在一起那么长的时间，说不定也发现了她眼睛的秘密，这种事情，绝对不能传出去，所以，他们必须死！”似是想起了什么，老者忽然森然地道。

“呃……还没有，不过以墨冉他们的实力，想必快了。”一人迟疑了一会儿，回道。

“传消息让他们搞快点，等他们将那漠铁佣兵团清除后，最好是再神不知鬼不觉地把沙之佣兵团也尽数杀了，我们不能留下任何的遗漏。”老者冷漠道。

“是。”

“嗯……”微微点了点头，老者干枯的手掌轻敲着桌面，忽然道，“昨天墨力汇报的那两个黑袍人，你们可探清了他们的底细？”

“……没有，那两人似乎是忽然间冒出来的一般，我们并没有他们的半点情报。”中年人苦笑道。

“再派人注意一下他们，总觉得那两人有些不对劲……等今日庆贺完毕之后，便开始移植那小女孩的眼睛，我怕夜长梦多。”老者皱了皱眉，阴冷地道。

“是。”中年人恭声应道，略微迟疑道，“大长老，纳兰嫣然也来了盐城。”

“嗯，我知道。”老者点了点头，眯着的老眼中掠过一抹精芒，道，“让墨黎在纳兰嫣然身上多费点心思，若是能够与她结成关系，那借助着纳兰家族与云岚宗，我墨家的地位也能再度迅速攀升了。到时候，东部省份其他三大家族，也就再没可能与我们相抗衡了。”

“听墨黎说，那纳兰嫣然似乎挺难收服的，和云韵这种女人待久了，她也不再像几年前的青涩丫头了。”

“对付这种性子高傲的女人，墨黎那种温和手段可没有什么太大的作用，若是有机会，让他动点别的脑子吧，只要能够把那女人变成我墨家的媳妇，我不反对他用什么下三烂的手段。”老者阴笑道。

闻言，房间内的几人，都发出一阵不怀好意的笑声。显然，那些所谓的下三烂手段，身为男人的他们也是极为清楚。

“好了，外面还需要我出去主持大局，你们今天也吩咐手下多多注意一点。另外，关押那小女孩的地方，也多派点人看守，绝不能在这时候出了偏差。”老者沉声吩咐道。

“是！”几人恭声应喝，旋即起身缓缓退出房间。

“哼，云岚宗，等着吧，我墨家迟早有一天要你们把吃下去的东西，都给我吐出来！”昏暗的房间中，老者扭曲的面目隐隐地透着一股狰狞。

宽敞的大厅之内，人头汹涌，极为热闹，洋溢着一股喜庆的气息。

在大厅安置的特定座椅之上，坐着来自帝国东部省份的势力首领或者代表。对于这加玛帝国东部位置最强大的势力，虽然很多人心里恨不得墨家早点垮台，可这表面上的功夫，却依然得做到位。

在大厅的高台首位之上，一位头发花白的华服老者，正对着下方来往的宾客抱拳行礼。他似乎极为享受这种无数道羡嫉目光的注视，因此那苍老的脸庞上，喜庆中略微夹杂着些许得意的笑容从未间断过。

老者正是墨家的大长老墨承，同时也是墨家的一根顶梁柱。墨家能有如今的地位，几乎大半都是他的功劳。

“盐城城主博尔大人到！”

大门之处，一道嘹亮的通报声传进大厅，让喧闹的大厅微微静了静，一道道奇异的目光扫向大门处。一般来说，帝国的官员不会主动参加地方势力的庆贺，不过这盐城城主，如今却在大庭广众下前来庆贺，这种举动使得众人心中明了，原来这墨家已经打通了盐城上下所有的关节。

获得了官方的支持，又有云岚宗作后台，也难怪墨家近年来实力暴涨，并且还隐隐有着独占东部省份所有势力鳌头的苗头。

“呵呵，墨承大长老，恭喜啊！”大门处，一位身着华服的中年胖子在一群人簇拥下，满脸笑容地走了进来，对台上的墨承亲热地笑道。

“呵呵，博尔大人，有劳你亲自过来了，快请。”冲着这位这些年不知道从墨家捞了多少油水的胖子笑了笑，墨承心中闪过一抹冰冷的杀意，脸庞上却带着笑容，虚手将之引向一旁高台上特制的座椅处。

与这位盐城城主笑谈了几句后，门口处又响起一道嘹亮的通报声。

“叶家家主叶丛大人到！”

听着这名字，墨承微微一愣，旋即脸庞上浮现一抹似笑非笑的表情。这叶家正是东部省份另外三大家族之一，势力虽然比如日中天的墨家要差上一些，不过多年的积累，也使得叶家实力不容小觑。而让墨承露出这般神情的，自然是因为叶家家主亲自来贺。按照正常情况，东部四大家族之间的关系皆是势如水火，给对方庆贺这种事情，是绝对办不出来的，而如今叶家这有些出人意料的态度，明显隐含着一丝讨好服软的意思。显然，随着墨家的实力大涨，这叶家与之敌对的心思，也动摇了许多。

“哈哈，墨承老爷子，当真是老当益壮啊，东部这块地盘，可快要被老爷子完全给吃了。”一位面容消瘦的中年男子大笑着走进大厅，对着台上的墨承笑道。

“呵呵，没想到叶丛族长也赶了过来，老夫真是不胜荣幸啊。”墨承含笑道，与叶丛皮笑肉不笑地交谈了几句，然后将他也迎上了高位。

接下来，又是接二连三地来了一大批在加玛帝国东部省份地位颇高的势力首领。一时间，热闹的大厅中，竟然聚齐了东部省份十之七八的势力，当真算得上一次难得的盛会。

望着满厅贵宾，墨承脸庞上的笑意也越来越浓。在东部省份中，能够有这般号召力的，除了他墨家之外，再找不出第二家。

墨承脸庞之上的笑意，在听得最后一声通报之后，终于宛如一朵菊花般盛开，亲自下台，然后快步向着大门处走去。

作为全场的焦点人物，墨承的举动自然受到了所有人的注目。瞧得他竟然亲自出去相迎，人们当下略感愕然，不由得窃窃私语了起来。在这东部省份，能够让墨家大长老如此热切对待的人，似乎并不多。

大门处，一群人簇拥而来，人群之首，一位身着月色裙袍的女子踏着细碎的步子缓缓地走进大门，美丽动人的容颜上噙着淡淡笑意。周围偶有认出其身份的人，都不由得满脸惊讶。

“哈哈，纳兰侄女，没想到今日你会亲自过来，真是令我墨家上下蓬荜生辉啊。”望着那身着月袍的年轻女子，墨承脸庞上的笑容更盛，凑上前去，称呼极为亲热地大笑道。

“竟然是云岚宗宗主的亲传弟子纳兰嫣然？嘿，难怪墨承这般兴奋。”

“这老家伙，以后不知道又要拿这事炫耀多久了。”

“唉，看来云岚宗对这墨家还真是越来越看重了啊，此次竟然连这位未来的云岚宗宗主都赶了过来。”

当认出了月袍美丽女人的身份之后，大厅之内，众人顿时满脸羡嫉地暗叹了一阵。云岚宗这尊矗立在加玛帝国巅峰的庞然大物，在这些中等偏下势力的心中，无疑是一座高不可攀的山峰，极具压迫力。墨家能够和他们牵上线，不知道让多少人嫉妒得眼睛发红。

“墨承长老客气了，嫣然也只是奉老师的吩咐而已。”纳兰嫣然目光扫视了一圈大厅内，望着那些几乎囊括了东部省份十之七八的势力首领，美眸深处掠过一抹诧异以及些许莫名的意味，低头矜持地笑道。

“呵呵，纳兰侄女，葛叶长老，请！”对着纳兰嫣然与其身后的葛叶大笑了一声，墨承转身亲自在前引路，将两人一路引至最高处首位之上，方才在两人身旁坐下，与两人不断笑谈着。

热闹的大厅之中，一道道隐晦的目光不断地在纳兰嫣然娇躯上扫过，这位传说中能够成为未来云岚宗掌控者的女子，无疑已经成为大厅内的焦点。

另外一旁的叶家家主叶丛，满脸羡嫉地望着那与纳兰嫣然亲热笑谈的墨承，半晌后，心中无奈地叹息了一声，满嘴的苦涩。他虽然也想厚着脸皮凑上去与这位未来的云岚宗宗主拉一下关系，可在衡量了一下双方地位身份之后，他只得苦笑着摇了摇头，端起身旁的茶杯狠狠地灌了下去，心中盘算着是否该早点和墨家合作，以防日后被实力暴涨的墨家忽然给连根端了去。

在大厅中众人各自怀着不同心思之时，顶楼之上，两道黑袍人影诡异地闪掠浮现，脚掌稳稳地踏在横梁上，目光在大厅中扫了扫，在纳兰嫣然身上停了一会儿后，便转移向了一旁的墨承……

"那应该便是墨家大长老，人称'刽子墨'的墨承了吧？"视线扫过那满脸笑容的干瘦老者，萧炎淡淡地道。

"嗯。"海波东微微点了点头，偏头望向萧炎，道，"接下来，打算怎么办？"

"砸场子！照你说的，先把那老浑蛋打成重伤，然后让他们交人。墨承对于墨家来说，几乎是一根不能倒下的台柱，所以，我想他的命应该是值一些价钱的。"萧炎手掌插在袖间，目光犹如毒蛇一般紧紧地盯着墨承，阴冷地道。

"真是个倒霉的老家伙，竟然在这个日子，遇见了萧炎这个煞星。"闻言，海波东点了点头，在心中为下面那满脸春风得意的墨承默哀了几秒钟。

大厅之中，墨承终于停止了谈话，缓缓站起身来，目光环视了一圈大厅内的各方势力，笑着压了压手。顿时，喧闹的气氛便逐渐地安静下来，一道道目光转移了过来。

"呵呵，非常感谢诸位能够来参加我这把老骨头的宴会。在诸位的请帖中，想必也写清楚了，此次聚会，主要还有一件大事想与诸位商量。"瞧得气氛逐渐沉稳起来，墨承这才笑道。

大厅之内的众人顿时将耳朵竖了起来。

"最近我们墨家内部经过商议，准备筹建一个墨盟。这墨盟并非是什么严格的组织，只是想将一些友好势力凑集在一起，然后合力取得一些对双方都极为有利的好处，毕竟一个人的力量，远远比不上几家之力。而且在此我承诺，只要加入了墨盟，那么便是墨家的盟友，拥有享受墨家情报以及武力援助等等特权……诸位以为如何？若是对这墨盟感兴趣，不妨大家一起合作。"墨承笑吟吟地道。

听得墨承的话，大厅之内，众人脸色各有不同。虽然墨承嘴上说并非什么严格组织，可他们都清楚，一旦加入了这所谓的墨盟，那就相当于被打上了墨家的标志，虽然以后或许能够得到墨家的庇护，不过这也相当于间接被墨家给收编了。

大厅内，出现了一阵短暂的沉默，半晌之后，终于陆陆续续有一些实力薄弱的小势力，出声说愿意加入墨盟，他们其中很多人，都早就打定了主意，要投靠墨家。

有人开了头，一些忌惮墨家，害怕被他们列入黑名单的中型势力，在迟疑了一会儿后，也选择了加入。

坐在首位上，望着那些不断对墨家表示臣服的势力，纳兰嫣然不可察觉地微蹙了蹙柳眉，轻偏过头，与葛叶对视了一眼，两人眼中皆闪过一抹莫名的意味。

笑容满脸地望着那些选择加入的势力，虽然现在人数并不多，不过墨承却并不着急，这只是他的初步计划，日后等到墨家开始展露实力时，他相信，在座的这些人，应该会知道如何选择。

心中略微有些得意地笑了笑，墨承含笑道："墨盟虽然颇为松散，不过暂时还需要掌控之人……"

"自然是墨承大长老掌管最为合适。"墨承的话音还未落，大厅中便响起了一阵拍马屁的声音，并且还有大群声音附和着。

"呵呵，承蒙诸位厚爱，那老夫也就却之不恭了，这墨盟，便先暂时由我来代管吧。"也不理会别人是否有反对意见，墨承手掌一挥，便这般决定了下来。

望着那几乎在自编自导的墨承，大厅中的一些人，实在有些无语，这老家伙脸皮也太厚了吧？

"抱歉，墨大长老，我想，那墨盟你似乎暂时没空管理了！"

安静的大厅之中，淡淡的声音忽然不合时宜地响了起来。一袭黑袍诡异地闪掠至大厅中央，黑袍下，阴冷的目光瞥着高台上那脸色骤然阴沉的墨承。

第十一章

斩杀墨承

大厅之中忽然出现的黑袍人影，瞬间将所有的目光都吸引了过去。众人在略感愕然之后，旋即望着脸色骤然阴沉的墨承，当下心中都为那位黑袍人默哀了一下。对于颇好面子的墨承来说，在这种场合来找茬，无疑是在触摸他的逆鳞。

忽然出现的黑袍人，同样让纳兰嫣然、葛叶两人惊了一下，眉头微皱，互相对视了一眼，他们认出了这位黑袍人，便是今日在旅馆所遇见的那位，显然，这位神秘黑袍人，有些来者不善。

“阁下是谁？”目光阴冷地瞥着下方的黑袍人，墨承皱眉沉声道。

“你便是墨承吧？想找你问点事。”黑袍下传出的声音，年轻而且平缓，并未因为墨承那副欲噬人的表情而有所变化。

“今天是我墨家的喜日，还请阁下能够赏个面子暂歇一下，有任何事情，等今日宴会结束之后，再来商谈，可好？”听得这年轻的声音，墨承心中倒是轻松了一口气。干枯的手掌缓缓探出衣袖，微微蜷曲，狂暴的火属性斗气在掌心中凝聚着，散发着深红的光芒，将手掌映照得略微有些诡异。

听着墨承这蕴含着些许森冷杀意的话语，黑袍微微抖动，里面的人似乎是摇了摇头，片刻后，一句狂妄得让在座所有人都目瞪口呆的话语，却轻飘飘地传了出来：

“赏个面子？你有何资格说这话？墨家虽然在东部省份势力不弱，不过说到底，只是云岚宗的一条狗而已。”

此话一出，满厅呆滞，一道道错愕的目光望向那口出狂言的黑袍人：这家伙难道真的是想惹怒这位曾经将黑旋风强盗团杀得血流成河的屠夫吗？

高台之上，听得黑袍人的语气，纳兰嫣然俏脸微变。自从她成为云岚宗的弟子后，还真的从未听见过有谁能这般平淡地提起云岚宗。

墨承死死地盯着下方的黑袍人，苍老的脸庞显得略微有些扭曲狰狞，嘴角微微抽搐着，手掌一挥，顿时，大厅周围的房门猛地被踢开，几十名全副武装的墨家强者，杀气腾腾地冲进大厅，将黑袍人包围其中。

“自从老夫成为墨家大长老后，这么多年来，阁下还真是第一个敢来墨家闹事的人。”墨承语气森然地道。

黑袍微微抬起，墨承似乎能够察觉到黑袍之下的那道嘲讽目光，特别是当黑袍下的话语传出之后，心中翻滚的杀意，终于忍不住冒腾了起来。

“别再撂那些没劲的狠话了，你没有猜错，今天我的确是来砸场子的，墨家老贼。”黑袍人那蕴含着些许轻笑的话语，再次震慑全场。

“好，好！哈哈，小子，有胆量！”

咬牙切齿地一通大笑，一股强横的气息猛地自墨承身体内暴盛开来，衣袍呼呼鼓胀间，其周边的桌椅，在这股气息的压迫之下，轰然爆裂。

“这老家伙，实力倒是越来越雄厚了啊。”感受到那缓缓弥漫大厅的压迫气势，葛叶眼中掠过一抹惊诧。

“葛叔，我们需要插手吗？”纳兰嫣然望着那剑拔弩张的气氛，微偏过头，对葛叶轻声道。

“等等吧，这黑袍人很不简单。墨家近来也实在是嚣张得有些过头了，宗门中的一些长老，已经对他们开始不满起来，这次让墨承吃点苦头，也好让他收敛一些，不然他总觉得，这加玛帝国再没有了什么强者。”葛叶摇了摇头，沉吟道。

感应着那自墨承体内蔓延而出的压迫气势，周围的宾客脸色皆有些变化，几年未曾见墨承出手，没想到，他实力竟然涨了这么多。

“恐怕至少有五星斗灵的实力了吧？这才两年多时间，这老家伙竟然提升了三星左右，真是恐怖。”众人面面相觑，皆在心中暗叹道。

望着自家长老那杀意满布的脸庞，周围那些墨家强者也紧握着武器，满脸凶悍地瞪着黑袍人，浑身斗气喷薄而出，随时准备一拥而上，将这个不知天高地厚的家伙砍成一堆肉泥。

“我来墨家，主要是为一人而来。”没有理会墨承那暴涨的气势，黑袍人略微沉默，轻声道，“交出你当初在石漠城抓住的那位叫作青鳞的小女孩。”

黑袍人此话一出，墨承脸色豁然大变，此次他没有再说任何废话，脸色森冷得犹如一团寒冰，手掌一挥，阴沉沉地低喝道：“杀了他！”

随着墨承的喝声落下，周围的那些墨家强者一声厉喝，几名斗师级别的强者迅速召唤出斗气纱衣，手中大刀，狠狠地对着黑袍人劈砍而去。

站立在原地，黑袍人并未有任何躲闪的举动，在那十几把锋利大刀即将劈砍在身体之上时，一股森白的火焰，猛地自体内暴涌而出，将之包裹在内。

“刺……”

被斗气包裹的锋利大刀，在接触到那层诡异的森白火焰之后，仅仅眨眼时间，竟然便在一道道震惊的目光中，刺刺地化为了一摊炽热铁水。

森白火焰在将大刀焚烧之后，几簇火苗蹿腾而出，顿时，几名倒霉的家伙，在躲闪不及的情况下，便被火苗蹿上了身体。当下，只听得一道轻微的闷响，几名墨家强者，连一声惨叫都未曾发出，便化为一团黑色灰烬，洒落而下。

“咝……”

目睹几名墨家强者的惨状，大厅之内，顿时响起了一连片的倒吸冷气的声音，一道道惊骇的目光，盯在那站立不动的黑袍人身上，想起那森白火焰的恐怖，众人都是头皮一阵发麻。

“这是异火？”葛叶满脸震惊地望着黑袍人，失声低呼道。

纳兰嫣然俏脸之上浮现些许凝重，微微点了点精致的下巴，美眸紧紧地盯着黑袍人，道：“这人实力好强！墨家这次的确惹到不该惹的人了。”

另外一旁，那位叶家家主叶丛，也被那森白火焰的恐怖吓了一跳，不过紧接着，他眼瞳深处便掠过一抹幸灾乐祸。显然，对于墨家招惹上了这种强者，他心中大感爽快。

“阁下究竟是谁？我墨家似乎从未得罪过你，为何寻我墨家麻烦？你得知道，我墨家的后台……”森白火焰同样让墨承心中猛地沉了一下，一股不安逐渐缭绕上心头，他开口大喝。

“嘿嘿，你墨家后台是云岚宗吧？不过就算是云韵今天在这里，也保不了你墨承！”黑袍人冷笑着打断了墨承的话。虽然此时的话语比先前更加狂妄，不过有了森白火焰的震慑，已经没有人敢再认为他是在口出狂言。

“交出青鳞，否则今日血洗墨家！”黑袍人缓缓踏前一步，平淡的话语中，骤然间杀气凛然。

“我不知道你在说什么！阁下是否太过狂妄了，你辱我墨家可以，可云岚宗与云韵宗主，却容不得你出言玷污！”察觉到黑袍人话语间的杀气，墨承心头颤了一颤，却依然硬着脖子大义凛然地喝道。

“这马屁倒是拍得好，不过我刚才就说过，今日，就算是云韵来了，也没用！”黑袍人淡淡地笑道，脚步再次缓缓朝前一踏，骤然间，身体一颤，一道能量炸响从脚下传出，黑袍人瞬间化为一道黑色光影，近乎瞬移一般，出现在墨承身后。

“不交，那便死吧。”

耳旁冰冷的轻声，让墨承眼瞳骤然缩成针孔大小，这近乎鬼魅般的速度，也使墨承心头泛起了一股寒意。

虽然心中发寒，但墨承也算是成名的强者，当下体内斗气疯狂涌动，深红色的斗气宛如一簇红色火焰，将他的身体完全地包裹在其中，与此同时，其手掌弯曲成爪，略微有些尖锐的指甲，犹如鹰爪一般，狠狠地抓向黑袍人的心脏。

望着那狠抓而来的干枯手掌，黑袍人冷笑了一声，拳头紧握，携带着一股凶悍无比的劲气，砸在其掌心之上。顿时，随着一道咔嚓的清脆声响，墨承脸庞猛地一白，一口鲜血狂喷了出来，打湿了衣襟，身体也被那股凶悍的劲气直接击飞了出去，身体重重地砸在地面上，拖出了一道十米左右的长长划痕，方才缓缓止住。

仅仅一个回合，那在加玛帝国东部省份名声大震的强者，竟然便被那黑袍人犹如拍苍蝇一般，随意地拍飞。这戏剧性的一幕，让大厅内的所有人目瞪口呆。

虽说经过先前黑袍人的出手，众人已经大致觉得其实力不凡，然而，他们依然没有猜到，这个不凡，竟然到了这一地步：五星斗灵级别的强者，竟然没有丝毫的还手之力！这是何种恐怖的实力？斗王？斗皇？

墨承脸色惨白，几乎在短短几分钟之内，便由一个高高在上的墨家大长老，变成一个满身狼狈的老头。黑袍下，传出淡漠的声音：“交人吧。”

“你这是在挑衅墨家与云岚宗！”脚步有些踉跄地爬起身来，墨承兀自强硬地道。到了这一刻，他明显是想用云岚宗来使得这位神秘人产生忌惮。

“我给了你机会……”

略微有些失望地叹息了一声，黑袍人脚步轻轻地朝前一跨，再度诡异地闪掠在墨承身前，手掌豁然探出，紧紧地握住后者的脖子，微偏着头，阴冷地道：“既然你不珍惜，那便死吧！”

安静的大厅之中，众人愣愣地望着那被黑袍人轻易掐住脖子的墨承，当下都不由自主地咽了一口唾沫。这十几分钟前还有一统加玛帝国东部省份的雄图大略的人，现在却连小命都被别人轻易地捏在了掌心之中，这种近乎两重天的变化，实在让大厅内的众人有种极为不真实的感觉。

但事实却颇为残酷地告诉众人，那在东部省份名声颇盛的墨家大长老刽子墨，此时已经成为别人手下的玩物。

听着从黑袍下传出的森冷话语，大厅内的众人，心中忽然有些莫名的窃喜。无论如何，若墨家真的失去了墨承这根顶梁柱，那么日后，这些中小型的势力，就能够借机摆脱墨家的控制。因此，虽然大厅内墨家的盟友并不少，却没有任何一人出手支援。

“阁下，还请手下留情！”就在黑袍人似乎准备将手中的墨承捏死之时，一道喝声忽然在大厅之中响起。

大厅内众人顺着声音将目光转移到站起身来的葛叶身上，当下脸色皆略微有些变幻。

被众人注视着，葛叶苍老的脸庞上浮现一抹苦笑。说实在的，见识过墨承那毫无还手之力的下场后，他自然也不想当这个出头鸟，但不管怎么说，云岚宗是墨家的后台，这是众所周知的事。这位不知底细的神秘黑袍人若只是想教训一通墨承，葛叶也不会出面阻拦，不过看现在的模样，他明显是打算下杀手，到了这一步，葛叶再也坐不住了。毕竟，若是让墨承当着他的面被杀，日后回到云岚宗，恐怕也少不得要被训斥一番。

葛叶的喝声，让黑袍人的动作停滞了一下，黑袍人扭过头来，淡淡地瞥着高台上的葛叶，左手之上，淡淡的森白火焰不断地跳跃着。

盯着葛叶半晌，黑袍人又扭转过头，黑袍下，一对森冷的目光锁定着脸色惨白的墨承，冷声道：“交出青鳞！”

“大……大人，我真不知你在说什么。”被那道冰冷的目光刺得脸庞有些生疼，墨承嘴唇哆嗦着说道。

黑袍中的人明显叹息着摇了摇头，手掌猛地竖起，森白火焰缭绕其上，然后豁然从墨承右手臂齐根划过。

掌过，手臂断！

黑袍人的手掌犹如一把锋利的刀刃，没有丝毫阻碍地从墨承手臂根部划了过去，顿时，一条手臂从墨承肩膀处脱落而下，最后颇为刺激眼球地掉落在一旁那鲜艳的红地毯之上。

手臂的根部，没有鲜血流出，只有一片焦黑的痕迹。显然，在黑袍人手掌划过的瞬间，其上所蕴含的炽热温度，已经将那些血管完全烧焦了。

突如其来的断臂之痛，让墨承的脸庞骤然间扭曲在了一起，看上去极为狰狞恐怖，蕴含着难以掩饰的痛楚的凄厉惨叫声，从其嘴中高亢地传出，使得大厅中的所有人，心中泛起一股寒意。

“好狠！”目光哆嗦着扫向地面上的那截断臂，众人咽了一口唾沫，脸色无不发白。仅仅是眨眼时间，这名震加玛帝国东部省份的强者，竟然便生生地变成了一个残废，这种落差，实在是让众人有些如处梦境。

手掌捂着断臂之处，墨承的身体不断地颤抖着，低垂的眼瞳中闪过一抹疯狂的怨毒，低声咆哮道：“墨家的人，给我杀了这个浑蛋！”

听见墨承的低低咆哮，周围那些墨家子弟皆面面相觑，虽然心中颇为恐惧，不过在墨承以前的余威之下，他们也只得咬着牙，满脸凶光地怒吼着朝萧炎冲杀而来。

没有理会那些扑过来的墨家子弟，黑袍人依然只是淡漠地望着墨承，而那些冲杀到了其周身五米范围的墨家子弟，在一次提脚之后，一股股森白色的冰层诡异地从脚底蔓延而出，最后将这些人包裹成了一个个闪烁着苍白光芒的冰棍。

不到半分钟时间，大厅之内，便凭空多出了十多具栩栩如生的冰雕。顿时，大厅内变得安静了许多，一股冰凉的冷意缭绕其中，让所有人连大气都不敢出。

望着那毫无预兆便被冻成冰雕的十几名墨家子弟，高台上，纳兰嫣然与葛叶皆轻吸了一口冷气。黑袍人这诡异的攻击方式以及那狠辣的手段，让他们实在是有些震惊。

一轮冲杀，留下了十多具冰雕后，那一干墨家子弟，便惊慌地急忙后退，不管那墨承再如何嘶吼，也忐忑地不敢再进入萧炎的攻击范围。

“交，还是不交？”没有理会墨承那宛如疯子般的嘶吼，黑袍人的声音，依然是那般年轻平缓，那般淡漠的姿态，犹如刚才的杀戮并非是他所为一般。

“你究竟是谁？”剧烈地喘着粗气，墨承抬起那布满狰狞的脸庞，视线死死地盯着那黑袍之人，声音嘶哑地道。

“你是在消磨我为数不多的耐性啊……”墨承桀骜的性子，并未让黑袍人产生什么佩服的情绪，低低的声音中，透着一股耐心即将被消磨殆尽的不耐烦与阴冷。

手掌再度缓缓竖起，成手刀之状，微微倾斜，森白的火苗蹿腾而上。

“你杀了我，那小女孩绝对会立马陪葬！”眼瞳紧缩地望着那缓缓举起的手掌，墨承脸庞急速地抽搐着，片刻后，终于忍不住嘶喝道。

“原来青鳞还活着啊……”听到墨承的这嘶喝声，黑袍人倒是松了一口气，在心中低声喃喃道。

“让你们墨家能够说话的人出来，交出你们所擒的那个小女孩，否则，今日血洗墨家！”黑袍人偏过头，对那群墨家子弟轻声道。

虽然黑袍人的语气颇为平淡，不过见识过他下手狠辣的墨家子弟不敢再怀疑这话的真实性，当下便有一人向后蹿去，然后消失在大厅之中。

“没用的，在这墨家，还没人敢违背我的命令！”墨承喘着粗气，扭了扭脖子，想要挣脱那紧紧抓着自己脖子的手掌，却没有半点作用。

“你再说一句话，我就烧掉你的舌头。”修长的手掌，在墨承眼前来回挥动着，其上覆盖的森白火焰，在墨承的眼瞳中反射着阴冷的毫光，让他将到口边的话语，生生地咽了下去。

那名墨家弟子消失后不久，一大群人便满脸惊慌地从外面涌进了大厅，当瞧得那狼狈的墨承之后，脸色皆是一片呆滞。他们谁能想到，平日里一副强者姿态的大长老，竟然会变成这副模样。

“这位大人，在下墨家家主墨阑，不知大长老何处得罪了您？”一位身着华服的中年人上前两步，颇为客气地沉声道。

“十分钟后，我要见到你们墨家擒获的那位名叫青鳞的小女孩，否则，墨家也没有继续存在的必要了。”黑袍下，冰冷的声音以及那猛然暴涌而出的恐怖气势，让大厅中的所有人满脸惊骇。

黑袍人伫立原地，在磅礴的气势压迫之下，其脚下的地面，竟然在咔嚓声中蔓延出了无数道细小的缝隙。

“斗皇强者！”望着那些蔓延而出的裂缝，曾经不止一次领略过这种气势强度的纳兰嫣然与葛叶脸色急变，失声道。

两人的声音宛如惊雷一般，狠狠地劈在大厅内所有人头顶之上。此刻，连那满脸怨毒的墨承，也不由得呆滞下来，他从没想到，这位神秘黑袍人竟然会是一名斗皇强者！

面如土色地在那股恐怖气势下打着哆嗦，那位名为墨阑的墨家家主，嘴角急速地抽搐了几下：“小女孩？难道是大长老带回来的那位？天啊，这老东西究竟惹到什么人了，竟然让斗皇强者找上门来？”

“大……大人请稍等，在下这就去放人！”在一名斗皇强者的压迫下，墨阑倒也极为干脆。他清楚，自己等人根本没有半点讲条件的资格，所以当下便赶忙点头。

“墨阑，给我站住！谁允许你放人的？”墨承忽然抬起头怒喝道。

“大长老，你何必为了一个小女孩将我们墨家置于这种险境？”被墨承阻拦，墨阑眉头大皱，略微有些愤怒地道。看他的模样，似乎并不知道青鳞拥有碧蛇三花瞳的事情。

“你知道个屁，那小女孩，绝对……”墨承狰狞着脸庞，然而其喝声还未落下，黑袍人豁然转身，蕴含着恐怖劲气的脚尖夹杂着一股尖锐的破风声响，狠狠地踢在其小腹之上，顿时，到嘴的话语强行咽了下去。墨承左手捂着小腹，一口鲜血狂喷而出，双腿跪在地面上，不断地后搓着，直到重重地撞在粗壮的台柱之上，方才将这股恐怖的劲气化解。

黑袍人似乎对这犹如苍蝇一般聒噪的墨承达到了忍耐的极限，在狠踢了一脚之后，脚尖轻点地面，身形再度犹如鬼魅一般暴冲向脸色惨白的墨承，拳头之上，森白的火焰急速凝聚。显然，这次他是真的打算下杀手了。

“阁下，还请看在我云岚宗的薄面上，放墨承一马！”感受到黑袍人那凛然的杀意，葛叶脸色大变，急忙喝道。

对于葛叶的喝声，黑袍人置若罔闻。

瞧着那没有丝毫停顿的黑袍人，葛叶老脸略微有些难看，沉吟了瞬间后，猛地一咬牙，身体闪掠而下，对着黑袍人暴冲而去。

“滚开！”

察觉到那暴冲而来的葛叶，黑袍下传出一声冷喝，身体猛地在半空诡异旋转，然后犹如鬼魅般与葛叶擦肩而过。

两人交错之时，黑袍人的手掌毫不客气地印在葛叶的胸膛之上，顿时，葛叶脸色浮现苍白，身体犹如脱线的风筝一般，暴射而退。

在那交错间，一股劲风将黑袍人的斗篷略微掀起，一张露出半个面目的清秀面孔刚好被葛叶有些模糊地收入眼中，顿时，葛叶身体骤然僵硬，满脸震惊……

葛叶的身体犹如那秋风中的一片落叶，狼狈地急射而退，沿途的桌椅在接触到葛叶的身体时，都被那股暗含的劲气轰然震裂。

双脚擦在地面足足后退了半个大厅，葛叶的身体这才缓缓停住，略微有些苍白的脸庞上，覆盖着一抹难以置信的震惊。

“你……”擦去嘴角的血迹，葛叶剧烈地喘了几口粗气，心中却犹如翻起了惊涛骇浪，“那张面孔为什么那样熟悉？”

脑海中，三年之前萧家少年那稚嫩中蕴含着不屈与倔强的脸庞，缓缓从记忆深处浮现而出，与刚才那惊鸿一瞥的面庞互相重叠，竟然隐隐有着几分神似。

“不可能！”心尖猛地狠狠一颤，葛叶胸膛急速地起伏着，深吸了几口有些冰凉的空气，片刻后，摇了摇头，“眼花了！就算那少年脱去了废物的名头，可想要在短短三年内达到这种境界，绝对不可能！”

三年时间，从一名连斗者都还不是的实力提升到斗皇级别？这种话，葛叶敢拍着胸口打包票，即使放眼整个斗气大陆，也绝对不可能有人办到！

随着心情的缓缓平复，葛叶也开始怀疑自己刚才所瞟见的面目不是萧炎，在略微思量之后，心中非常坚定地认定了一个事实：自己绝对，绝对是眼花了！

心中这般认定之后，葛叶脸庞之上的震惊方才缓缓平复，捂着胸口咳嗽了几声，一缕血迹再度从嘴角流下，先前黑袍人的那一掌，让他受了不轻的伤。

“葛叔，你没事吧？”高台上，纳兰嫣然飘然落在葛叶身旁，俏脸上浮现些许担忧，急切地问道。

“不碍事。”摇了摇头，葛叶苦笑道。

望着葛叶那苍白的脸庞，纳兰嫣然柳眉微竖，这还是她第一次瞧见有人敢这般对付云岚宗的人，当下寒着俏脸，将视线投向那位黑袍人，清冷地道：“这位大人，你今日这般举止，是在向云岚宗挑衅吗？”

黑袍微微抖动，纳兰嫣然似乎能够察觉到从黑袍下射出来的淡漠目光，当下玉手紧握，心中隐有一分怒意。

“你除了会抬出云岚宗之外，还能做什么？墨承的命，今日我必收，你若是想阻拦，出手便是，不用拿云岚宗和云韵来说事，那对我没用。”黑袍人轻拍了拍袖袍，声音中，却蕴含着些许讥讽与冷笑。

“你……”听得黑袍人的讥讽话语，纳兰嫣然黛眉间涌上一股怒火，冷笑道，“阁下是一名斗皇强者，想必在加玛帝国内也不是无名之人，既然你今日执意要杀墨承，那还请将名号报出来，日后，我云岚宗自会找大人说理。”

“说理？呵呵，应该是云韵带着几百人一起来说吧？”黑袍人摇了摇头，嘲讽地笑道。

“既然阁下能当着东部省份众多势力首脑的面击杀墨承，那又怎是藏头露尾的人？以你的实力，我想，应该不是害怕墨家报复，而是忌惮墨家身后的云岚宗吧？”纳兰嫣然冷声道。

“并非不敢，只是不想。你也不用着急，云岚宗，我迟早会去，到时候，我是何身份，你们自然会清楚。”黑袍人淡淡地道。

听得黑袍人如此不将云岚宗放在眼中，纳兰嫣然轻咬着银牙，恨恨地道："好，既然阁下有这般胆量，那我倒真是要看看，你是否真有胆闯上云岚宗！"

"说完了？"黑袍微微抖动，黑袍人似是耸了耸肩，"说完了，那便停止聒噪吧，我要动手了，若是想阻拦，请便。不过提醒一句，我并不会因为你的身份而有所留情，不想云岚宗少个接班人，那便安静地在一旁待着。"

闻言，纳兰嫣然红润的小嘴紧紧地抿着，丰满的胸脯微微起伏，荡起一条颇具诱惑的弧线。虽然心中愤怒，可她没有半点办法，在这个大厅中，没有任何一个人能与这位神秘强者相抗衡，而且对方似乎也并不惧怕云岚宗，因此，她除了眼睁睁地看着墨承成为他的掌下亡魂之外，并没有任何的法子。

没有再理会身后纳兰嫣然的举动，黑袍人缓缓转过身来，森冷地望着那倚靠着台柱，想要站起身来的墨承，掌心之上，森白的火焰升腾而起，却带起了些许冰冷。

"这位大人……"望着欲下杀手的黑袍人，墨家家主墨阑脸色苍白，虽有心想上前阻拦，不过瞧着刚才葛叶与纳兰嫣然的下场后，他只得强行忍住这种冲动。那位黑袍人明显是因为葛叶的身份方才有所留手，可若是他们这些人冲上去，恐怕大厅内又将多出一些阴冷的冰雕。因此，墨阑也只得站在离黑袍人一个较为安全的距离外，出声道："大人，那位叫作青鳞的小女孩并未有任何事，只要您能放过大长老，我墨家愿意答应你开出的任何条件！"

对于墨阑所说的话，黑袍人依然无动于衷，在大厅内众位首领的注视下，缓缓地向墨承走去，淡淡的阴冷杀意让大厅内部缭绕着一股冰寒的气息。

望着那连理都未曾理自己的黑袍人，墨阑惨然一笑，满心颓丧。在这种绝对实力的压迫下，他只得放弃援救的心思，只能希望着，这位手段颇为狠辣的斗皇强者，在将墨承斩杀后，不会再对整个墨家进行清除，不然的话，墨家恐怕就真的将会从一流势力沦落为末流了。

似乎是明白黑袍人对自己的必杀之心，所以墨承也并未再发出无谓的求饶声，他怨毒地望着缓缓走来的黑袍人，那唯一的左手臂忽然微微蠕动着。

“想杀我，我也得让你留下几条疤！”狰狞地一笑，墨承蜷曲着身子，左手臂猛地一震，一股凶猛的暗劲将衣袖震得粉碎。裸露在空气中的手臂上，青筋犹如一条条小蛇一般不断地鼓动着，那只手掌也忽然诡异地变宽大了许多，原本正常的指甲也暴长半寸，并且颜色还变得奇黑无比。

此时墨承的手臂，已经完全脱离了人类正常的形态，看上去反而更像是魔兽的四肢。

手臂之内，逐渐涌上淡红之色，片刻之后，整条手臂竟然变得通红起来，一眼望去，犹如一团火焰臂一般。

“破山臂？大长老竟然把家族珍藏的五阶魔兽炽炎破山犀的前肢移植到了自己身体上？”望着那手臂变得极为粗大的墨承，墨家一干核心高层不由得失声惊呼道。

脸色大变地望着墨承的手臂，墨阑嘴角忍不住地抽搐着。这件家族中最宝贵的东西，居然被墨承占为私有之物，作为一家之主，他心中着实有些愤怒。

“去死吧！”怨毒地盯着黑袍人，墨承脚掌狠狠在身后的台柱之上一踏，膝盖微弯，旋即身体犹如一颗炮弹一般，直冲向黑袍人。

在冲掠之间，墨承那显得有些巨大的手掌拖在地面上，尖细的手指竟然生生地将坚硬的地板抓出了五道深深的沟壑。

望着墨承那骤然间变得颇为恐怖的力量，大厅内的众人脸色皆有些变化。虽然他们有些人也听说过，墨家的人能够移植魔兽肢体来代替原本的人体器官，不过却从未见识过带来的变化到底有多巨大。

立在原地，黑袍人望着那眼睛变得通红并且布满血丝的墨承，低声冷笑道：“可怜的家伙，原来你在获得魔兽力量的时候，精神也在逐渐被兽性所侵蚀，你们这所谓的移植，最大的出彩之处，恐怕就是将一个人变成一头只知杀戮的魔兽吧？”

“去死吧！”脸庞狰狞，墨承怒瞪着眼瞳，脚掌狠狠一踏地面，身体暴射向黑袍人头顶，巨大的手掌狠狠地挥击而下。手掌挥动的刹那，空气竟然在这股恐怖的劲气中，被砸出了刺耳的音爆之声。

黑袍人立脚之处，坚硬的地板在上空那恐怖力量的压迫之下，开始寸寸龟裂。

感应着头顶上方暴袭而来的劲气，黑袍人缓缓抬头，将黑袍之下的那张清秀面孔，清楚地展现在双眼赤红的墨承视线内。

即使此刻精神已经进入狂暴状态，不过在瞧得黑袍人那张宛如少年般的年轻面孔之后，墨承那赤红的眼瞳中，依然忍不住浮现几缕难以置信的震惊。

“结束了……”面无表情地望着震惊中的墨承，黑袍人缓缓举起手掌，其上森白色的火苗微微翻腾着，瞬息之后，犹如喷火器发射一般，猛地暴射而出。

阴冷的森白火焰暴掠过半空，将那墨承包裹其中，在众人的注视之下，森白的冰层忽然从墨承身体表面涌现而出，眨眼时间，便将其完全包裹成了栩栩如生的冰雕。

骨灵冷火，一种极热与极冷的混合体，极热时，焚尽万物，极冷时，冰冻大地。

半空中，冰雕无力地坠落，在冰雕上，依稀还能瞧见墨承临死前的惊骇与狰狞。

“咔嚓……”

冰雕坠落地上，在一道道目光的注视下轰然裂开，其中，尸骨无存。

望着在鲜艳的地毯上逐渐化开的白色冰块，大厅内，死一般的寂静……

第十二章 神秘的青衣女人

淡漠地望着那破碎开的白色冰块，黑袍人微微抬头，视线透过黑色斗篷，在死寂的大厅中缓缓扫过。

虽然视线被黑色斗篷所遮挡，不过他目光所向之处，所有的人都脸色大变，忙将脖子缩了回去，闪移的目光泛着惊恐，毫无目的地移动着，再也不敢停留在黑袍人身上。

纳兰嫣然玉手紧紧地握着，俏脸略微有些发白地盯着地毯上逐渐融化的冰块，娇躯轻微地颤抖着。这一个小时前还在大展宏图的墨家大长老，现在却当着她的面尸骨无存，两种天差地别般的场景，实在是让人有些难以相信。

深吸了一口冰冷的空气，纳兰嫣然缓缓地将内心的波动平息下来。不管怎么说，经过三年的修行，她已经远非当年的青涩少女，俏脸上的苍白逐渐退去，美眸盯着黑袍人，道："不管你是谁，你与云岚宗，都结下了恩怨。墨承或许并没有资格让云岚宗与一名斗皇强者起冲突，不过，云岚宗的声誉，却值这个代价！今日你当着东部省份众多势力首领以及我们的面，斩杀了墨承，若是我云岚宗坐视不管，那些依靠着云岚宗的其他势力，恐怕将会感到心寒。"

黑袍下的目光，静静地注视着竟然能够无视他气势压迫的纳兰嫣然，半晌后，微微摇着头，低声道："我与你们云岚宗迟早都是对立，即使今日不杀墨承，日后，我也会上云岚宗，到时，恩怨恐怕将会更加剧烈，所以，你这番话，对我没用。"

"阁下究竟是谁？"听得黑袍人此话，纳兰嫣然柳眉轻蹙，忍不住喝道。

"日后你自会知晓。"黑袍人淡淡地回了一句，旋即不再理会纳兰嫣然，转过身来，缓缓向着那脸色惨然的墨家子弟走去。

"交人！"在墨阑两米之外停下脚步，黑袍人的声音淡漠如冰，其中所蕴含的些许未曾消散的杀意，让墨阑心中清楚，若是自己等人再迟延，恐怕下次化为冰块的，便是自己一行人了。

"大人……人马上便到。"声音兀自有些颤抖地回了一句，墨阑脚步哆嗦着后退了两步，这才觉得稍稍心安。

"五分钟。"

黑袍人没理会墨阑的退缩，冰寒着语气吐出三个字，然后便犹如木桩一般，站立在大厅中，静立不语。

听得这三字，墨阑嘴角抽搐了几下，然后赶忙挥手叫来一名墨家子弟，脸色慌张地让他赶紧去催促。

宽敞的大厅之中，在那些巨大的台柱之上，还挂有象征喜庆的红色大字，然而此时，这些喜庆的红色，在大厅内的众人看来却是这般可笑，恐怕等今天一过，喜事还没做完的墨家，就又该准备丧事了。

一道道目光在大厅中扫动着，当不经意地扫过那站立在大厅中央的黑袍人，所有人的心尖都狠狠地颤了颤。那将他们压得毫无脾气的墨家大长老，到了这位更加恐怖的强者手中，却犹如一团软泥一般，想怎么捏，便怎么捏，没有丝毫反抗的能力。

这种强者，显然已经不是他们这种层次可以接触的。此时的他们，只能在心中暗暗地猜测着，这墨承，究竟是踩了多少狗屎，方才能够把这种站在帝国巅峰层次的强者给吸引过来，并且被其斩杀。

大厅之中站满了人，却鸦雀无声。诡异的场景，让大厅内弥漫着一股令人毛骨悚然的气氛。

站立在原地，黑袍人脑袋微微扭动着，眼角余光透过黑色斗篷，最后扫向那站在顶梁之上的一个模糊黑影，冲着他微微点了点头，示意一切顺利。

海波东站在横梁上，察觉到下方黑袍人隐晦的目光，迟疑了一下，也点了点头。不过在点头时，那黑袍下的苍老脸庞却噙有几分茫然的疑惑，因为，在刚才他似乎隐隐地感觉到，下方的大厅中隐匿着一股极为隐晦的强大气息，然而这种感觉，只是极为模糊的感应，模糊的程度，甚至让海波东自己都有些拿捏不准。

并未发现黑袍下海波东的疑惑表情，黑袍人静静地数着分秒时间，这时，手指上的漆黑戒指，却忽然轻颤了颤。

戒指的轻微颤抖虽然细微，却并未逃过黑袍人的察觉，当下在心中愕然地轻声询问道："老师，怎么了？"

"小心点，不知道为何，我似乎隐隐感觉到一股有些熟悉的气息。"药老苍老的声音带着些许凝重与疑惑，在萧炎心中响起。

"呃？什么意思？"闻言，萧炎微微一愣，错愕地道，"熟悉的气息？"

"在你刚才借用我的灵魂力量爆发的那一霎，那股原本隐匿得极为完美的气息方才有些波动，不然，恐怕连我也不能察觉。"药老沉声道，"而且，这股气息，让我有些熟悉……说不定，曾经和以前的我接触过。"

听得药老此话，萧炎心头猛地一震，黑袍下的脸庞上涌现些许震惊。以前的药老实力究竟如何，萧炎并不太清楚，不过他至少能够确定，当年的药老，一定是斗气大陆金字塔巅峰的强者，而能够与当年的药老相接触，其实力，也绝对不容小觑。

"我当年很少接触加玛帝国的强者，所以，我想，这位还不知道底细的家伙，应该是属于游走在斗气大陆上的强者。不过不知为何，他竟然来到了加玛帝国，并且潜伏在这墨家，究竟所为何事？"药老沉吟道。

"他实力如何？"萧炎紧皱着眉头，心中问着最重要的问题。

“我不太清楚，现在连我也只是模糊地感应到，连他究竟是谁，都还分辨不出。”药老也是略微有些头疼地道，“不管怎样，小心点，等青鳞出现后，带着她赶紧离开这里。”

“嗯。”微微点了点头，萧炎脸庞浮现些许凝重，眼角余光借助着黑袍的遮掩，隐晦地在那人头满布的大厅中扫过，却没有丝毫所获，当下，心中的警惕逐渐提升了起来。

五分钟时间迅速度过，在最后时刻，脸色慌张的墨阑，望见那出现在视线尽头的人影后，重重地松了一口气。

几道人影迅速从门外奔跑进来，在一名墨家子弟背上，身着青色衣衫的小女孩，正睁着惊慌的水灵眼睛，胆怯地打量着这陌生的环境。

大厅内，所有的目光盯着那楚楚可怜的青衣小女孩，心中略微有些愕然，他们没想到，让一名斗皇强者大动干戈的原因，竟然便是这么一个模样颇为俏美的小女孩。

望着虽然有些憔悴，却并无大碍的青鳞，萧炎长长地松了一口气，袖袍下紧握的拳头，顿时松了许多。

“大人，这便是大长老从石漠城抓回来的小女孩，这段时间，我们并未伤害她。”小心翼翼地将青鳞抱下来，然后忐忑地走向萧炎，墨阑苦笑道。

此时的青鳞并未认出萧炎，因此见到墨阑将她抱向黑袍人，小脸上顿时浮现几抹焦急，挣扎了一番，却丝毫没有撼动墨阑的手掌。

望着被递过来的青鳞，萧炎在松了一口气的同时，伸出手来，想要将青鳞接过。平静的大厅中，变故骤起！

“轰！”

在萧炎伸出手掌之时，一道清脆的声音，猛地自其身边响起。旋即坚硬的地板猛然爆裂开来，无数宽大的绿色树干从地底之中冒腾而出，然后闪电般地互相缠绕，眨眼时间，便形成了一个木头囚笼，将萧炎严实地封锁其中。

突如其来的变故，让大厅内包括纳兰嫣然等人都愣了一愣，他们没想到，竟然会有人主动攻击这位斗皇强者。

在众人愣神的瞬间，一道原本犹如下人一般立在某处台柱下的淡青色人影，猛地暴掠而出，青色人影速度快得恐怖，眨眼间，便闪掠到了脸色惊骇的墨阑身前，双臂一探一伸间，那青鳞便被其捞进了怀中。

“想走？”青色人影一把抓住青鳞，脚尖在地面上一弹，便想要急速离开此地，然而那木头囚笼之中，森白火焰汹涌而出，转瞬间便将木笼焚烧干净，一声低喝，蕴含着凶猛劲气的脚掌，狠狠地踢向青色人影脑袋。

察觉到萧炎攻势的凶猛，青色人影手掌一挥，地面上，一道巨大的木桩突兀地冒腾而起，在木屑飞射间，将萧炎的攻击抵御下来。

阻拦下萧炎，青色人影身体在半空诡异一扭，便对着大厅之外暴射而去。

“海老，拦住他！”

“嘿，果然有人！”在青色人影即将出门之刻，大门处寒气骤升，转瞬间，便凝聚成一块厚实的冰盾，刚好将大门堵得严严实实。

脚尖在冰盾上轻点，青色人影有些无奈地倒射而退，身躯矫健地跃上了一处台柱之顶，目光瞟向横梁上方的海波东，娇声笑道：“咯咯，两名斗皇强者，没想到这加玛帝国还真是卧虎藏龙啊，不过我对这小女孩很感兴趣，可不会随便松手哦。”

大厅中，萧炎闪电般地掠上另外一处台柱之顶，冷冷地望着那遮掩了容貌的青衣女人，双掌间，森白的火焰急速升腾着。

宽敞的大厅，三股磅礴气势暴涌而起，大厅之内的所有人，抬头望着台柱上的三人，皆满脸呆滞……

巨大的台柱顶端，三道人影矗立其上，磅礴的气势，将大厅内的众人压迫得有些喘不过气来。

大厅中，纳兰嫣然与葛叶满脸震惊地望着台柱上的三道人影。看这三人的气势，明显都属于斗皇级别，这种等级的超级强者，就算是以纳兰嫣然的身份，平日里也极少能遇见，可如今，在这墨家大厅中，却忽然间冒出三位来，这场面所带来的震撼力，将纳兰嫣然那颇为不错的定力震得粉碎。

“这事，得尽早向老师汇报！”心中闪过一道念头，纳兰嫣然与葛叶对视了一眼，都从对方眼中瞧出了一抹前所未有的凝重。三名斗皇强者，足以在加玛帝国内翻天了。

站立在台柱顶端，萧炎紧紧地注视着青衣女人，虽然脸颊上的青纱遮掩了她的容貌，不过青衣之下那玲珑有致的娇躯，却让人心里清楚，这个女人的容貌或许不会太差。

此时，这位神秘的青衣女人，纤手在怀中不断挣扎的青鳞额头上轻轻一弹，顿时，挣扎中的青鳞便昏迷了过去。

“呵呵，小家伙，放心吧，我可舍不得伤害你。”

温柔地抚摸着青鳞的小脸，青衣女人柔和一笑，左手将之轻轻地抱在怀中，这才抬起头来，注视着成犄角之势将自己包围的萧炎与海波东，笑盈盈地道：“要是早知道会引出两名斗皇强者，我就早该动手了。这墨家的所谓移植术，原来也并非我想象中的那般神奇，亏我还偷偷地暗学了一点，当真是有些不划算。”

听得青衣女子的话，下方的墨阑等人脸色大变，他们墨家引以为傲的秘术，竟然被这神秘女人神不知鬼不觉地偷学了？

这偷鸡贼把鸡吃了后，还反过来责怪主人养的鸡不好吃，青衣女人的这番强盗逻辑，实在将不少墨家子弟气得翻白眼。不过这白眼再如何翻，他们也不敢上前找人家理论，毕竟连斗皇强者都要郑重对待的强者，他们墨家，还没有这种实力与资格，所以，当下也只得阴沉着脸，将这苦果闷声不响地咽了下去。

“阁下是谁？为何抢夺青鳞？”萧炎盯着青衣女人的举止，黑袍下的眼眸微眯，冷喝道。

“这小家伙名字叫青鳞吗？呵呵，挺不错呢。”青衣女人笑道，纤指小心翼翼地掀开青鳞垂下的眼皮，看到瞳孔四周隐隐的三个小黑点之后，这才满意地点了点头，轻声喃喃道，“果然是碧蛇三花瞳呢，看来白牙的感应没出错。”

青衣女人掀开青鳞眼皮的举动，让萧炎嘴角微微抽搐了几下。现在他明白了，原来，这神秘女人也是冲着青鳞那碧蛇三花瞳来的。

自青衣女子现身之后，药老便一直沉默了下去，想来是担心再与萧炎联系会被察觉出他的存在，清楚此点的萧炎，也并没有在心中询问对方的身份。

“你先前所爆发的气息，为什么让我有种熟悉的感觉？难道我们以前接触过不成？”青衣女子忽然抬头盯着萧炎，眉头微蹙，略微有些疑惑地道。

“是吗？”不置可否地随意应了一声，萧炎冷声道，“不管阁下究竟是谁，都请将青鳞还给我，不然，我们也只能动手强抢了！”

“呵呵，这小女孩对我极为重要，交给你们，倒是不可能。”青衣女人笑着摇了摇头，目光从萧炎与海波东身上瞟过，轻笑道，“虽然两位也是斗皇强者，不过想将我拦下，还是有些不容易的。”

“动手！”

听得青衣女人此话，萧炎再没有丝毫迟疑，一声低喝，汹涌的森白火焰猛地自体内暴涌而出，顿时，大厅之内的温度骤然提升。

脚尖猛地一踏台柱顶端，顿时，一条条裂缝从脚尖之处急速蔓延而开，最后竟然一路扩散到了地面之上，巨大的台柱顷刻间便变得摇摇欲坠起来。

借助着弹射之力，萧炎的身体犹如出膛的子弹一般，暴射向青衣女人。

在萧炎的低喝声落下瞬间，海波东也闪电出手，手掌快速地结出调动能量的手印，顿时，身前寒气凝聚，十几枚足有大腿粗细的尖锐冰刺凭空成形，冰刺尖端位置上的螺旋雕纹，使它看起来更具杀伤力。

袖袍轻挥，十几枚巨大的冰刺散射而出，遍布的范围刚好将青衣女人能够躲闪的空间完全覆盖。

身形闪掠过半空，萧炎那蕴含着森白火焰的拳头，夹杂着一股音爆以及炽热，狠狠地砸向青衣女人。

前有萧炎，后有冰刺覆盖，被前后夹击的青衣女人沉吟瞬间之后，脚掌一跺，随着咔嚓的声响，脚下的木头台柱猛地暴射出巨大的木墙。与此同时，青衣女人右手伸出，五道翠绿色的荆棘能量长鞭，从指间暴射而出，长鞭飞舞间，将其整个身体包裹其中，而那些疾刺而来的冰刺，也被弹射了开去。

一拳将木墙轰得粉碎，萧炎腰膝微弯，身体成弓形，瞬间后，骤然拔高，闪电般地出现在想要破屋而出的青衣女人头顶上，身体凌空翻滚，脚背在狠狠旋转借力之后，带着呼啸的破风之声，重重地砸在了青衣女人肩膀之上。

“嘭！”

一击中敌，黑袍下，萧炎的脸色却并未有丝毫喜意，因为在他的感知中，被他砸中的，似乎并非是人体，而更像是一截软绵绵的朽木，并且，那朽木竟然还将他所爆发出的劲气反射了些许回来，使萧炎的身形略微有些不稳。

“加玛帝国的人，果然都不喜欢讲理，行为这般暴力，难怪大陆上的强者都说你们粗鲁。”被萧炎砸中，青衣女人略微有些不满地道，右掌猛地举起，一股磅礴的绿色能量柱，对准萧炎胸膛喷射而出。

双臂交叉在胸前，森白火焰升腾而起，将那股能量柱尽数抵挡下来。虽然对方的攻击并未给萧炎造成伤害，可能量柱所蕴含的劲气依然将他推射了出去。

“这里是加玛帝国，我并不想与你们争斗，虽然短时间内，我不可能击杀你们二人，不过你们想拦住我，也还差了点。”望着那推射而出的萧炎，青衣女人娇笑一声，头颅微微仰起，一股比海波东强悍的气势，猛地从其体内暴涌而出，顿时，大厅那厚实的天花板轰然爆裂，木屑瓦片飞落间，露出了外面蔚蓝的天空。

“呵呵，告辞了。两位放心吧，这小女孩，我并不会伤害她，类似墨家这种恶心的移植术，我还不屑用。”青衣女人笑道，一对翠绿色的斗气羽翼在其身后迅速成形，然后对着天空之上暴掠而去。

“玄冰盾，结！”

望着想蹿出大厅的青衣女人，海波东一声低喝，顿时，天花板处能量急速波动，寒气以一种快得让人心惊的速度闪电般地凝聚，最后，在下方那震撼的目光中，竟然凝固成了一个几十米宽的冰盾，刚好将天花板覆盖。

“呵，好雄浑的冰系斗气，不过凭你二星斗皇的实力，还不足以拦截我。”面对着那庞大得有些骇人的冰盾，青衣女人淡淡一笑，右手闪电般地结出手印，而随着她施展手印，其周身空间急速波动，眨眼时间，上百条庞大的青色尖刺木桩凭空出现，然后夹杂着凶悍无比的劲气，狠狠地撞在那冰盾之上。

“咔嚓……”在青色木桩一波波毫无停歇的冲撞间，坚硬的冰盾上，裂缝逐渐蔓延，最后轰然爆裂开来。

“告辞了！”冰盾破裂的刹那，青衣女人偏过头对着暴冲而来的萧炎娇声一笑，双翼振动，暴冲了出去。

阴沉着脸盯着那迅速升空的女人，萧炎背后微颤，一对宽大的紫云翼便舒展开来，转过头，对着闪掠上一处台柱的海波东轻喝道：“追！”

说完，萧炎便率先展动双翼，犹如大鹏一般，暴冲天际，对着那青色人影追了上去。

“呃……”站在台柱上，海波东望着紧追而去的萧炎，忍不住无奈地摇了摇头，心中略微有些迟疑。虽然刚才在他们两人的夹攻中，那位青衣女人看似应付得有些狼狈，不过海波东清楚，那女人的实力，比他们两人中的任何一人都要强！

若是在以前，按照海波东的性子，绝对不可能帮萧炎去对付一名实力极强的神秘强者，不过今天，萧炎却拿一枚复灵紫丹，彻彻底底地将他这名曾经的冰皇给套在了身边，并且成为一名专用打手。

要想尽快恢复巅峰实力，海波东也不得不紧跟着萧炎，因此，心中在略微迟疑之后，海波东只得苦笑着召唤出寒冰双翼，然后跟了上去。

随着海波东的冲天而起，大厅内弥漫的磅礴气势，方才逐渐消散。

大厅内，所有人满脸麻木地望着那被破坏得一塌糊涂的大厅，脸庞忍不住地抽搐着，这就是斗皇强者战斗的破坏力吗？也太恐怖了吧？

狼藉的大厅内，众人对视，心头却逐渐泛起一抹滚烫与火热，今日过后，这场三名神秘斗皇强者战斗的事情，恐怕将会迅速传遍整个加玛帝国！而他们，则是第一批亲眼见识到斗皇强者战斗的人！无论如何，日后，总有了向人吹嘘的本钱！

纳兰嫣然抬起俏脸，脸色变幻着望着蔚蓝的天空，半晌后，袖袍轻挥，转身便向大厅之外走去。

“走吧，葛叔，这里已经没有停留的必要了，立刻回去禀报老师，让她来查清楚这三位神秘强者的身份。”

看着纳兰嫣然那修长的背影，葛叶略微迟疑了一下，抬头望着那破碎的天花板，脑海中，再度闪过先前那黑袍之下的惊鸿一瞥。

“绝对，绝对不会是萧家的那小子！”

狠狠地咬了咬牙，葛叶深吸了一口气，将内心深处那一道有些荒唐的念头紧紧压下，然后转身走出大厅。

蔚蓝的天空上，三股磅礴的气势飞掠而过。在这股恐怖的气势下，下方的盐城顿时骚动起来。众多斗师级别之上的人，皆满脸呆滞地抬起头，望着天空上犹如流星一般飞掠而过的人影，脚跟不住地打着哆嗦。三股斗皇强者的气势，在加玛帝国中极少出现，未曾达到某个层次，基本很少有资格感受这股气势压迫。当下，在这三股气势的压迫中，骚乱迅速地从城市中蔓延出来。

骚乱之余，很多实力不错的人，在呆滞了瞬间后，却满脸狂热与兴奋地从各处弹射上屋顶，然后激动得犹如跳蚤一般，在城市中的房顶上穿梭着，遥遥地跟在三股磅礴气势之下。

对于斗皇这种等级的超级强者，很多人都心怀敬畏。高级别强者的战斗，对于处于斗师以及大斗师这种级别的人来说，无疑颇具吸引力。

在城市众多屋顶之上，几百道黑影齐齐闪掠，那股声势，倒颇有些骇人与壮观。

天空之上，萧炎脸色阴沉地锁定着前方的青色人影，背后双翼急速振动着，狂风迎面吹来，犹如刀刃一般切割在身体之上，让人感到略微有些发疼。

在萧炎身后不远处，海波东紧紧地跟随着。此时，他的身体上缭绕着冰寒的白色斗气，干枯的手掌之上，白光闪闪的尖锐冰刺笼罩在指尖之处，微微蜷曲间，带来一股股森冷的劲气。抬起头，皱眉望着那飞行速度极快的青衣女人，海波东略微沉吟后，双掌猛地结起手印，体内冰冷的斗气急速流淌着，然后涌出体外，遥遥地操控着百米之外那弥漫在空气中的冰属性能量。

到了斗皇级别这一层次，战斗时，已经能够使用体内斗气与外界天地间的能量产生共鸣，然后操纵着它们，发挥出无与伦比的恐怖力量，因此，斗皇强者才具备让人惊骇的破坏力。

斗者修炼，先修本体，待得本体修炼得臻至巅峰之后，体内的斗气便能与天地间同属性的能量产生共鸣，最后达到将之操控的目的。

所有的斗者，几乎无一不对这种境界抱有敬畏与垂涎之心，在这个境界之前，一人虽可挡十挡百挡千，可人力终有枯竭之时，只有达到操纵天地能量的境界，以一敌万，方才不是水中月、镜中花般的虚幻。

据说，当实力达至斗宗、斗圣级别之时，举手投足间，天崩地裂，排山倒海，并非是虚构。那种境界，意念翻转间，天雷地火齐齐而至，千军万马皆化灰烬！

当然，事无绝对，也有一些强者，放弃了与天地能量共鸣的机缘，他们选择不断地强化本体肉身，将肉身修炼至化境之后，拳劲崩射间，大地断裂，空间破碎，其破坏力，并不比操控天地能量要小，甚至，还犹有过之。不过光强化肉体，修炼艰难程度比前者还要更甚，并且，强化肉体所产生的那种剧痛，心智不坚者，实在难以坚持下去。

“玄晶刺壁！”

低低的喝声，在半空之上响起，紧接着，青衣女人面前几十米处，空间忽然浮现些许扭曲，旋即白色雾气急速涌现，最后闪电般地在天空上凝聚成一道足有七八丈宽的厚实冰层。并且，在那冰层表面上，几米长的尖锐冰刺密密麻麻地遍布着，可以想象，这若是一头撞了上去，下场恐怕不会太好。

天空上突兀出现的庞大冰层，也让下方不断追逐而来的众人发出一阵阵惊叹之声，旋即脸庞上露出更加狂热的表情，这是每一名斗者对于力量的敬畏与垂涎。

“哼！”望着忽然出现的冰刺层，青衣女人略微有些怒气地轻哼了一声，显然，后面紧紧追来的两人，也让她有些不耐烦。

“给我破！”

左手抱着昏迷的青鳞，青衣女人右手猛地对着面前的虚空狠狠一推，顿时，翠绿的光芒暴涨天际，铺天盖地的绿色蔓藤诡异地浮现。蔓藤出现之后，便开始互相缠绕，仅仅十几秒的时间，无数的蔓藤竟然便纠缠成了一道四五丈宽的绿色拳头。

巨大的拳头被能量光芒包裹着，夹杂着呼啸的破风声响，猛地砸向那厚实的冰层，沿途所至处，尖锐的冰刺轰然断裂。

“嘭！”高空之上，一声炸响，庞大的冰层直接被绿色巨拳生生地轰出了一个巨大空洞。

听得高空上传来的炸响，看到飘落而下的碎冰，下方的人们心头皆颤抖了，各自在心中模糊地衡量了一下，旋即惊恐地发现，那巨大拳头所蕴含的力量，恐怕能将盐城的城门给轰破！

“好恐怖的力量！”

下方的人群以及高空上的萧炎、海波东，望着那破碎的冰层，皆在心中发出一声惊叹。

青衣女人身体闪电般地从空洞中飞掠而出，同时手掌猛地后挥，顿时，那巨大的绿色能量拳头，便从空洞中倒射而出，狠狠地砸向迎面而来的萧炎。

感受到那股剧烈的压迫劲气，萧炎脸色微变，右掌猛地摊开，对准那暴砸而来的拳头，略微沉寂，一股巨大的森白火焰柱暴射而出。

森白火焰柱与能量拳头重重相撞，能量巨拳在移动了将近十米距离时，一股森白的冰层，迅速地蔓延，然后将之包裹其内。

飞掠的身形暴冲而过，萧炎脚尖在那化为寒冰的巨拳之上轻点，一股暗劲自脚尖传下，顿时，能量巨拳轰然爆裂。

在漫天寒冰暴射间，萧炎的身体闪电般地冲出了冰层的空洞，旋即骤然停顿下来，静静地望着那忽然停止飞掠的青衣女人。

在萧炎停下之后，后面的海波东也飞速赶了上来，与萧炎齐肩并排着，注视着对面的女人，双掌间，寒气吞吐。

盯着青衣女人，海波东偏头望着萧炎，低声道："她怎么不跑了？"

"不知道。"

萧炎摇了摇头，目光一直在青衣女人身上没有移动，沉默了一会儿，开口道："你的实力的确很强，单凭我们之中的任何一个人，或许难以留下你，不过很可惜，我们有两人……将青鳞交出来吧，我们也不想与你起冲突。"

"那可不行，为了寻找到碧蛇三花瞳，我可是寻找了好几十年。如今侥幸遇见，别说你们两位斗皇，就是再多几位，我也绝不会放手。"青衣女人笑着摇了摇头，话语中，没有半分可以商量的余地。

"动手！"

阴沉着脸望着青衣女人，萧炎的耐性逐渐地被消磨殆尽，当下也不拖延，一声低喝，两人便准备再度施展狂猛攻击。

"若不是担心在此处待久了，会引来加玛帝国的强者，凭你们二人，就算正面战斗，也不见得能打败我。"青衣女人颇有几分傲气地笑道。

"可惜，现在的确是在加玛帝国。"萧炎冷笑着回了一句，掌心间，森白火焰腾烧得越加凶猛，身体前倾，已经开始准备攻击之势。

"是啊，现在是在加玛帝国呢……所以我也不再逞能地以一敌二了。"惋惜地摇了摇头，青衣女人纤指挑开青纱，放进口中，顿时，一道略微有些尖利的哨音，携带着一股奇异的声波，从天空中扩散了出去。

“轰……”

在哨音传出后不久，遥远处的森林中忽然响起一阵轰鸣声，旋即一头长近十丈的巨兽猛地腾升天空，向着这边天际飞掠而来，巨大的阴影笼罩了大片的地面。

巨兽体形极为修长，看上去，有些类似蛇形魔兽。这头魔兽的飞行速度快得有些让人感到震撼，只见那巨大的尾巴一扭一摆间，竟然犹如瞬移一般，几个闪移，便到了距离青衣女人不远的地方。

随着巨兽的闪近，它的全貌，这才完全被萧炎等人收进眼中，顿时，他们都忍不住地轻吸了一口冷气。

巨兽，或者应该称之为巨蛇要更贴切一些。巨蛇体型极为庞大，通体黝黑，其中还夹杂着一条条斑斓的纹路，看上去颇为奇异。在巨蛇的身体两侧，竟然还生有八只黑中带紫的翅膀，而且在它的脑袋上，也生有一只黝黑的螺旋纹尖角，淡淡紫芒，在角尖处闪烁着，显然是隐有剧毒。淡淡的斑斓纹路在头颅位置处模糊地勾勒出一个皇冠模样，三角形瞳孔中，也并非兽性，反倒充斥着一股宛如人类的精明狡诈。

“八翼黑蛇皇？”望着那巨大黑蛇的模样，海波东脸色一变，失声道。

听得海波东那略微有些震惊的喝声，萧炎心头也是微微一颤，一股信息在心间升腾而起：

“八翼黑蛇皇，一种天赋异禀的异兽，三阶魔兽两翼黑蛇的进化体。从三阶开始，每升一阶，便多出一对翼翅，当其到达八翼之时，那便是斗气大陆上凶名赫赫的八翼黑蛇皇！”

“六阶魔兽！没想到这女人竟然还有这种同伴！”脸色阴沉地望着那庞大的黑蛇，萧炎的心猛地一沉。他并不认为这头斗皇级别的八翼黑蛇皇是青衣女人的坐骑，到了这一阶别，八翼黑蛇皇已经拥有不下于人类的智慧，以他那皇者的傲气，自然不可能屈服于一名仅仅与他同阶的人类。

遥遥天空之上，青衣女人与庞大的八翼黑蛇皇逐渐汇拢，顿时，两股恐怖的气势暴冲天际，天空之上的慵懒云朵，也在此刻被撕得粉碎。

“这下麻烦了……”

感应着这两股恐怖气势，萧炎与海波东的脸色骤然变得极为阴沉。

第十三章
异火相融

遥遥天际，四股斗皇级别的气势弥漫天空，周围的空间似乎在此刻颤抖了起来。蔚蓝的天空上，慵懒白云被暴虐的气势撕扯得粉碎。

盐城之中，所有人都在这四股互相纠缠的浩荡气势下，不断地轻微颤抖着，那股恐怖的压迫力，让人犹如身负千斤重石，呼吸都略微有些沉重起来。

“绿蛮，哈哈，没想到你竟然会被撵得到处乱窜，这若是传了回去，恐怕会被他们给笑死！”巨大的三角瞳孔盯着对面的萧炎与海波东，八翼黑蛇皇巨嘴张合着，发出震耳欲聋的大笑声。

“你个浑蛋白牙，我身上带着个人，而且也不想与他们缠斗，不跑难道还傻站着等他们攻击啊？”身体悬浮在八翼黑蛇皇头颅之旁，听得他的嘲笑，青衣女人不由得怒道。

“嘿嘿。”笑着摆了摆巨大的尾巴，八翼黑蛇皇三角瞳孔动了动，瞟了一眼被他称为绿蛮的女子怀中的青鳞，宛如惊雷般的声音中，多出了几分凝重，“真的是碧蛇三花瞳？”

“嗯，你的感应没出错，的确是！”提起这个，青衣女人眉宇间便散发着喜意，点了点头，笑道。

“那就好啊……”闻言，八翼黑蛇皇明显松了一口气，再次将目光扫向对面的萧炎与海波东，微微扫移，最后惊咦了一声，停在了浑身缭绕着森白火焰的萧炎身体之上，问道，“好奇怪，为什么我觉得这人身上的气息隐隐有些熟悉？”

“你也有这种感觉？”青衣女人诧异地眨了眨眼，上下打量着萧炎，道，“我先前也是因为他身体上那股略微有些熟悉的气息，方才暴露了自己，不过我接触过的强者实在太多，所以也记不清这股气息究竟与谁相似。”

“他身体上的那股白色火焰，应该是异火吧？不过就是不清楚是哪一种，啧啧，真是个好运的家伙。”八翼黑蛇皇惊诧地道。

“嗯，的确是一种异火，威力极为恐怖，我的万木囚牢，对他根本没有半点作用。”青衣女人点了点头，沉声道。

“嘿嘿，好多年没来加玛帝国了，没想到这里竟然出了这等强者。”八翼黑蛇皇有些意外地笑道。

“好了，别废话了，这里搞出这么大的动静，恐怕云岚宗的人和加玛皇室的那老妖怪应该已经有所察觉了，再拖下去，等他们赶过来，那就麻烦了。”青衣女人沉声道。

“嗯，知道了，啰唆的女人。”

八翼黑蛇皇巨尾微微摆动，旋即有些遗憾地道：“不过可惜，本来这次想找美杜莎女王比试比试的，哪想到她竟然进化失败了。唉，那么完美的女人，简直是专门为本皇而出现的啊。”

“白牙，你还有脸说，你难道忘记自己上次被她打得那凄惨模样了吗？”翻了翻白眼，青衣女人无奈地道。

“嘿，我就是喜欢她这脾气。”八翼黑蛇皇摇着巨大的头颅，大笑道，“好了，你带着人先走吧，我来拦住他们。十分钟后，老地方见面。”

“嗯，小心点，这两个家伙不是省油的灯。”点了点头，青衣女人嘱咐了一声，背后双翼轻振，然后对着遥远的天际暴射而去。

“放心吧，论飞行速度，斗皇级别中，还没有谁能比得上我。”八翼黑蛇皇对那远去的青衣女人摆了摆尾巴，得意地笑道。

“想走？把人留下来！”瞧着那闪掠而走的青衣女人，萧炎脸色一沉，紫云翼轻振，身形便暴射而出。

“嘿嘿，你们的对手是我。”

瞧得想要从上空飞掠而过的萧炎，八翼黑蛇皇嘿嘿一笑，八翼齐齐振动，庞大的身躯瞬间出现在萧炎飞行的路途之上，蛇尾猛地一甩，其上所蕴含的恐怖力量，竟然让空间都出现了些许扭曲之感。

察觉到蛇尾力量的恐怖，萧炎脸色微变，不敢硬接，身体急速扭转，将之闪避了开去。虽然避开了攻击，可他想要追击的目标，却已飞出老远。

“该死的！海老，动手！”萧炎低声骂了一句，身体在躲避着八翼黑蛇皇的攻击时，偏头对海波东大喊道。

“帮我挡住他一会儿！”海波东脸色凝重地低喝了一句，双手结出印结，袖袍轻颤，寒气猛地自其体内暴涌而出，转瞬间，这片天地便完全被寒气所缭绕。天空上，由于寒气的加剧，片片雪花开始飘落，再过片刻，狂风呼啸，雪花急速凝聚成雪白的冰刃，一缕狂风逐渐呈旋涡状，骤然扩散，半晌后，居然扩张到了十多米宽。

狂风呼啸着，一道道锋利的冰刃投射其中，转瞬间，一个外表覆盖着锋利冰刃的白色龙卷风暴，便凭空出现在天空之上。

凭借自身之力，构建出如此凶悍的冰刃风暴，即使是实力强横的海波东，额头之上也不由得浮现出些许细密的冷汗。

“萧炎，闪开！”

低喝了一声，望着那迅速退闪到一边的萧炎，海波东袖袍一挥，庞大的冰刃风暴便带着尖锐的破风声响，呼啸着朝八翼黑蛇皇席卷而去。

“嘿，声势倒是不错，不过我可是六星斗皇，你这二星实力，如何与我斗？哈哈！”望着那暴卷而来的冰刃风暴，八翼黑蛇皇大笑了一声，巨大头颅一摆，黑色的火焰忽然自其体内暴涌而出，然后源源不断地释放出来，最后在其头顶上空处，凝聚成了一个体型同样庞大的黑色能量八翼黑蛇。

巨尾猛地一甩，那完全由诡异的黑色火焰所凝聚而成的八翼黑蛇，猛地暴射而出，夹杂着一股近乎恐怖的劲气，狠狠地撞上了白色的冰刃风暴。

在相撞的那一刻，两者接触的空间，似乎都被震开了丝丝细小的黑色裂缝。

“嘭！”

一白一黑两种恐怖的能量，僵持了片刻时间，便在天空之上轰然爆炸开来。剧烈的能量爆炸声，即使相隔千米距离，依然能够隐隐听见。

爆炸的瞬间，一圈能量涟漪从爆炸处扩散开来，将海波东与八翼黑蛇皇同时震得急速后退。

“哈哈，照你这般挥霍，即使你是斗皇强者，恐怕也来不了几次吧？”望着那脸庞浮现些许冷汗的海波东，八翼黑蛇皇大笑道。

“八极崩！”

笑声还未完全落下，那巨大的三角瞳孔却猛地一缩，浑身漆黑的鳞片，忽然诡异地紧缩了起来，一层淡淡的黑色奇异油渍，从鳞片之下渗透而出，迅速将八翼黑蛇皇庞大的身体包裹在其中。

在八翼黑蛇皇庞大身体的腰部位置，萧炎的身形忽然闪现而出，覆盖着森白火焰的拳头猛然紧握，夹杂着一股恶风劲气，犹如崩雷一般，狠狠地砸了下去。在这一刻，那宽大的黑色袖袍，似乎都变得犹如钢铁般坚硬了起来。

“嘭！”

拳头重重地砸在八翼黑蛇皇的身体之上，萧炎的脸色变得极其难看。因为，在他的感知中，八翼黑蛇皇的身体，忽然变得犹如滑腻腻的泥鳅一般，拳头砸上去，但竟然贴着其身体表面上的那层油腻薄膜飘飞了出去。

这一击虽然大部分攻击落空，不过依然有一小部分结结实实地砸在了八翼黑蛇皇的身体上，森白火焰所蕴含的炽热温度，顿时便让落拳之处的那一小部分蛇蟒蜷曲了起来。

“咝，好痛！”身体上传来的剧痛，让八翼黑蛇皇庞大的身体猛地缩卷了起来，巨大的尾巴猛然回甩，狠狠地砸在萧炎背上，顿时，将之犹如皮球一般砸飞了出去。

“噗……”背上传来的巨大力量，让萧炎喷了一小口鲜血，双翼急速振动着，方才稳住踉跄的身形。

“唉，毕竟不是属于自己的力量啊，控制起来极其不顺手。”抹去嘴角的血迹，萧炎在心中苦笑道。

“没事吧？”飞掠到萧炎身旁，海波东问道。

“没事。”萧炎摇了摇头，目光有些焦虑地望着遥远的天际处，在八翼黑蛇皇拖延的这段时间，那青衣女人早就跑得没影了。

“怎么办？虽然说他并不能击杀我们，可以他的速度，要拦住我们，似乎并不难。”海波东苦笑道，“而且这家伙的属性刚好克制我，浑身的鳞片更是防御力惊人，刚才若非靠你的异火，恐怕那一拳，对他都没多少效果。”

萧炎紧咬着牙，呼吸有些急促。

“我们两人都没有那种破坏力极为恐怖的斗技，想要击退他，似乎很难。”海波东叹息道。

萧炎沉默，骨灵冷火是属于药老的东西，所以萧炎对它的控制程度远远没有药老灵活，更何况，那些能够使自己与斗皇强者战斗的灵魂力，也完全属于药老。说起来，这些都不关萧炎啥事，他只不过起到一个中转站的作用罢了。

连八极崩都对这八翼黑蛇皇没有多大的效果，那么萧炎所剩的底牌，就只有那地阶斗技——焰分噬浪尺了！

手掌轻放在肩膀之上，萧炎手指触摸着背后那冰凉的黑色巨尺，然而就在他准备启用这最后的底牌之时，眼角忽然停在左手上的骨灵冷火之上，微微一愣，沉默瞬间后，一个有些疯狂的念头，悄悄地从内心深处不受控制地滋生了出来……

“或许这样……会更加恐怖……”

这个近乎疯狂的念头一出现，便让萧炎不由自主地打了一个哆嗦。可任他如何压制，那念头却依然盘绕在心间，无论如何也挥之不去，犹如魔障缠身……

在这般驱赶无效之下，萧炎却在不自觉间，对这念头逐渐着迷下去，心中喃喃道：这若是能够成功的话，恐怕破坏力不会比焰分噬浪尺弱吧？

在萧炎挣扎之时，一旁的海波东瞧着沉默的他，以为他放弃了，当下心中悄悄松了一口气。无论如何，面前的这八翼黑蛇皇都绝对是一个难缠的对手，虽然他的确留了几手，可他与青鳞又不熟，所以也犯不着为了一个小女孩去冒这种险，萧炎能够主动放弃，倒正合他意。

对面，八翼黑蛇皇微微甩动着巨大的尾巴，每一次巨尾的甩动，都会在天空上造出一股不弱的狂风，可以想象，那巨尾之上，究竟蕴含着何种恐怖的力量。

“嘿嘿，怎么，终于放弃了吗？”三角形的巨大瞳孔瞥着对面没有动静的两人，八翼黑蛇皇的笑声，犹如那滚雷一般，在天际翻腾不休。

“放弃也好，省得白白浪费气力。”笑了笑，八翼黑蛇皇微偏过头，视线凝望着遥远的天际，低声喃喃道，“绿蛮那女人，想必应该已经到达安全地方了吧？我的拦截任务，也该结束了……”

转过头来，八翼黑蛇皇望着萧炎，大笑的声音中，不无嘲讽：“两位，日后若是想不开，可以来找我白牙，我随时等着。今天便不和你们玩了，不然等云岚宗那女人和那老妖怪一来，那可是真的走不掉了。”

说完，八翼黑蛇皇巨尾微微摆动，目光紧紧地盯着萧炎两人的一举一动，身体缓缓地后移着。显然，谨慎的他，并不愿意将自己的后背露给两位斗皇强者，他虽然能阻拦两名斗皇强者，可他并不能真正击败萧炎与海波东。

黑袍下，眼睛紧紧地盯着逐渐后退的八翼黑蛇皇，萧炎心中挣扎的念头终于猛地定了下来，双手缓缓伸出黑袍，修长白皙的手掌，宛如女子一般，似乎不具备任何力量。

瞧得萧炎的举动，一旁的海波东一愣，旋即满脸疑惑。

“嘿嘿，怎么，还不肯放弃吗？虽然你拥有一种异火，不过看你的模样，似乎根本发挥不出它的力量！”同样察觉到萧炎的动静，八翼黑蛇皇移动的身体也立刻停了下来，三角瞳孔紧紧盯着萧炎，略微有些不耐烦地冷笑道。

没有理会八翼黑蛇皇的讽刺话语，萧炎双手朝天平放在身前，略微沉寂，左手之上，森白的火焰翻腾而出，炽热的温度将空间焚烧得略微有些扭曲与虚幻。

左手微微紧了紧，阴森的白色火焰悄悄翻腾，释放着一股凶悍能量。

巨大的三角瞳孔翻着些许讥诮地盯着萧炎，八翼黑蛇皇并未有丝毫紧张。虽然异火极其让他忌惮，不过不知为何，他觉得面前的这黑袍人，似乎并不能畅快淋漓地发出属于它的力量。因此，八翼黑蛇皇，并不是十分惧怕。

三角瞳孔之中的讥诮，只存在了片刻时间，当萧炎的右手之上忽然腾升起一团青色火焰时，巨大的瞳孔猛然暴缩，一抹惊骇的情绪，极为人性化地出现在那蛇瞳之中。

“这……这……这也是异火？该死的，该死的！怎么可能？你的体内，怎么可能拥有两种异火？”感受到那股青色火焰所释放出来的恐怖温度，八翼黑蛇皇呆滞了瞬间，旋即犹如被踩到了尾巴一般，庞大的身体弓了起来，尖锐的声音气急败坏地在天空中响了起来。

站在萧炎身旁，海波东也满脸惊骇地望着萧炎双手上升腾的白青两色火焰，如此近距离的接触，他自然更加清楚地感受到两团火焰中所蕴含的那股恐怖温度，当下双脚不受控制地向一旁暴退了一段距离后，才略感放心地停下身形。

“太不可思议了，这家伙竟然真的拥有两种异火！”

盯着萧炎的双手，海波东深吸了一口冷气，心中犹如翻江倒海一般。以他的见识，还从未听说过有谁能够同时拥有两种异火。要知道，异火天性霸道并且极具毁灭性，两种异火根本犹如宿敌一般极其不相容，若是两种异火同时存在于一个人的身体之内，海波东只能想象到一种结局，那便是两颗极不稳定的炸弹互相碰撞，最后的结局，自然是在灿烂的爆炸中，彼此毁灭……

海波东并不清楚萧炎为什么能够同时拥有两种异火，不过他清楚地感觉到，在两种异火出现的那一刻，它们体内本来还算温顺的能量因子，骤然变得暴躁了许多。

“这家伙召唤出两种异火，究竟是想干什么？”心中茫然地想着，海波东侧着头，望着那被掀开了一点的黑袍，那里，少年清秀的脸庞上，似乎隐隐噙着一抹有些疯狂的笑意。

海波东打了一个冷战，心头不由自主地浮现一抹不安。他双翼微微振动着，寒冰斗气在周身形成了一个圆形冰罩，将之包裹进去。

在萧炎的对面，八翼黑蛇皇依然在气急败坏地谩骂着，显然，萧炎能够同时拥有两种异火的现实，让他颇受打击。

没有理会犹如一条泥鳅般乱蹦的八翼黑蛇皇，萧炎目光紧紧地盯着手中两团不同颜色的异火，嘴角微微抽搐着，片刻后，把牙一咬，双手携带着两种异火，缓缓地向中间靠拢着。

“老天！疯子，疯子！这家伙绝对疯了！”

海波东惊骇地望着萧炎这一举动，他与八翼黑蛇皇几乎异口同声地大骂道，骂完之后，两人还不约而同地暴退了一段距离，然后远远地看着萧炎。

“浑蛋，你死了谁给我炼制复灵紫丹啊！”退后之时，海波东还在心中无奈地骂道。在他看来，即使萧炎体内能够同时存在两种异火，那也绝对不可能让两种狂暴的异火互相接触而安然无事。

两人的骂声，并没有让萧炎有任何迟疑。在他的疯狂念头中，既然焚诀能够吞噬多种异火，那么将这些异火融合起来，想必应该也并不困难吧？

一种异火的力量，便能让斗皇强者忌惮，若是两种异火糅合在一起，彼此相触间所爆发出来的力量，那绝对会翻倍暴增！

这是一次疯狂的实验，虽然极具风险，可若是真的成功，那么萧炎，就真正拥有了一种即使是斗皇强者也惊恐不已的恐怖杀伤斗技了。

“赌一把又如何，这东西如果成功了，也算是我自己创造出来的独一无二的斗技了吧？”萧炎有些神经质地喃喃道，双手颤抖着，青色火焰与森白火焰，缓缓地开始了接触。

“轰！”

火苗刚刚接触的瞬间，一道闷雷般的声响，便从萧炎掌心中爆发而出，顿时，他的双手皮开肉绽，鲜血横流，看这架势，若非手掌有着斗气保护，恐怕当场就得被炸断。

强忍着手掌上传来的剧痛，萧炎漆黑的眸子中，左边缭绕着白色火焰，右边缭绕着青色火焰，青白交替，显得极为诡异与阴森。

咬着牙，萧炎不去管那因为两种异火的碰撞所散发出来的恐怖能量而导致的扭曲的空间，双手死死地向中间合拢着。

双掌间的距离，不过半厘米而已，可这半厘米，却让萧炎将体内细胞中的每一丝力量都完全调动了出来。

八翼黑蛇皇死死地盯着犹如疯子一般的萧炎，虽然明知道在这种情况下，留在这里有些不妥，不过对萧炎能够同时拥有两种异火颇为嫉妒的他，却坚持留了下来，他要亲眼看着这狂妄的家伙玩火玩得尸骨无存！在这斗气大陆上，他从未听说过，有人能够这般使用异火！

鲜血从萧炎的掌间不断溢流而下，青白两色火焰，开始逐渐被压缩。不过显然，在压缩的同时，萧炎也在承受着两股异火的反噬，在某一刻，萧炎终于一声闷哼，一口鲜血喷射了出来，鲜血落进火焰之中，顷刻间便被焚烧成虚无。

咬着牙，萧炎执着倔强地望着两股互相缠绕的异火，他心中清楚，自己这般举动无疑是极蠢的，不过在经过瞬间的沉吟之后，他却依然这般我行我素地进行着，他的心中，有着属于自己的执念。

从接触药老开始，凡遇到不可敌的对手，他似乎都是依靠着药老的力量，最后方才死里逃生。萧炎并不喜欢这种感觉，或许药老嘴上没有说，可萧炎也能够模糊地知道，药老似乎也并不太愿意看着自己只要是一遇见强敌，便依靠着他的力量来逃生。

萧炎是一个执着的人，甚至有时候，能够将这种执着当成是一种偏执。而现在，有点钻牛角尖的萧炎，便陷入了这种偏执之中。

在这种状态下，萧炎很想试试，凭自己的实力，能否制造出即使是药老也为之惊诧的恐怖力量。

萧炎全身上下，似乎除了焚诀以及青莲地心火之外，其他的，都没有这种资格与潜力……

青白两色火焰，当彼此接触到一个临界点之时，无论萧炎如何压缩，都不肯再融合下去，并且，随着萧炎不甘心地狠狠压迫，两团火焰之中的能量，也开始逐渐地狂暴了起来。

“嘭！”

又是一道闷雷炸响，萧炎的虎口，直接被崩裂，低头望着那犹如一个电球一般，不断地闪烁着青白两色电芒的火焰团，萧炎瞳孔微微紧缩，他知道，这是能量狂暴得即将爆炸的前兆……

“萧炎，该死的，赶紧把它们消散，再这样下去，要炸了！”察觉到萧炎周围那狂暴的天地能量，海波东急喝道。

“哈哈，不知天高地厚的家伙！”感应着那些狂暴能量因子，八翼黑蛇皇却得意地大笑了起来。

没有听取海波东的建议，萧炎眼睛死死地盯着手中狂暴的青白火焰团。随着精神的极度集中，在某一刻，天地似乎骤然间安静了下来，连风声也消失了。

在这一瞬间，萧炎眼瞳之中，突兀地涌上一团茫然，然而他的指尖，却在此刻变得犹如穿叶摘花一般灵活了起来，十指在火焰团中急速点动着，一丝丝由焚诀运转出来的斗气，灌注其中……

随着焚诀斗气的灌入，狂暴的火焰团竟然逐渐安静了下来，两色火焰微微蠕动，最后在海波东与八翼黑蛇皇震撼的目光中，缓缓凝聚成了一个仅有萧炎巴掌大小的青白莲座……

在莲座成形的刹那，萧炎浑身一颤，低头凝望着手中的青白莲座，低声喃喃道：“成功了吗？佛怒火莲？”

话音落下，萧炎的脸庞急速惨白，眼中的那股茫然骤然消退。与此同时，他几乎是条件反射一般，把手中的青白火焰莲座狠狠地甩向了远处那处于震撼中的八翼黑蛇皇。

青白两色火焰莲座悄无声息地划过虚空，沿途连一点点风声都未曾带起，然而，就是这般轻飘飘的姿态，却让八翼黑蛇皇浑身的鳞片猛地倒立了起来……

青白两色火焰莲座，急射向八翼黑蛇皇，不过就在它即将到达后者二十米范围之时，平静的莲座猛然变得暴动了起来，莲座一收一缩，旋即膨胀开来，紧接着，一道不受控制的惊天动地的爆炸声，在虚空之上炸响……

“轰！”

毁灭般的能量，从虚空扩散而出，虚无的空间在此刻泛起了阵阵涟漪，不远处一座高耸入云的山峰，在涟漪扩散过后，山峰轰然爆裂，断裂之处，光滑如镜。

在距离盐城千里之外的两处相反方向，两道闪掠的光影猛然停于天空，豁然抬起头望着视线不可及之处，一张苍老如树皮般的脸庞与一张雍容高贵的美丽容颜上，都遍布着震撼与难以置信……

灿烂的青白焰火，在蔚蓝的天空之上爆炸开来，宛如火浪一般，席卷天空，霎时间，这片天地，温度骤然升高了许多。

盐城之中，无数人皆傻傻地抬头望着天空上席卷而过的恐怖火浪，即使相隔千百米的距离，可那股炽热的火浪，依然让人大汗淋漓。

偌大的城市一片寂静，所有人都咽了一口唾沫，一股惊栗从内心深处蔓延开来：若这股火浪距盐城再近一些的话，恐怕现在，这里已经被摧毁成一片平地了吧?

“这就是斗皇强者的破坏力？真是恐怖啊……”打了一个冷战，众人在心中无力地呻吟道。

蔚蓝的天空上，火浪成涟漪状暴涌而出，以爆炸点为中心，其周围所有范围的生物，都遭到了毁灭性的打击。

青白火浪逐渐蔓延到几百米之外，方才逐渐消散。天空中，两人一兽，皆变得极其狼狈。

那体型庞大的八翼黑蛇皇，因为体形庞大及距离爆炸点最近，所遭受到的冲击是三人中最剧烈的。在那股席卷而出的毁灭火浪之中，八翼黑蛇皇身体上那些坚硬的鳞片，被崩碎了一大半，黝黑的身体之上，殷红的鲜血不断渗透而出，然后犹如下雨一般，不断滴落而下。破碎的鳞片下，几道肉眼可见的恐怖伤痕蔓延而出，几乎遍布了他的整个背部，一眼望去，似乎还能隐隐看见那森森白骨。八只翼翅，也被粗暴地炸掉了三只，还有一只仅存半边翼翅，鲜血横流。巨大的三角眼瞳之中，嘲讽已然不见，取而代之的，是一股彻彻底底的惊骇，凄惨而狼狈的模样，再没有半点先前的得意与嚣张。

在距离八翼黑蛇皇颇远的地带，一个通体雪白的冰层罩，缓缓地破裂，碎冰掉落而下，最后，露出其中黑袍几乎已经被焚烧殆尽的苍老身影。

此时的海波东，脸色一片苍白，嘴角还隐隐存有几分血迹，随手抹去嘴角的血丝，他的手掌不自觉地有些颤抖。在刚才的那股恐怖爆炸中，海波东几乎拼尽自己所有的力量，方才在那般短暂的时间中，凝结出四十多层坚硬的斗气冰层，然而，这些看似坚不可摧的防御，在那极具毁灭性的青白火浪下，却被摧枯拉朽般地尽数摧毁。当火浪穿梭过后，四十多层防御力惊人的斗气冰层，却仅仅余下那即将到达极限的最后一层……

“这个疯子，疯子，竟然敢这么乱来！”想起刚才若是自己防御冰层彻底毁坏之后的凄惨下场，海波东脸色铁青，嘴唇一阵哆嗦，声音嘶哑地骂道。

虽然嘴上在谩骂着，不过连海波东自己都未曾发觉，自己内心深处，竟然对那年龄不过二十的少年，产生了些许敬畏。

骂了一阵后，海波东目光在半空中扫动着，最后停留在那悬浮在半空中不知死活的萧炎身体上。

此时的萧炎，身体上的黑袍也被摧毁了大半，当初云芝赠送的海之心甲，此刻竟然也被崩裂，一大块淡蓝色的碎甲缓缓飘落而下，露出被炙烤得有些火红的身体。

背后双翼轻振，海波东闪现在萧炎身旁，望着他那副昏迷凄惨的模样，旋即瞟过那淡蓝色的内甲，眼中闪过一抹诧异，这东西的防御力倒让他有些意外。

显然，若非有着这内甲的保护，萧炎，说不定早就被刚才的那股恐怖爆炸力当场给震死了。

“这疯子，第一次使用两种异火，便敢将它们融合在一起，这下倒好，制造出来的东西，连你这主人也不认识了吧？唉，若死在自己手中，这还真是一大奇闻了。”望着萧炎那生死不明的状态，海波东苦笑着摇了摇头。抓着萧炎的手臂，粗略探测了一番，他叹了一口气，搞出这般恐怖的破坏，原来也并非没有代价，现在萧炎的身体，几乎到了一个濒临残破的地步，这还是海波东第一次看见这命数犹如蟑螂一般强硬的家伙变得这般虚弱。

“为了我的复灵紫丹，你可不能就这样随便挂了啊。”一手扶着萧炎，海波东喃喃道。

“该死的，该死的家伙，你这个疯子，大爷我最讨厌和你们这种疯子战斗了，一群王八蛋，浑蛋……”远处，八翼黑蛇皇也终于恢复了清醒，感受到体内那般重伤状态，他哆嗦着巨大的身体，破口大骂道。八翼黑蛇皇心中清楚，若非因为萧炎第一次使用那诡异的青白火莲，导致准确度与控制度不精确的话，恐怕现在的自己，会进入深度重伤状态，到时候，轻则实力大降，重则，当场殒落！

望着那虽然重伤，可似乎依然还有些能量的八翼黑蛇皇，海波东脸色微沉，将萧炎护在身后，体内残余的冰系斗气缓缓流淌着，随时准备应付这暴怒中的八翼黑蛇皇。

然而，就在海波东准备战斗之时，那八翼黑蛇皇在暴跳如雷地骂了几声后，却缩着身子不敢再接近萧炎二人。这般对峙了几分钟后，八翼黑蛇皇残余的翅翼忽然猛地一振，旋即在海波东那错愕的目光中，掉头跑了。

“这个疯子，算老子怕你了，以后有你这疯子在的地方，老子可不来凑热闹了。疯子，真是疯子，这次吃大亏了，绿蛮那女人若不增加报酬，老子就掀了她的地盘……”八翼黑蛇皇庞大的身体向着天际急速飞掠而去，充斥着后怕的骂骂咧咧声音，在天际之上不断回荡着。

愕然地望着那竟然选择了逃窜的八翼黑蛇皇，海波东在愣了愣后，旋即哭笑不得地摇了摇头。他此时的状态，若和这位六星斗皇实力的异兽战斗的话，恐怕占不了什么上风，更何况，他还得保护昏迷的萧炎，所以，瞧得八翼黑蛇皇自己选择退却，海波东倒是大松了一口气。

“唉，今日之事传出去后，恐怕你小子即使是在斗气大陆上，都有一些名气了，一招将凶名赫赫的八翼黑蛇皇吓得掉头逃窜，这可是连皇室的那个老妖怪都没有的魄力啊。”转过头，望着脸色苍白、陷入昏迷状态的萧炎，海波东羡慕地叹道。

“唉，恐怖的异火……疯狂的小子。”

再度为先前那股毁灭般的能量惊叹了一番，海波东眉头忽然一皱，抬起头，目光在东西两个方向扫了扫，那里，两股雄浑的气息正在急速地飞掠而来。

“这两个家伙，终于过来了吗……听萧炎以前的意思，似乎和云岚宗有些恩怨，那还是先带着他离开这里吧。”略微沉吟了一下，海波东目光在下方瞟过，然后一把夹着萧炎，背后寒冰双翼一振，身体化为一道流光，迅速地向天际闪掠而去。

随着海波东的消失，这片经历了一场惊心动魄大战的天空，终于缓缓地平静下来。

平静持续了十几分钟，两道流光便从东西两个方向急速飞掠而来，最后停在了天空上先前大战的地方。

流光消散，一老一女的身形现了出来。老人身穿一套普通黄衣，鹤发童颜的模样，倒颇有几分清逸之感，眼睛扫视间，颇具威严。女人一身金色镶紫紧身锦袍，三千青丝被挽成凤凰长鸣之状，隐隐透着一分难以掩饰的高贵，容颜恬静美丽，犹如幽山中的一汪清泉，让人在因为其身份高贵而心怀敬畏时，却又忍不住地生出一分旖念。

“呵呵，云韵宗主，几年不见，风系斗气倒是越来越精纯了，这般速度，老夫是望尘莫及啊。”望着那雍容高贵的锦袍女人，老人大笑道。

“加老的破山斗气，也是越来越霸道了，隔着老远，云韵便感觉到了那股霸道气息呢。”锦袍女人微笑道。

“唉，老了，比不得你们这些年轻人。”笑着摆了摆手，被称为加老的老者，目光环视了一圈周围，当其目光扫到那被崩碎的巨大山峰之后，眼瞳微缩，轻笑道，“看来我们错过了一次盛会啊。”

“刚才，这里出现了四股不同的斗皇气息吧？”锦袍女人黛眉微皱，道。

“嗯，有两道气息，应该不是加玛帝国的强者，至于另外两道与他们对战的人，我却不太清楚究竟是否是加玛帝国的人，毕竟地域这般大，一些老家伙，也总喜欢隐匿，有的甚至至死都不出现。”老者笑了笑，脸色逐渐有些低沉，道，“不过刚才的那道能量爆炸，却是有些骇人啊。我想，面对那种能量爆炸，恐怕连我也只有重伤的下场吧。”

“不知道加玛帝国什么时候又出现了此等强者，唉，若是有机会，一定要结识一番。”老者有些惋惜地道。

锦袍女人笑着点了点头，美眸随意地在地面上扫过，片刻后，忽然轻咦了一声，玉手对着地面一招，一片淡蓝色的金属片便迅速射上天空，被她牢牢地抓在手中。

“这是……”翻看着这块有些眼熟的淡蓝金属片，片刻后，锦袍女人俏脸猛地一变，失声喃喃道，“海之心甲？”

第十四章
药老沉睡

这位云岚宗的掌控者，脸色变幻地盯着手中的淡蓝金属片，那恬静淡然的美丽脸颊上，破天荒地闪过一缕急切，玉手悄然紧握，心中不断翻腾着。

“海之心甲的碎片怎么会出现在这里？难道那小家伙刚才也在这里不成？既然海之心甲已经破碎，那他也应该受了极重的伤吧？这家伙，怎么哪里有事哪里有他啊？”锦袍女人目光泛着些许焦急地在地面上扫过，却没有找到半点可疑的痕迹，柳眉微竖间，隐有几分怒气。

“云韵宗主，你这是……”一旁，老者瞧得锦袍女人竟然这番姿态，不由得一愣，惊诧地问道。这还是他头一次瞧得这位云岚宗的掌控者，会同时闪现出如此多的异样情绪。

“呵呵，没事。”被老者的声音惊醒，锦袍女人俏脸上的情绪急速收敛，瞬间，便恢复了先前的淡然，笑了笑，当着老者的面，将海之心甲的碎片收进纳戒中，轻声沉吟道，“加老，我想，我们应该调查一下刚才那四位斗皇强者的确切身份，毕竟，那两位他国的斗皇强者潜入加玛帝国，应该不会只是来游玩这么简单。”

闻言，老者顿时有些诧异地望着锦袍女人，以她的性子，可不像对这些感兴趣的人啊。

“那金属碎片究竟是什么东西？”心中闪过一抹疑惑，老者身为帝国皇室的守护者，对于这些外来强者的调查，是属于分内的事，本来他还打算出口请云岚宗也顺便帮帮忙，没想到她竟然主动开了口，因此，老者也面带笑容地点了点头，顺水推舟地答应道，“也好。”

“下面便是盐城了，墨家总部正好在此处，先搜集一些情报吧。”美眸瞟向下方的城市，锦袍女人笑了笑，旋即便率先对着盐城之外降落而下，其后，老者也不急不缓地跟了上去。

三天之后，石漠城，漠铁佣兵团总部。

幽静的房间，淡淡的檀香缭绕其中，让人精神略微有些舒畅与陶醉。在房间角落的床榻之上，少年眼眸紧闭地躺着，许久方才有一次微弱呼吸，让人忍不住有些担心那口气会不会忽然接不上，而导致那最悲惨的结果。

躺在床上的少年，迷糊间，隐约地感觉到周围不断有人来回走动着，许久后，随着几道低低的叹息声响起，走动声缓缓消失。

不知道在多少次的关门声响后，床榻上犹如死人一般的少年，手指忽然轻轻颤了颤。半晌，微弱的呼吸终于强盛了一点，再过得一会儿，睫毛轻轻颤抖，眼皮挣扎着，微微睁开。

淡淡的柔和灯光透进来，萧炎的手掌猛地一紧，努力地移动目光，将这处略微有些眼熟的房间完全打量一遍之后，方才重重地松了一口气，全身疲软地躺在柔软的床榻上，没有丝毫的动弹气力。

微微地喘着气，待脑子完全清醒之后，一股股记忆迅速从脑海深处涌出，让萧炎回想起了事情始末。

“受伤了么？”回想起当时那毁灭火浪席卷而来时的剧痛，萧炎苦笑了一声，轻吸了一口略带着檀香的空气，脑子更清明了一点，缓缓闭目，心神逐渐沉进体内。

随着心神沉入体内，顿时，一副残破得令萧炎自己目瞪口呆的身体状况，出现在他的心神注视之下。

望着这具犹如被恐怖力量强行摧毁过一次的身体，萧炎心头猛地下沉了许多。他虽然能够猜到自己受的伤不轻，却依然没想到，这个不轻，竟然是到了这种地步，现在体内的这副惨状，若是放在其他任何一个人身上，恐怕都是一样的结局，便是成为彻彻底底的废物！

“这次麻烦大了啊……”苦涩地在心中喃喃了一声，萧炎的心神顺着残破的经脉缓缓地流转着，最后来到小腹位置的气旋之上，望着那气旋内部仅仅残余的几滴青色液体能量，心中再度叹了一口气，这可真的是雪上加霜啊。

气旋中央位置，一个细小的光点微微蠕动着，在光点之内，隐藏着萧炎最大的底牌——青莲地心火。不过此时的萧炎，却不敢从中抽调出一丝青火，现在体内的经脉已经到了一个临界点，他甚至毫不怀疑，若现在谁再在自己身上狠狠加上一掌，自己就真正地彻底完蛋了。

心情沉重地从体内撤回心神，萧炎缓缓睁开眼，苦笑着摇了摇头，叹了一口气。

愣愣盯着天花板半晌，萧炎心尖忽然猛地一颤，他现在才想起，从醒来到现在，似乎少了点什么……现在他终于想起来了，药老竟然没有动静……

想起这一事情，萧炎的脸色霎时间变得极为难看了起来，心中急忙呼喊道：“老师？老师……”

呼喊持续了几分钟，犹如石沉大海一般，没有丝毫的回应，而萧炎的心，也随着药老的毫无动静而越加下沉。

“出事了？”嘴角微微抽搐着，萧炎猛然间感到口干舌燥，一股恐慌的情绪，悄悄地从心底深处蔓延了出来。这种恐慌，与几年之前，自己从天才一夜变为废物的那一刻所产生的恐慌一模一样。

自从与药老熟识以来，只要有他在，萧炎心中便无比踏实，因为萧炎清楚，不管怎样只要药老在，他便绝对不会让自己真正死亡。可如今，药老忽然杳无音信，这让一直将他视为依靠的萧炎，感觉到了一种难以压制的恐慌。

萧炎紧紧地咬着嘴唇，费尽全身力气地抬起手掌，当他瞧得手指上那枚安然无恙的黑色古朴戒指之后，方才松了一口气。努力将心中的恐慌压制下来，萧炎再度闭上眼眸，灵魂力量在身前纠结成一丝，然后对着黑色戒指触碰了过去。

当灵魂力量刚刚接触到黑色戒指时，一股庞大的吸力猛地自其中爆发而出，旋即在萧炎猝不及防之下，将之吸进了黑色戒指内。

灵魂力量的触感，先是一黑，紧接着，便出现在一处充斥着淡白光芒的圈罩之中。在那圈罩内，药老虚幻的身形正飘浮在半空，笑看着萧炎那一缕弱小的灵魂力量。

“小家伙，你终于醒过来了啊。”药老飘近萧炎，笑道。

“老师，您没事吧？”瞧得药老的身形，萧炎心中的重石这才落了下来。虽然心中轻松了一点，不过他并不笨，以前药老与他直接就能在他心中对话，而现在，他却必须进入黑色戒指，方才能与药老交谈，由此可知，药老的情况，应该不太好。

“告诉你一个好消息和一个坏消息。”药老笑了笑，手掌轻拍了拍萧炎那由灵魂力构成的虚幻人影，欣慰地笑道，“好消息便是，我很佩服你，你所创造出来的佛怒火莲，那毁灭性的威力，即使是我，也为之感到惊叹。日后你若能够将之创造完善，我想，同等级人之中，你应该再无敌手。”

萧炎脸庞上没有喜悦，佛怒火莲威力的确恐怖，可使用它的代价，也同样恐怖得让人有些难以接受。

“至于坏消息，或许你已经发现自己那被破坏得一塌糊涂的身体内部了吧？”药老笑道。

“嗯，很严重。”萧炎点了点头，叹道，“基本快要崩溃了。”

“呵呵，伤势虽然严重，不过只要调养得当，便会逐渐恢复，我已经为你安排好了一个修养程序，待会我会传给你。只要你按照我所说的做，你会恢复到巅峰的。”药老笑了笑，说道。

“那老师您呢？”敏感地听出了药老的一丝弦外之音，萧炎急忙问道。

“我？或许这才是最大的坏消息，你虽然成功地创造出了一次堪称完美的爆炸盛宴，不过那可是抽取了我将近百分之七十的灵魂力量，加上最后为了在火浪中保护你，我的灵魂力量，几乎被消耗殆尽了。”药老苦笑道。

闻言，萧炎脸色狂变，那由灵魂力所凝聚而成的虚幻人影，猛地波动了起来。

“别急，虽然灵魂力量被消耗殆尽，不过并非不能恢复，只是我可能要像以前那样，沉睡一段时间了。”药老柔和地盯着紧咬嘴唇的萧炎，笑道，“以后的一段时间，或许老师不能再继续保护你了，一切的事情，都得靠你自己。”

望着笑容安详的药老，萧炎眼圈忽然红了许多，拳头紧紧地握着，低声嘶哑道：“对不起，老师……”

萧炎心中清楚，若非自己一意孤行地想要融合异火，那么药老的灵魂力量也绝对不会被吸收殆尽，现在，也就不用以沉睡来恢复力量了。

“呵呵，不用自责，只是沉睡一段时间而已，又不是彻底消散。你创造的佛怒火莲，我很满意，我的学生，的确非同常人！”拍着萧炎的肩膀，药老大笑道。

“好了，剩余的灵魂力量快要使用光了，你出去吧。青鳞的事，无须担心，那绿蛮不会像墨家那样对待她，放心吧。”药老的身体忽然变得虚幻了许多，他对着萧炎挥了挥手，笑道。

“老师，保重！”双膝缓缓跪立虚空，萧炎红着眼圈，头颅对着药老，重重地磕了下去。

欣慰地望着经历这番变故彻底脱离稚嫩的少年，药老含笑点头，虚幻的身体，终于逐渐地完全消散在光圈之中。

“小家伙，希望等我苏醒过来时，能看到一个彻底成为强者的弟子。戒指中，我存有一些骨灵冷火，危急关头，可以使用它们……另外，从认识到现在，老师对你，非常满意……”蕴含着些许期盼的淡淡笑声，缓缓地在光圈之中回响着，久久不散。

缓缓站起身子，萧炎望着空荡荡的光圈，哀伤地深吸了一口气。从此以后，他便要孤独地面对整个世界了……

整洁的房间之中，床榻上的少年缓缓地睁开眼眸，脸庞上流露着一抹苦涩与哀伤，良久之后，轻轻地叹了一口气。

在萧炎盯着天花板发愣的时候，一股信息忽然涌进脑海之中，他并未因此而有所惊慌，而是躺在床上，任由信息灌注脑内。半晌之后，才开始阅读药老沉睡之前为自己准备的最后一次帮助信息。

缓缓将这篇修养的信息细细地阅读完毕，在信息的最后，还有一篇五品丹药的药方，名为复灵紫丹。显然，这是药老担心一旦他陷入沉睡后，凭萧炎的实力，还不足以将海波东压制住，所以特地将药方给传了过来，让萧炎在这一年内，尽量寻找药方所需要的材料，以安海波东之心。

“老师，放心吧，我会想办法让您尽快恢复灵魂力量的。”这篇饱含着药老心血与关切的信息，让萧炎鼻子有些发酸，拳头紧握着，低声喃喃道。

深深地吸了一口带着檀香的空气，萧炎的心情逐渐平静了下来，心头沉思翻滚着。

如今药老陷入沉睡，一切都得依靠自己，而失去了药老这张底牌，他便相当于失去了对海波东的钳制能力。虽说海波东的体内有药老所下的潜伏火毒,可那东西，只有药老才有能力启动，如今药老一沉睡，那东西便没有了丝毫效果。

至于那复灵紫丹，它可是五品丹药，凭萧炎的实力，还不足以将之炼制出来，因此，这最后一种能够制衡海波东的条件，也失去了作用。

失去了这几种钳制，并且如果被海波东知晓的话，恐怕不仅那一年约定会被强行取消，说不定，他还会从自己手上强行将残缺地图给抢夺回去。

虽然这种猜测显得海波东有些卑劣，不过萧炎清楚，合作一般都建立在双方实力相差不远的前提之下。不管怎样，在没有药老当护身符之前，萧炎都必须做好最坏的打算。

如今萧炎能够拿出手的，便只有青莲地心火了。虽然药老说了，在戒指中留下了骨灵冷火供萧炎使用，不过那需要两种异火融合的佛怒火莲，他在试过一次之后，实在没有太大的胆子动用第二次，毕竟，那实在太可怕了。第一次萧炎能够有药老保护，可第二次呢？说不定一个弄不好，他真得被自己所搞出来的东西给炸死了……

想起药老沉睡后自己面对的种种烂摊子，萧炎头疼地摇了摇头，不过在这般沉思了种种之后，他倒是紧紧记住了几条必需的东西。

第一，无论如何，都不能让海波东知道自己不可能再拥有斗皇强者的实力。同时，也不能让他知道自己并没有炼制复灵紫丹的能力。

第二，想尽一切办法，寻找到可以快速恢复灵魂力量的天地奇物，只有药老重新苏醒，这些潜在的危险方才能够不会爆发开来。

将这两条当下最需要办到的事情牢牢地记在心中，萧炎这才松了一口气，挣扎着坐起身子，轻靠在床背之上，手掌一撑，一个冰凉滑腻的东西，却忽然缠在了手臂上。

猝不及防的萧炎心头一颤，左手猛地掀开被子。

被子掀开，一条体形娇小可爱的七彩小蛇，正缠绕在他的手臂上，似是察觉到光线射来，它昂起修长的脖子，淡紫色的蛇瞳愣愣地盯着萧炎，片刻后，蛇瞳中泛起一抹亲昵，不住地用头在萧炎手臂上蹭着。

眼睛直直地望着这浑身七彩颜色因为进化而变得比以前更加深沉了许多的吞天蟒，特别是瞧得它眼瞳中那抹人性化的亲昵之后，萧炎那因为药老的沉睡而变得沉重许多的心情，骤然轻松了许多，脸庞之上，涌上一股灿烂的狂喜。他小心翼翼地捧着七彩小蛇，咧嘴一笑，抱着它狠狠地亲了一口，低声笑道：“乖宝贝，你醒得简直太是时候了……”

药老曾经说过，经过这次进化后的七彩吞天蟒，实力能够与斗王强者相抗衡，虽说它或许与斗皇强者依然有些距离，但萧炎不会忘记，在吞天蟒的体内，还有着一位更加恐怖的灵魂——美杜莎女王！

虽然如今因为吞天蟒意识的压制，美杜莎女王不能出现，但萧炎清楚，若吞天蟒一旦遇有生命威胁，那曾经将海波东封印了几十年的恐怖女人，将会再度冲破吞天蟒的压制，强行控制它的身体！

所以，萧炎只要将自己与吞天蟒间的关系培养得极为亲昵，那么若是日后海波东真的忽然翻脸，或者萧炎遇到一些必死的关头，吞天蟒体内的美杜莎女王，就会是自己的救命稻草。

想起这吞天蟒对自己日后的重要性，萧炎望向它的眼神更加柔和了起来，手掌温柔地抚摸了一下它那光滑的鳞片，从纳戒中取出一瓶伴生紫晶源来。

瞧得紫晶源的出现，七彩吞天蟒那淡紫的眸子顿时亮了起来，尾巴不断地蹭着萧炎，嘴中发出迫切的嗞嗞哀求声。

望着紫晶源对这小家伙的诱惑力不减反增，萧炎彻底地松了一口气，同时心中略微有些庆幸，若非是自己侥幸拥有这种吞天蟒最喜欢的食物，恐怕还真的难以与它取得这般亲昵的关系。

小心翼翼地用空心小玉棍吸上几滴紫晶源，然后滴进吞天蟒嘴中，望着它那闭着眸子咂巴咂巴嘴的可爱模样，萧炎忍不住笑了笑。将紫晶源收好，然后将心满意足的吞天蟒放在枕头旁，略微沉吟后，萧炎从纳戒中取出一枚药性最是温和的低级疗伤药，缓缓吞进肚内。微闭着眼眸，感受着在体内化开的温和能量，萧炎嘴角微微抽搐着，虽然这股精纯能量极为温和，不过在修复之时，那近乎残破的经脉，依然忍不住传出阵阵抽痛之感。

萧炎苦笑着摇了摇头，任由那股温和能量完全耗尽，身体内，也缓缓多出了几分力气。

在萧炎闭目之时，开启房门的咔嚓声，忽然在房间中响了起来，几道互相低声谈着什么的人影，轻轻走了进来，当他们瞧见床榻上坐起身来的萧炎后，皆是一愣，旋即满脸狂喜地扑了过来。

“小炎子，你可是醒了啊，你都昏迷五天时间了。”冲得最快的萧厉，欣喜地大笑道。

“五天了吗？”闻言，萧炎一愣，旋即苦笑着摇了摇头。

“还好吧？”萧鼎笑着走上前来，目光泛着欣喜，微笑着问道。

“暂时还死不了。”萧炎嘴角扯了扯，笑道。

“小家伙，当真是深藏不露啊，没想到你还真的去把墨家大长老给宰了。”萧厉拍着萧炎的大腿，大笑道。

“呵呵，是海老先生告诉我们的，不过只有我们两兄弟知道，其他人，并未外传。”一旁的萧鼎，瞧出萧炎的诧异，指着身后笑而不语的海波东，解释道。

“海老，有劳了，这次若非你出手相救，恐怕我还真是得挂掉了。”深深盯着萧鼎身后的老人，没有了药老作为底牌，萧炎第一次感觉到，原来斗皇强者竟然能够给予人这般强大的压迫感。

“呵呵，举手之劳而已。不过萧炎兄弟实在是让我有些佩服啊，那天你所制造出来的爆炸，啧啧，太恐怖了。”对于萧炎的道谢，海波东笑着摆了摆手，对着萧炎竖起大拇指，笑声中的那抹佩服，并非假装。

“我也是头脑忽然发热而已。”萧炎苦笑着摇了摇头。

“我知道你那时候肯定是头脑发热，正常人是绝对干不出这种事情的。”海波东玩笑道，目光在萧炎身上扫了扫，皱眉道，“你的伤似乎很严重啊？”

“呵呵，只要还有一口气，我就能让自己变得比蟑螂还顽强。”萧炎淡淡地笑道。

“你连那东西都能同时拥有两种，说这话，我倒是不怀疑。”瞧着萧炎并没有太过担心自己伤势的模样，海波东微微点了点头，这家伙，果然底牌不少啊。

萧炎对海波东客套了几句，又偏头对萧鼎与萧厉说了十几种药材，然后让他们迅速帮自己凑齐。目送着萧鼎两人离开后，萧炎又将目光投向了海波东，微微笑了笑，从纳戒中取出笔与纸，在海波东疑惑的目光中，写下了几种一看名字便知是稀有之物的药材。

“海老，这次你的救命之恩，我也不再与你客套了。这几种药材，都是炼制复灵紫丹的主要药材，我将它们写给你，你若是什么时候侥幸遇见了，那就想办法弄到手，等药材齐全后，我便动手帮你炼制。”萧炎将纸片递给海波东，轻笑道。

闻言，海波东先是一愣，紧接着苍老的脸庞上涌上一抹狂喜，双手有些颤抖地接过纸片，仔细地将上面所写的药材记在脑中，然后郑重地收好纸片，对萧炎拱了拱手，诚声道："萧炎兄弟，承你如此坦诚相待，老夫感激不尽。我海波东既然说了会保护你一年时间，便定会信守承诺，你就安心养伤吧，这段时间，就算是云岚宗宗主找过来，老夫我也给你挡着！”

望着豪气冲天的海波东，萧炎笑着点了点头。将药方中的一些药材给予他，倒还的确是一个不错的决定，既将之安抚下来，又取得了他的一些信任。

“接下来，便需要全力养伤了，距离两个月的云岚宗之行，已经不久了啊……”轻靠床背，萧炎在心中低声喃喃道。

第十五章

美杜莎女王再现

宽敞整洁的房间之中，淡淡的氤氲雾气升腾在半空，将房间笼罩得略微有些模糊。

在房间的中央处，摆放着一个颇大的木盆，盆中盛满翠绿色的液体。少年赤裸着身体，盘腿坐于其中，微闭着眼眸，双手结出修炼的手印，任由那翠绿色药液中的温和能量，一丝丝地缓缓侵进身体内部，修补着那些近乎残破的经脉。

随着修炼时间的持久，木盆中的翠绿色液体缓缓地变得清淡了起来，到最后，翠绿色终于完全淡去，取而代之的，是一盆清澈见底的清水。

“扑通！”一个小小的蛇头，忽然从水面之下冒腾而起，尾巴不断地拍打着水面，淡紫的蛇瞳中，尽是欢喜。

察觉浸泡身体的液体之中能量的殆尽，萧炎缓缓睁开眸子，瞧见在身旁嬉戏的吞天蟒，轻笑了笑，小心翼翼地扭动着身子，片刻后，缓缓吐出一口浊气，低声喃喃道：“老师所配制的疗伤液体，效果的确不错啊，仅仅三天时间，那残破的经脉，便变得柔韧了许多。现在的经脉，想必应该已经能够承受斗气的运转了吧？”

醒来之后的这三天，萧炎让萧鼎帮他将所需要的大量药材收购了回来，然后咬着牙，忍着斗气经过经脉时所产生的疼痛，指挥着气旋中的几滴液体能量化为斗气火焰，这才将这些药液有些艰难地炼制出来。

有了第一批药液，萧炎的恢复速度明显加快了不少，这般经过连续三天的药液浸泡，体内残破的经脉，已经逐渐脱离了几天前那种一碰就碎的脆弱。

萧炎从木盆中站起身来，将身体擦净，随意套上一件衣衫，手掌一扬，淡淡的青芒从纳戒中飘荡而出，最后化为一朵青莲，悬浮在萧炎面前，微放毫光。

萧炎脚尖轻点木盆边缘，轻飘飘地落在青莲之上，盘腿而坐，双手再度结出修炼手印，旋即缓缓闭目。

在萧炎进入修炼状态之后不久，周围空间便一阵细微波动，一丝丝斑驳能量，穿过青莲光罩，源源不断地灌注进萧炎身体之内。

刚开始，每一次能量的入体，都会让萧炎脸庞微微抽搐，不过随着能量源源不断的灌入，痛习惯了的萧炎，倒是能够将这股感觉给无视过去了。他轻咬着牙，将这些略微有些斑驳的能量经过提炼之后，尽数融进经脉与肌肉之中，然后凝神感受着体内缓缓复苏的力量……

接下来的时间里，萧炎一步一步地按照药老所说的修养程序进行着身体的修复，而体内的恐怖伤势，正以喜人的速度逐渐康复着，按照这种进度，一月时间便能恢复以前的状态。

在这段平静的修养期间，空闲颇多的萧炎，倒是恢复了他炼药师的身份，每日让萧鼎收购大量的药材，然后成批地给他们炼制出一些品阶颇为不错的疗伤药。在炼药期间，萧炎有些意外地发现，原本以他对火焰的控制力，尚不足以炼制出回气丹这种列为三品的辅助丹药，不过这一次，不知为何，他对火焰的操纵力，已成倍地增长了，而那回气丹，竟然也被他炼制了出来，虽然失败率有些高，不过毕竟是成功了。

在惊愕了一会儿后，萧炎心中便略有所悟，想必这应该和自己创造出佛怒火莲有些关系吧。

对于青莲地心火，萧炎以前对它的控制程度几乎可以说是一塌糊涂。他以前所能使用的，便只是将异火包裹在拳头之上，用以增加攻击力，或者将之用最粗浅的方式弹射出去。不过在将之射出去后，萧炎便没有能力继续控制它们的攻击方向，所以，若是射出的火焰并未一击中敌，那么这一次的攻击，便白白地消耗了庞大的能量。

每当想起药老在操纵骨灵冷火时的那种行云流水般的舒畅，萧炎便满心羡慕。当初在与八翼黑蛇皇战斗的时候，若是换作药老来操纵的话，萧炎敢肯定，那八翼黑蛇皇，绝对会狼狈不堪，哪像自己，操控着骨灵冷火，竟然还被对方嘲讽了一番。

凭药老的操纵能力，他能够将一丝丝极为细小的骨灵冷火释放而出，令它贴着地面，悄悄地穿梭着靠近目标，然后骤然出袭，那么，即使相隔甚远，也能在神不知鬼不觉的情况下，将对方变成一座冰雕或者一团灰烬……

这种堪称诡异的控火方式，萧炎不知道在心中暗暗垂涎了多少次，不过莫说是以他以前的能力，想做到这点是天方夜谭，就算是如今误打误撞地创造出了佛怒火莲这种连斗皇强者都为之震撼的恐怖东西，而导致控火能力忽然大增后，想达到药老的那一步，依然有颇大的距离。

经过上次与八翼黑蛇皇的战斗，萧炎终于真正地开始重视对异火的操控度。他心中清楚，若他什么时候能够将操控熟练度练至药老那一地步，那么他的战斗力，绝对会猛然暴增。

有了这个决心与想法之后，萧炎在这段时间的炼药之中，对自己的炼药要求也达到了一种近乎苛刻的地步。虽说如今萧炎体内斗气极度缺乏，不过操纵异火所需要的主要能量，还是那源源不断的灵魂力量，而这，也正是萧炎此时最充盈与最出色的东西。

于是，在那泛着些许热气的院落之中，开始不断有漠铁佣兵抬着各种各样的药材进入其中，然后出来时，皆是满脸敬畏地抱着大堆玉瓶。在这些玉瓶中，不仅装满在石漠城内极为少见的极品疗伤药，而且其中更有一些即使在这里有钱都难以购买到的回气丹。这些在市场上堪称罕见的丹药，在院中那黑衫少年的手中，几乎是犹如丢掷垃圾一般，随意地堆放在角落里。这般大手笔，简直让所有人目瞪口呆。这，就是一名炼药师的庞大魄力吗？

随着日子一天一天过去，那些来往院中送药材与取丹药的漠铁佣兵，也逐渐变得麻木了许多，毕竟任谁在这种环境下待得久了，都不会再像刚开始那般，在一瓶丹药面前傻傻地发愣许久。

院落中的萧炎，似乎抛弃了安静的修养，每天将疗伤所必需的程序完成之后，便坐在药鼎之前，不断地练习着对异火的操控，直到精神有些支撑不住时，方才休息。这般苦练下来，萧炎能够清晰地察觉到，自己对于异火的操控能力，正在逐步地增强。

院落之中，萧炎盘坐在一处石椅之上，在他的面前，暗红色的鼎炉中，淡青色的火焰汹涌翻腾，一股股炽热的火浪，即使隔着老远，都能感受到。

修长的十指平探在身前，十指闪动，鼎炉之中的青色火焰也随之而舞，灵活的模样，犹如一个听话的火精灵一般。

萧鼎与萧厉安静地站在院门处，望着萧炎没有丝毫停滞的手势弹动，皆忍不住满脸惊叹。能够将火焰控制到这般地步，在他们看来，虽然有些不可思议，不过看萧炎那微微皱眉的脸庞，却似乎对此依然有着几分不满意。

鼎炉之中的火焰升腾了片刻，萧炎眸子轻抬，屈指一弹，一股劲风将鼎炉的盖子击飞出去，手掌一招，几枚浑圆的丹药便从中飙射而出，然后稳稳地落进了玉瓶之中。

握着玉瓶，萧炎随意地瞟了一眼，便将它甩向门口处的萧鼎两人，旋即伸了一个懒腰，闭目感应了一下体内的伤势，顿时脸庞上扬起一抹诧异。

“呵，恢复得挺快啊。”体内的经脉经过这半个多月的调养，已经康复了大半，这倒让炼药炼得忘我的萧炎，感到有些诧异。

门口，萧鼎接住飞射而来的玉瓶，与萧厉缓缓走进院子，对着萧炎笑道：“恢复得如何了？”

“还不错。”萧炎笑了笑，道，“接下来便是最后的疗养了，五天时间内痊愈，应该不成问题。”

“啧啧，果然是个变态的家伙，这种恐怖的伤势，仅仅二十多天时间，便恢复得这般好，真是让人羡慕的体质。”萧鼎与萧厉皆是满脸惊叹地笑道。

萧炎摊了摊手。他心中清楚，自己能够恢复得这般神速，三分是因为自己那被青莲地心火强化了的体质，七分是药老费尽心血设置的疗伤程序，两相结合，方才能有这般神速。

“海老呢？”从石椅上跃下，萧炎随意地问道。

“呃，自从你那天给了他一些药材名字后，这些天，他几乎把石漠城所有的药铺都跑了个遍。我想若非要留在这里保护你，他恐怕早就去别的城市了。”萧厉笑道。

萧炎微微点了点头，笑了笑。看来那海波东还真的是很想迅速恢复巅峰实力啊，只是那些药材皆是稀少之物，在石漠城这些药铺中，若没有天上掉馅饼的运气，几乎不可能完全找到那些药材。

“明天便开始最后的疗伤吧，只有尽快恢复实力，才能去替药老寻找能够快速恢复灵魂力量的天地奇物啊。”萧炎手指轻轻地抚摸着黑色戒指，低声喃喃道，“而且，距离三年之约，也越来越近了啊……”

宽敞的房间之中，盘坐在床上的萧炎忽然缓缓地睁开了眸子，拳头微微紧握，低声道：“是时候进行最后一步了……”

轻轻地抚摸着手指上的黑色戒指，旋即萧炎双手温柔地将那盘在大腿上嬉戏的吞天蟒抱到床榻上，手指点着它的小脑袋，微笑道：“小家伙，安静地待着，别给我捣乱哦，若是可以的话，帮我守护一下，千万不要让任何人打扰到我，知道吗？”

此时的吞天蟒，经过第一次的进化后，无疑已经初具灵智，所以，萧炎的话语它倒能够听懂一些，当下眨巴着淡紫蛇瞳，不住地点着小脑袋，蛇芯吐缩间，发出嗞嗞的轻响。

笑着抚了抚吞天蟒冰凉的身体，萧炎手掌一招，青色莲座从纳戒中缓缓冒出，最后悬浮在半空中，散发着淡淡的青光。

身体一提，萧炎矫健地跃了上去，盘腿而坐，深吸了一口气，再度在脑海中回味了一次药老留下来的信息之后，手指在纳戒之上轻轻一弹，顿时，一道被浓郁青光包裹的东西出现在掌心之上，细细看去，竟然是一枚小小的莲子。

“不知道这号称火灵之精的地火莲子，真的有老师所说的那般神奇吗？”望着掌心中那枚通体翠绿的莲子，萧炎有些怀疑地低声道。他可是清楚地记得，在熔岩之下，药老对它的评价是极高的。

这地火莲子，正是当初萧炎在寻找青莲地心火时所寻找到的奇宝，没想到药老所说的最后疗程，竟然需要用上它。

手指轻轻地捏了捏那略微有些柔软的莲子，萧炎实在难以想象，这看上去并不太起眼的小东西，竟然需要百年时间方才能够凝聚而成，这其中究竟隐藏着何种庞大的能量啊！

惊叹地摇了摇头，萧炎双手迅速结出修炼印结，双眼闭合，片刻后，逐渐进入修炼状态，心神，也缓缓地沉入了体内。

在进入修炼状态的那一霎，萧炎屈指轻弹，指尖的那枚地火莲子，便准确地弹射进了萧炎微张的嘴巴之中。

地火莲子一入嘴，萧炎那白皙的脸庞，骤然间便变得犹如火山一般通红了起来，头顶之上，袅袅白雾升腾而起，看上去颇为骇人。

此时的萧炎，已经无暇再去管自己的外形是否妥当，因为地火莲子入嘴的刹那，便迅速化为一股炽热的能量，顺着喉咙，以一种蛮横的姿态狠狠地冲撞了下去。

地火莲子所化的炽热能量迅速地流淌进经脉之中，顿时，那被萧炎辛苦调养了半个多月的经脉，瞬间便犹如被人踩到的小蛇一般，狠狠地一抽，一股剧烈的疼痛，让萧炎紧咬牙关间，透出丝丝冷气……

死死地咬着牙，萧炎那盘坐在青莲座上的身体不断地轻微颤抖着，浑身的毛孔都在这股剧痛下猛然紧缩了起来。

随着萧炎的咬牙坚持，那股初来的经脉剧痛，在持续了片刻之后，终于逐渐弱了下去。额头上已经布满冷汗的萧炎，这才松了一口气，继续稳固心神，察看体内情况。

地火莲子所化的炽热能量，的确霸道得有些恐怖，沿途所过之处，经脉几乎被那炽热的温度生生地将表层的薄膜给烧毁了去，要知道，这些薄膜，可是萧炎这半个多月来，小心翼翼地吸收了不下上百次药液后，方才凝聚而成的心血成果啊。

薄膜虽被烧毁，可接下来那地火莲子的举动，则让萧炎面庞上的苦涩消散了去。

只见那炽热能量所过之处，竟然留下了一滴滴宛如翡翠般，不足拇指大小的细小液体。这些液体在经脉壁上黏附着，犹如活物一般，微微蠕动着，然后以肉眼可见的速度融进其中。随着这些充斥着庞大生机能量的翡翠液体的融入，那被高温烧得通红的赤裸经脉壁，却开始迅速溶解出一层淡青色的莫名液体，这些液体覆盖在经脉壁上，瞬间后，经过地火莲子能量的熏烤，竟然凝固成了一层青色的角质层。这些角质层牢牢地覆盖在经脉壁之上，那股防护力度，比萧炎先前的那层薄膜，不知道要强上多少倍!

随着这些青色角质层的出现，萧炎经脉之中传出的剧痛之感终于完全消散。显然，经过地火莲子的这般强化，萧炎经脉的坚韧程度，甚至已经超过了受伤之前!

在将体内的一些主要经脉完全覆盖上一层青色角质层后，地火莲子所化的炽热能量也减少了一些。看来，那些看似简单的翡翠色液体，却是蕴含了地火莲子的精华所在。

地火莲子能量在将经脉覆盖上角质层之后，依然犹如被蒙着眼的野牛一般横冲直撞，虽然萧炎的心神试过牵引它的走向，可无奈，这股能量实在太过庞大，他想要将之牵引控制，无疑有些困难。

炽热能量，在经脉之中不知疲倦地运转着，而随着运转的加剧，一丝丝氤氲的淡青气体，缓缓从中散发而出。这些略微有些湿润的气体，诡异地透过角质层的阻碍，顺利地贴近了那里面最脆弱的经脉，然后缓缓地修复着这些受到伤害的经脉。

随着这些气体越来越多，一些湿润气体则穿出了经脉，漫无目的地在萧炎的体内胡乱飘荡着。

似是察觉到那些飘浮在体内的大补品，萧炎身体内部的肌肉、细胞、骨骼等一切曾经受到创伤的器官，都在此刻犹如忽然复活了一般微微蠕动着，将那些湿润气体贪婪地吞噬而进。

随着这般疯狂的吞噬，萧炎能够清晰地感觉到，自己的身体，正在以一种颇为可怕的速度，不断向以往的巅峰进发着，按照这种速度来看，恢复受伤之前的状态，只是时间问题。

经脉中，炽热能量在不知道运转了多少圈之后，萧炎尝试着控制地火莲子能量的心神，经过上百次的失败，终于成功将地火莲子的能量，牵引到焚诀功法的路线上来。

沿着焚诀功法运转，每当这股庞大的炽热能量在完成一次循环之后，都会将一股股充盈的青色雾气，灌注进那略微有些干枯的气旋之中。

庞大的能量，不知疲倦地沿着功法路线运转着，随着一次又一次的灌注，气旋之中，一滴滴青色的能量液体，终于开始缓缓成形，然后滴滴答答地落进气旋之内，眨眼时间，那枯竭的气旋内，便再度变得丰盈了起来。

修炼，没有时间的规定与限制，在心神盘旋体内时，萧炎也不知外界究竟过去了多长时间，他只清楚，自己受伤颇为恐怖的身体，已经在此刻被地火莲子彻彻底底地修补痊愈……

虽然修补已经结束，不过让萧炎有些愕然的是那依然在经脉中不断运转着的炽热能量。

尽管经过这般大幅度的消耗，可那地火莲子所残余的能量，依然庞大得有些让萧炎目瞪口呆。按照他的猜测，修复自己那近乎残破的身体，恐怕只用去了它三分之一的能量，真是恐怖！

经脉中，那股炽热能量犹如永远都消耗不尽一般，不停地从中释放出一股股精纯能量。

虽然萧炎的身体逐渐地恢复到了以往的巅峰层次，可肌肉、骨骼、细胞等却并未就此罢休，反而在萧炎愕然的感应中，继续恬不知耻地贪婪吞噬着精纯能量，显然是一副不把能量吸收光就誓不罢休的滚刀肉模样。

哭笑不得地感应着体内不断变得越来越充实的力量，萧炎也只得在心中暗叹一声：塞翁失马，焉知非福啊。没有前段时间的那般重伤，以萧炎的状态，短时间内绝对不可能再突破以往的那种巅峰层次，这一次的重伤，反而给了他突破以前巅峰状态的契机。

在气旋之中，液体能量越来越充盈，那些被地火莲子释放出来的精纯能量，没有任何顾忌，全部一股脑地塞了进去。

任何东西，不管如何，都有一个极限，人体也是如此。所以，当这般肆无忌惮的能量吸收持续了一段时间后，萧炎终于开始略微有些惊慌地发现，体内的肌肉等已经停止了吸收，而那气旋也隐隐传来一股胀痛之感，并且不再将气态能量转化成液体能量。显然，此时的身体，已经到了一个饱和的状态。

吸收已经到了极限，可那地火莲子，依然自顾自地继续释放着庞大的能量，也不管萧炎是否能够完全承受。

察觉到体内的这一变化，萧炎的脸色变得有些难看了起来，想要强行止住炽热能量的运转，却犹如蜉蝣撼大树一般，没有丝毫的成果。

心中逐渐泛起的一抹慌张，旋即被萧炎咬着牙缓缓地压了下去。他知道，现在他并没有药老的指点，所以在这种时候自己绝对不能慌，一慌，就彻底完了。

睁开眼来，萧炎手掌紧紧地握在一起，片刻后，手掌猛地一拍，低声道：“既然不能再吸收，那就把这些残余的能量输送出去……”

“输送出去？可输送给谁？这股能量可不是谁都能承受的啊。”惊慌的目光在房间之内扫视了一圈，旋即骤然停在那趴在床上正瞪着淡紫蛇瞳盯着自己的吞天蟒身上。

“小家伙，便宜你了……”

瞧见吞天蟒，萧炎眼瞳中迅速掠过一抹喜意，心中松了一口气，以它的实力，应该能够吃下这股残余的能量吧？

心中这般想着，萧炎双掌在莲台之上轻按，身体凌空翻下莲台，然后心急火燎地冲上床，一把就将不知所措的吞天蟒抓在了手中，然后集中全部心神，将那股地火莲子的庞大能量，牵引向手臂上的经脉处。

随着地火莲子能量的灌进，萧炎的手臂迅速被青芒笼罩，中指竖起，一股浓郁的火属性能量，将手指渲染得犹如一截绿色玉石一般。

吞天蟒被萧炎忽然抓住，先是一愣，当它瞧见萧炎手指上那股强横得有些恐怖的能量后，却忽然剧烈地挣扎了起来。显然，与这种强横能量近距离接触，让它有些不安。

“乖乖，别挣扎了，我可不会害你。”萧炎冲着吞天蟒柔和地笑了笑，强行撬开它的嘴，然后将手指伸了进去……

在萧炎将手指伸进吞天蟒的嘴中时，它却骤然停止了挣扎，强烈的光芒猛地自其身体内暴涌而出，错愕的萧炎条件反射般地微眯起了眼睛。

光芒一闪即逝，不过在光芒出现之后的瞬间，萧炎的脸色猛然大变，因为他能清晰地感觉到，被他抓在手中的吞天蟒，身体忽然变大了起来，同时，似乎也更柔软了。

萧炎右臂环抱间，空荡荡的感觉已经消失，取而代之的，是一个充满柔韧性的柔软身躯……

在手掌触摸到那犹如女子娇躯一般柔软的东西后，萧炎似是想起了什么，当下脸色变得极为难看起来，脖子有些僵硬地缓缓低下，只见一对明亮的含煞俏目，正带着些许冰寒注视着自己。

望着那张堪称妖艳级别的完美脸颊，萧炎浑身的毛发犹如被电击一般，瞬间立了起来，喉咙微微滚动，咽了一口唾沫，声音嘶哑而干涩。

“美……美杜莎女王？”

第十六章
较量

此时，萧炎与身下的这位传说中凶名赫赫的美杜莎女王保持的姿势颇为旖旎，不仅身体完全将对方压住，而且手指竟然还伸在女王的口中。

萧炎呆呆地望着那近在咫尺的脸颊，这张堪称艳丽的容颜，犹如是上天杰作一般，即使这般明眸含煞，却依然有着一股难以掩饰的动人魅力。

这个女人，几乎是每个男人心中的女神。

虽然身下的柔软身躯给予了萧炎无与伦比的好心情，不过此刻他的脸庞上却是丝毫不敢表露出来。他目光泛着些许惊骇，愣愣地盯着美杜莎女王，片刻后，嘴角抽搐了一下，露出了一个极为难看的笑容："你……你好啊。"

说话间，萧炎那伸在美杜莎女王口中的手指，却不由自主地轻轻伸展了一下，顿时，便触摸到了那牙齿间的舌头，当下，萧炎的身体骤然一颤，一股异样的感觉从心中蔓延了出来，让他有种吻下去的冲动。

当然，虽然心中有着这番冲动，不过萧炎敢肯定，若自己那般做了，绝对将会被这即使是海波东见了也只能掉头就跑的美杜莎女王狠狠教训一番。

含煞的明眸，带着些许冰冷地盯着萧炎，在先前手指触摸到她舌头之时，美杜莎女王俏脸飞上了一抹浅浅的绯红，当然，更多地，还是那股森然煞气。

美眸微微移动，美杜莎女王瞟了一眼萧炎那泛着浓郁青芒的手臂，再瞥了一眼那伸进她口中犹如绿色玉石一般的手指，顿时，狭长的眸子微微眯了起来，瞬间后，银牙猛地狠狠一咬。

“咝……”

被一口狠狠咬住手指，萧炎眼瞳一瞪，痛得深吸了一口凉气，刚想挣扎着甩脱，一只如白玉般的修长手臂，忽然诡异地伸出，牢牢地掐住萧炎的脖子，那对美眸中，威胁之意甚浓。

被美杜莎女王掐住，萧炎无奈，只得微微伏下点身子，顿时，胸膛便离女王的娇躯更近了许多，瞬间，一团无名之火由心而外腾烧了起来，让萧炎的呼吸略微有些不稳。

强行忍住那股火气，萧炎此时可不敢对这位煞星动任何手脚，当下就这般直直地压在美杜莎女王的身躯上，两人面孔相对，彼此的呼吸都清晰可闻。

随即美杜莎女王咬住萧炎的手指，顿时，一抹殷红的血迹，缓缓地沾染上了那红润的嘴唇，红上加血，鲜艳的颜色，更是让那本就貌美的美杜莎女王，多出了几分血色蔷薇般的美。

随着血迹缓缓渗透而出，萧炎脸色微微一变。他能够察觉到，那徘徊在右臂之处的地火莲子的庞大能量，正在飞快地被美杜莎女王吞噬而去。

“不用担心……给吞天蟒也是给，给她也是给，只要能让地火莲子那多余的能量离开，都一样。”心中这般自我安慰着，萧炎努力让自己平静下来，目光游离在那张完美得近乎没有瑕疵的姣好脸颊上，即使双方处在敌对状态，可心中依然忍不住为她的美丽暗暗赞叹了一声。

随着美杜莎女王那近乎贪婪的吞噬，萧炎右手臂上的青色光芒正在以肉眼可见的速度缓缓变淡着，过得片刻时间，青光终于完全消散，那犹如绿色玉石一般的手指，也逐渐恢复了正常。

残余能量被顺利吸到体外，萧炎刚刚在心中松了一口气，旋即脸色豁然大变。

因为他发现，在将那些多余能量吸收完毕之后，美杜莎女王竟依然没有松口的意思，狭长的美眸，泛着些许冷笑地瞥着他，轻轻一吸，萧炎气旋之内的斗气，顿时便被扯起波浪，居然隐隐有顺着经脉被吸走的架势。

“松口！”察觉到气旋中的变化，萧炎脸色狂变，急喝道。

没有空闲理会萧炎，美杜莎女王眸间噙着冷笑，那掐着萧炎脖子的纤细玉手微微紧了紧，顿时使得萧炎脸色涨红了一点。

“给我松口！”

察觉到体内那即将顺着手指涌出去的斗气，萧炎眼睛立刻就红了起来。这二十多天来，他不知道费了多大的劲才恢复的力量，若是再被这女人强行吸收了去，那到时候去云岚宗，他捡板砖去砸啊？

赤红着眼睛，萧炎左手缓缓举起，青色火焰猛地升腾而起，顿时，房间之内温度骤升。

望着萧炎左手上的青色火焰，美杜莎女王脸色不可察觉地微微变了变。显然，她也认出了这团火焰便是让她吃尽苦头的青莲地心火。

“松嘴！我知道，以你的实力，要杀我很简单，不过你现在却并没有这样做，这可和你那凶名有些不相符啊……我想，你的实力，应该还未恢复吧？”萧炎阴沉着脸，将覆盖着青色火焰的手掌放低了一些，低声道，“你应该认得它吧？立刻放开，否则，今日即使拼了一条命，也要让你重伤！”

听到萧炎的威胁，美杜莎女王明眸中的寒意更加浓郁，以她的身份，还从没有人敢这般威胁她，当下一对美眸死死地盯着萧炎，其中杀意凛然。

被美杜莎女王这般盯着，萧炎头皮也有些发麻，不过他也清楚，这种时候，就算明知道日后下场恐怕不太好，也只有硬着脖子当铁汉，毕竟若是一个发软，那这位凶名赫赫的美女蛇，会把他连人带骨头地吞下去。

安静的房间之中，两人目光死死对视，谁也不肯先放松。

随着对视的持久，一滴冷汗缓缓地从萧炎额头上淌落而下。与这凶名震慑加玛帝国的美女蛇比拼气势，可不是一件轻松的活儿。

随着僵持继续，就在萧炎有些忍不住心生退缩之意时，美杜莎女王终于忍受不住那越来越近的青色火焰，狠狠地剐了萧炎一眼，方才极其不甘心地松开了嘴。

瞧见美杜莎女王松嘴，萧炎闪电般地将手指抽了回来，脚掌在床榻之上轻踏，身形猛地暴射而退，跃上半空，双手一合，旋即再度一拉，青色火焰竟然被拉成了一条长长的鞭子，环绕在萧炎周身，防御一切即将来临的攻击。

完成防御之后，萧炎这才抬头望向床榻之上，顿时，目光猛地一惊，只见那床榻上，身材曼妙的美女蛇，正未着衣衫地坐于其上。

察觉到萧炎的目光，美杜莎女王俏脸微寒，纤手扯过一旁的被子，迅速盖在了身上，玲珑的身姿，即使有被子遮掩，依然显得极为动人。在那床边，一条淡紫色的蛇尾轻轻垂下，微微摇摆着，释放着蛇女特有的魅力。

萧炎望着那冰冷地盯着自己的美杜莎女王，嘴角抽了抽，将手指擦净，体内斗气急速流淌着，警惕地盯着美杜莎女王，防止她会突然袭击。

“你是第一个敢出言威胁我的人。”盯着那张清秀面庞半晌后，美杜莎女王终于缓缓开口，声音柔美而慵懒，噙着让男人颇为心动的韵味。

“你也是第一个敢咬我的人。”萧炎硬起脖子，冷声道。

美杜莎女王伸出舌头，轻轻地舔了舔红润的嘴唇，不经意间的动作，有着让男人无法视而不见的风情：“先前的那股能量，应该是青莲地心火莲座中的莲子所凝吧？当初若非因为收取青莲地心火被弄得重伤，这种宝贝，我断然不会遗留下半点。”

萧炎干笑了笑，没有回答，掌心中的青色火焰，依然升腾着。

深深地盯着萧炎手中的青色火焰，美杜莎女王摇了摇头，轻声道：“没想到这到头来，最大的好处竟然被你得了去，那古河恐怕被气得不轻。”

“嘿嘿，女王陛下不也成功进化了吗？你得到的好处也不少啊。”萧炎嘿嘿笑道。

“为了这进化，当初我所受到的那种苦难，你又不是没看见。”美杜莎女王淡淡地道，“当时若非处在关键时刻，我会亲自出手把你宰了的。”

“嘿嘿。”闻言，萧炎讪讪地笑了笑。原来当初她竟然早就发现了躲藏在一边的自己。

“不过……作为人类，不得不说，你的胆子很大……”纤指轻轻点向萧炎，美杜莎女王脸颊上浮现一抹阴柔的气息，酥麻的声音中，隐隐带着杀意，“你不仅敢独身闯进沙漠深处，还敢将我所进化的本体当成宠物来养，这份胆气，这么多年来，我还真的是头一次见到。”

察觉到美杜莎女王话语中的杀意，萧炎耸了耸肩，无辜地道："我可没把你当成宠物养，只是它喜欢跟着我罢了。"

“那需不需要我叫你一声……主人呢？”

美杜莎女王狭长的眸子弯成一个魅惑的弧度，最后的声音，拖得略微有些长，柔美又轻缓的语调，让定力不算低的萧炎脸庞骤然涨红，微微不自在起来，心中蓦地生出许多别的想法。

这声音，简直是太可怕了……

“你刚才说得对，现在的我，的确没有击杀你的力量，不过……在我下一次苏醒之后，相信我，我会……取、你、性、命！”纤细的玉葱指遥遥指向萧炎，美杜莎女王略微扬起高傲的头颅，一字一顿的声音，蕴含着凛然杀气。

“人类小家伙，等着吧，这个世界上，有资格当本王主人的人，还没生出来呢！至少，现在你还远远没那资格。”美杜莎女王阴柔一笑，娇躯缓缓匍匐而下，顿时，包裹在身体上的被子，便被压出了一条美丽的弧线，旋即，强烈的光芒暴射而出，美杜莎女王的身体缓缓缩减，最后化为那七彩小蛇……

望着变回来的吞天蟒，萧炎全身骤然软了下来，一屁股坐在地上。此时他才发现，自己竟然已经大汗淋漓。

萧炎剧烈地喘了几口粗气，用袖袍擦去额头上的汗渍，苦笑着摇了摇头。这么对峙了几分钟，竟然比自己与大斗师大战一场还要让人疲惫，不过还好那美杜莎女王不知道什么缘故，力量弱了许多，不然的话，萧炎今天恐怕真的会被她直接给宰了。

萧炎心有余悸地吐了一口气，缓缓站起身来，移动的目光忽然停在了那犹如一条火蛇一般，不断沿着身体上下飞舞的青色火焰之上，他顿时愣了愣，旋即嘴巴微微张了开来。

先前萧炎在闪退之时，随手一拉，便将这条青色火焰长鞭制造了出来，那般轻松的模样，似乎并没有让他费多大的精力。

在火焰长鞭被拉出之后，它便脱离了萧炎的手掌，然后自动沿着萧炎的身体旋转，那股态势，宛如具有灵性的护主神物一般。

双眼愣愣地望着那盘旋在周身的青色火焰长鞭，萧炎嘴角微微抽搐。虽说经过这二十多天的训练，他对青莲地心火的控制程度熟练了不少，可他心中清楚，凭自己那点控火能力，想要把前者控制得如控制自己手臂般灵活，是绝对不可能的事情。

然而，出现在面前的现实，却让他在狂喜之余，又满头雾水……

愣了一会儿，萧炎缓缓回过神来，伸出手掌，轻轻地触摸着那盘旋的青色火焰长鞭。手掌初一接触到青色火焰，火焰长鞭便极为听话地化为一簇青色火焰，黏附在萧炎手指之上，微微翻腾。

萧炎十指彼此点动，然后逐渐拉开，顿时，十道细小的青色火焰线条，便被拉伸了出来，双掌舞动，手掌上的青莲地心火，时而升腾，时而下蹿，那般灵活的模样，比起前几天萧炎炼制丹药时，不知道强了多少。

"究竟是怎么回事？"

望着那随着心念转动间不断化为各种形状的青莲地心火，萧炎脸庞上的错愕越来越浓郁。在控制着青莲地心火时，他分明感觉到，青莲地心火对自己的亲昵度，较之以前明显暴增了好几倍，而以前那股隐隐存在的抗拒之感，也悄然减弱了许多。

萧炎皱着眉头沉吟了许久，忽然心头一动，低声喃喃道："难道是那地火莲子的缘故？"

心中闪过的这一念头，倒让萧炎略微有些明悟起来。地火莲子与青莲地心火同出一体，如今自己将地火莲子的精华能量吸收进体内，倒是在误打误撞间，使得自己身体与青莲地心火的契合度越来越完美了。

随着这般分析，萧炎紧皱的眉头缓缓舒展开来，一抹欣喜浮现脸庞。他没想到服用了地火莲子，竟然还有如此奇效。这骤然提升的契合度，简直比将伤势完全修复还要让萧炎兴奋，毕竟伤势总归能痊愈，可这身体与青莲地心火的契合度，却唯有依靠时间的磨合，方才能够缓慢提升上去，所以，两者谁更珍稀与实用，一比便知。

脸庞上带着些许喜意，萧炎目光紧紧盯着十指上的青色火焰，火焰微微蠕动，片刻后，竟然在指尖处凝聚成了十条顶端部位极其尖锐的火刺。由于压缩使然，这十条火刺上所蕴含的破坏力，无疑颇为强烈。

屈指轻弹，十条尖锐火刺猛然暴射而出，炽热的劲气，在它们身体之外形成了一圈细小的青色光膜。在这些火刺即将射中墙壁之时，萧炎手指微弯，顿时，那暴射而出的火刺，便犹如受到了牵引一般，猛地掉转头，原路返回对着萧炎射来。

微笑着望向那些回射而来的青色火刺，萧炎手指平探而出，而那十条火刺，则径直射向了萧炎手指。

手掌上的青色火焰缓缓消散，萧炎望着那没有丝毫伤痕的手掌，惊叹地点了点头。凭他以前对青莲地心火的操控，明显不可能达到将之释放出去后还能再度收回来的地步，而如今，在吸收了地火莲子后，萧炎对于异火的操控度，已经能够让他完成这种高难度的控火动作。

每一簇青莲地心火，都需要萧炎动用不少的斗气才能从气旋之中的纳灵内调动出来，若是这些异火在激射出去之后便不再回来，无疑是一种极为浪费的奢侈举动……

若是在战斗之时，这种挥霍可是对自己生命的不负责。所以，如今竟然能够自如回收发射出去的异火，萧炎自然在心中对此感到非常满意。

再度把玩了一下那变得极为乖巧的青莲地心火，萧炎这才缓缓将之全部收进体内，手掌对着悬浮在半空上的青莲座一招，后者顿时化为一道青芒，飙射进了纳戒之中。

将东西收好，萧炎伸了一个懒腰，浑身骨头在互相碰撞间发出一阵噼里啪啦的声响，力量舒畅而充盈的感觉，让萧炎舒畅地吐了一口气，紧握的双拳狠狠地挥击而出，拳掌翻转间，倒也虎虎生威，颇有一番不俗的架势。

感受着肌肉绷紧间乍然爆发出的那股恐怖劲力，萧炎微笑着点了点头。虽然这次重伤让自己吃尽了苦头，可不管怎样，现在这具身体所能发挥出来的战斗力，绝对超过了受伤之前，这般看来，此次受伤，倒也不亏。

立在原地，萧炎微闭着眼眸，心神沉入体内，飞速巡视了一圈，然后睁开眼来，拳头微握，轻笑道：“经过地火莲子的那般灌注，想必我现在应该已经具备六星斗师的实力了吧……”

萧炎欣慰地笑了笑，缓缓走向床榻之旁，望着那盘在被子上的吞天蟒，发出一阵嘿嘿笑声。

望着缓缓走来的萧炎，吞天蟒淡紫的蛇瞳瞟了他的笑脸一眼，旋即不再理会，偏过头来，将身体软绵绵地躺在柔软的床榻上。显然，先前萧炎那般突如其来的灌注能量的举动，让初具灵智的吞天蟒略微有些愤愤不平。

瞧着那犹如赌气小孩一般的吞天蟒，萧炎无奈地摇了摇头。伸出手来，温柔地抚摸着它的身体，见它依然没有反应后，只得苦笑着从纳戒中取出一瓶紫晶源，然后打开瓶盖，一股略带着淡淡香味的炽热气息，缓缓地冒腾了出来。

紫晶源刚刚被拿出纳戒，那软绵绵趴在床榻上的吞天蟒，便猛地立起了身子，转过头来，瞧着萧炎那笑眯眯的脸庞，再瞥了一眼那冒腾着淡紫烟雾的紫晶源，蛇瞳中掠过一抹渴望，迟疑了半晌后，实在忍耐不住心中的馋意，甩动着尾巴，快速地游至萧炎面前，蛇芯吐缩着，发出嗞嗞声响。

萧炎笑眯眯地将瓶子移下，吞天蟒尾巴一甩，身体化为一抹光影，闪电般地出现在了瓶子之前，脑袋一探，蛇芯直接伸进瓶中，贪婪地吸取着。

由于这一次有心想要消除小家伙心中的怨气，所以萧炎也并未阻止它这般贪婪的吸收，只是望着瓶中缓缓减少的紫晶源，脸庞上闪过一抹肉痛。

当瓶中的紫晶源被吞天蟒吞噬了将近十分之一的量时，它终于停止了吸取，脑袋略微有些迷糊地从瓶口处移了下来，淡紫的蛇瞳中，竟然闪过一抹醉意。

望着那摇摆着脑袋打着晃的吞天蟒，萧炎苦笑着摇了摇头，小心翼翼地将紫晶源收好，手掌抚摸着它那略微有些滚烫起来的身子，无奈地道："小家伙，现在该满意了吧？"

吃人嘴短，这一次，吞天蟒倒并未再躲避萧炎，甩了甩修长的脖子，蛇瞳中，忽然涌上一股紫芒，蛇嘴一张，"嘭"的一声闷响，一道紫色火焰，猛地从其嘴中暴吐而出，汹涌的火焰，转瞬间便将房顶上的木梁烧成了一堆漆黑的木炭。

缓缓抬起头，望着那发出咔嚓声响的漆黑木炭柱，萧炎嘴角微微抽搐着。片刻后低下头，望着那犹如打嗝一般，不断从嘴中喷出一簇簇火苗的吞天蟒，萧炎哭笑不得地摇了摇头。这家伙，真当紫晶源能够胡乱吃的吗？其中那浓郁得令人发指的紫火能量，可是能够轻易地汇聚成杀伤力的紫火啊，那东西，即使是当初的云芝，也忌惮不已啊！

无奈地望着那犹如嬉戏一般，不时喷一簇火苗出来的吞天蟒，萧炎叹了一口气，刚欲起身收拾狼藉的房间，身体忽然凝顿，目光紧紧望着那些紫色火焰，一道念头，悄悄从心底深处冒了出来。

"若是使用这些紫晶源所制造出来的紫火与青莲地心火相融合，最后弄出来的佛怒火莲，威力即使比不上正版，想必也应该不弱吧？而且以我现在的实力，应该也能够控制吧？"萧炎手掌缓缓地摩挲着下巴，低声喃喃道。

萧炎满脸的沉吟之色，半晌后，手掌一翻，一个透明的瓶子便出现在手掌中，瓶子内，盛装着一瓶伴生紫晶源。

打开瓶盖，萧炎将手指伸进去，小心翼翼地沾了一点，顿时，手指处便传来一阵火辣辣的疼痛。

抽出手指，萧炎紧紧地盯着指尖的一滴紫晶源，体内斗气流淌着，然后透过手指，轻轻地触摸了一下那滴紫色的紫晶源，顿时，随着“嘭”的一声轻微闷响，一缕细小的紫色火焰，从指间处升腾而起，炽热的温度，使萧炎的眼睛虚眯了起来。

“温度不错……不过可惜，一滴紫晶源所能造出的紫火，实在是有些少。”萧炎笑着点了点头，旋即略微有些惋惜地道。

“紫晶源的存量并不多，若一滴的量只能制造出这点紫火的话，那可是微乎其微啊。”萧炎盯着那瓶伴生紫晶源，皱眉低声道。

“不过这个小家伙也没吸取多少，怎么吐火吐得跟喷火器一样？”缓缓偏过头，萧炎望着那吐得不亦乐乎的吞天蟒，疑惑地道。

萧炎目光紧紧地盯着床榻上的吞天蟒，半晌之后，眉头轻挑。经过一阵观察，他发现，在吞天蟒即将喷出紫火的刹那，其嘴中的几颗獠牙，似乎渗透出了些许唾液，而那些细微的紫色火苗，在与这些唾液相遇之后，体积便骤然暴涨了十几倍。

“是唾液的缘故吗？”萧炎嘴中低声喃喃道，微微一笑，手掌翻转间，一个空瓶子出现在了掌心中，旋即笑眯眯地向着吞天蟒缓缓走去……

经过一番满头大汗的折腾，萧炎终于在吞天蟒那幽怨的目光中，从其獠牙下剐了小半瓶淡青色的唾液出来，放在鼻下轻嗅了嗅那瓶竟然略微有些淡淡香味的唾液，萧炎面色古怪地摇了摇头，瞟了一眼床榻上的吞天蟒，心中嘀咕道：“这小家伙，难道也是个母的？”

轻轻地把玩着手中的两个小瓶子，萧炎沉吟了片刻，忽然手掌一招，从纳戒中将暗红色的鼎炉取了出来，然后放在桌面上，屈指轻弹，几缕青色火焰飙射而出，顿时，药鼎之内，便升腾起了炽热的火焰。

萧炎将手指轻摸着纳戒，又从中取出了几株通体火红、一看就知是蕴含着火系能量的植物，萧炎手掌一挥，将它们丢入药鼎之中，然后控制着青色火焰，经过反复提炼，将之化为了一团红色的粉末。

待红色粉末出现之后，萧炎用两根空心针管，分别吸取了一滴紫晶源和一滴吞天蟒的唾液，然后将之投射进药鼎内。

望着药鼎内升腾的火焰，萧炎微微一笑，十指灵活地跳动着，而那些青色火焰，也随着其心念的闪动，不断增温与降温。虽然这种快速变化火焰温度的做法极其考验炼药师的控火能力，不过自从服用了地火莲子后，萧炎明显已经具备操纵这种繁琐步骤的功力。

药鼎之内，青色火焰妖娆而舞，半晌之后，炽热的温度逐渐退去，汹涌的火焰缓缓消退，最后蹿出通火口，化为一缕细小的火焰，钻进了萧炎手指之中。

“虽然炼药时消耗了许多，不过能回收一点是一点啊。”望着那缕蹿进体内的青色火焰，萧炎笑了笑，屈指轻弹，一缕劲风将鼎炉盖子击落了下来，手掌一招，三枚红色丹丸便飞射而出，稳稳地落进了萧炎掌心中。

把玩着手中这三枚丹丸，萧炎嘴角忍不住浮现一抹笑意。这种丹丸，根本不能称为丹药，因为它根本不具备任何丹药的特性，这东西，要是谁吞进了肚内，不仅没有丝毫好处，反而说不定会把自己搞得颇为凄惨。

萧炎手指捻着一枚红色丹丸，将之含进嘴中，微微嚼动，待感受到那在嘴中飞速化开的炽热能量时，体内斗气迅速汹涌而上，然后与那股炽热能量碰撞在了一起。

在碰撞的刹那，萧炎嘴巴微张，一团炽热的紫色火焰猛地被喷了出来，然后稳稳地落在了被斗气包裹的手掌之上，熊熊燃烧，颇具威力。

嘴巴轻吐出了一口炽热的气息，萧炎低头望着那升腾在手掌上的紫色火焰，这次的紫火含量，倒是达到了与青莲地心火相融的量。当下，萧炎松了一口气，一滴紫晶源，一滴吞天蟒唾液，一些火属性药材，这几样东西，能够取得这般效果，已经颇让他满意了。

“这东西就叫紫火丹吧……”抛了抛手中的两枚红色丹药，萧炎咧嘴笑了笑。现在的他非常想试试，用青莲地心火与紫火相融所制造出来的佛怒火莲，究竟能有多大的威力。

“似乎需要一个肉靶子啊……”

抛着紫火丹，萧炎脸庞上涌现一抹笑意，转身将那因喷火而累得睡着的吞天蟒放进袖袍中，然后笑眯眯地走出这摇摇欲坠的房间去寻找肉靶子，来试验这山寨版的佛怒火莲威力能有几何。

漠铁佣兵团的训练场上，此时正是团内每天集训的时间，因此，众多团员簇拥其中，顶着炎日，大汗淋漓地彼此较量着身手。萧鼎一行人正站在广场的一个阴凉处，目光偶尔扫过场内，微微点着头。

“罗布先生，看来沙之佣兵团的兄弟和大家相处得还不错啊，这段时间，真是有劳你了。”望着场中那些因为这段时间的磨合，隔阂明显消除了许多的两团佣兵，萧鼎转头对一旁的罗布笑道。

“这些可都是萧鼎团长的办法，我只不过是执行而已。”罗布摇了摇头，眼角含着敬畏地瞟了一眼一旁的海波东。在一次偶然间，他见过这位老人出手，因此，他非常清楚，这位看似不起眼的老人，拥有何种庞大的实力，而能够将之邀请住在佣兵团中的萧炎，则更是让罗布心里多生了几分忌惮。当下瞧得萧鼎发问，赶忙客气地回道。

萧鼎自然知晓罗布心中的忌惮，当下与之笑谈了几句，然后便偏头望着一旁斜靠着树干愁眉苦脸的海波东，笑道：“呵呵，海老先生，石漠城的药铺没有你所需要的药材吗？放心吧，我已经派人去附近的城市帮你搜索了，若是有消息，应该很快就有回报的。”

“还是你小子有心啊，萧炎那家伙自从把这些药材告诉我后，便缩在那院中，再也不出来了。”闻言，海波东脸庞上这才露出些许笑意，对萧鼎道。

“背后说人坏话，貌似不太好哦……”淡淡的笑声，忽然从众人身后传来，熟悉的声音，让几人赶忙回头，望着那笑盈盈走过来的萧炎。

“你的伤好了？”望着明显比以前更为精神的萧炎，海波东苍老的脸庞上闪过一抹诧异，愕然道。

“嗯。”萧炎笑着点了点头。

“唉，果然是个变态，那么重的伤，不到一个月就完全康复……”瞧见萧炎点头，海波东顿时苦笑着摇了摇头，同时心中也为萧炎的手段感到心惊。

萧炎与萧鼎几人笑谈了一会儿，然后目光忽然瞟到一旁的罗布身上，微微一笑，笑容却让罗布略微有些发毛。

“萧炎团长。”望着缓缓走过来的萧炎，罗布赶忙打着招呼。

“罗布先生，在漠铁佣兵团还习惯吧？”萧炎笑眯眯地问道。

瞧着萧炎的笑容，罗布赶紧点头。如今墨家大长老死亡的消息几乎已经传遍了整个加玛帝国东部省份，虽然别人或许不太清楚是何人下手，罗布心中却清楚，那下手之人，绝对便是面前这看似人畜无害的少年。

“罗布先生，闲来无事，能出来帮我试验一下东西吗？”萧炎笑道，旋即不等罗布点头，便抬脚对着阴凉之处行去。虽然如今实力变回了斗师级别，不过萧炎清楚，对待罗布这种人，若是态度忽然和善起来了，他恐怕才会心中起疑。

听得萧炎的话，罗布一愣，旋即苦笑着点了点头，抬脚跟了上去。

一旁的萧鼎、萧厉几人，瞧着萧炎这怪异的举动，都不由得对视了一眼，然后也好奇地跟了上去。

萧炎缓缓在训练场一角停了下来，对着有些忐忑不安的罗布微微笑了笑，道：“你待会儿尽全力防御吧，我想试试，我改造的这东西，能有多少威力。”

“呃？”闻言，罗布嘴角一哆嗦，脸色略微有些泛紫了起来，原来是要自己来当靶子啊。

萧鼎几人皆是漠铁佣兵团的高层，训练场上的其他团员瞧见他们簇拥在这里，顿时也围拢了过来，好奇地望着萧炎与罗布。

“当心点。”

萧炎对着脸色青紫的罗布提醒了一声，手指一晃，一枚红色的丹药现了出来，然后在众人的注视下，丢进嘴中，微微嚼动着，片刻后，嘴巴微张，一团炽热的紫色火焰喷了出来，稳稳地落在被斗气隔离的手掌之上。轻轻抛着这团紫色火焰，萧炎笑了笑，右手平探而出，青色火焰缓缓升腾而起……

海波东微微愣了愣，旋即脸色一变，喃喃道："这小子难道又想来那招？"

在海波东眼中逐渐泛起惊恐之时，场中的萧炎，竟然真的开始缓缓将双掌合了起来……

瞧见萧炎这一举动，海波东脸色终于完全变了。他脚掌猛地一跺，身形在众人目瞪口呆的注视下，闪电般地飙射上了天空，跳着脚，尖声道："萧炎，你个疯子，上次没把人搞死，你这次还想来？"

抬头望着那在半空中暴跳如雷的海波东，萧炎满脸错愕，他没想到，老家伙竟然会如此惧怕自己的佛怒火莲……

第十七章 山寨版佛怒火莲

萧炎错愕地望着天空上气急败坏的海波东，半晌后，哭笑不得地摇了摇头，扬了扬手掌上的两种火焰，笑道："海老，以我现在的状态，可发挥不出当日那场爆炸的效果……现在的这个，是我改良后的佛怒火莲，不会再出现失控的后果了。"

"改良？"海波东微微愣了愣，望着萧炎左手上的那团紫火火焰，现在他才发现，原来这团紫色火焰，已经不是异火，虽然其温度也颇为炽热，不过比起上次萧炎所操控的森白火焰，却无疑弱了许多。

"这家伙，究竟隐藏了多少东西？一会儿青火，一会儿白火，现在更是搞出了紫火，真是让人看不透。"海波东冲着萧炎摇了摇头，咬牙道，"你这疯子，我才懒得管你究竟有没改良，要玩你自己玩吧，我可不想像上次那样，最后差点被你给玩死！"

说完，海波东背后那伸出来的寒冰双翼微微一振，便在众人呆滞的目光中迅速升空，直到变成一个小黑点后，方才停下。看来，经过上次萧炎佛怒火莲的爆炸事件，这位曾经的冰皇在心中确实产生了一些恐惧，不然也不会当着这么多人的面选择躲避。

无奈地望着那躲得远远的海波东，萧炎低下头，瞟了一眼周围正拿古怪目光盯着自己的萧鼎等人，摊了摊手，道："老人家，胆子比较小……"

闻言，萧鼎与萧厉皆干咳了几声。虽说海波东年纪比较大，可人家的实力却是强横得恐怖。瞧着刚才海波东的那番表现，他们两人心中也略微有些忐忑了起来，对视了一眼，旋即干笑着道："小炎子，你究竟是想试验什么？"

"只是研究出了一些东西想试试能不能成功而已，上次似乎失败了，结果差点把我和海老炸死，呃……他似乎有点心理阴影，所以才有这般举动。你们不用担心，这次我已经特意削减了威力，就算最后失败，应该也没有上次那恐怖的破坏力。"萧炎挠了挠头，随意说道。

"……"听萧炎那话语中略微有些不确定的语气，萧鼎与萧厉额头上顿时浮现些许冷汗。虽然他们并不知道海波东的确切实力，不过从他能够凝聚斗气之翼来看，想来至少不会低于斗王级别，能够将这种强者都差点炸死，萧炎究竟是搞出了什么恐怖的变态东西?

两人对视了一眼，目光不由自主地瞟了瞟天空上的小黑点，双脚缓缓地退后了几步，干声笑道："我看，我们还是退开点吧，也好给你个宽松的环境……"说着，两人便极有默契地同时退到了广场边缘，方才停下。

瞧见两位团长都这般举止，那些围在萧炎两人周围的漠铁团员，心里也有些发毛，在安全与好奇间衡量了一会儿后，一群人都赶忙退至训练场边缘，顿时，拥挤的场地变得空空荡荡。

望着转眼间变得空荡的场内，萧炎无奈地摇了摇头，转过头来，笑眯眯地望向脸色煞白的罗布。

"萧……萧炎团长，我，我看还是算了吧，您换个人吧……"

罗布脚跟发软地打着哆嗦，实在是被刚才海波东的那失态举动骇得有些心颤。海波东是什么实力？那可是斗皇级别的强者啊，即使在整个加玛帝国，也是排得上号的强者。可以他这种恐怖的实力，却依然被萧炎创造出来的那东西搞得这般失态，难以想象，那东西究竟会多么强大。罗布很怀疑，是不是自己这段时间哪里做得让萧炎有些不满意，以至于萧炎这才找了个借口想要干掉自己……

“罗布先生，放心吧，这一次的佛怒火莲，威力远远不如上一次，以你的实力，绝对不会出什么问题的。”瞧着被吓得脸色苍白的罗布，萧炎无奈地摇了摇头，只得安慰道。

望着那张看起来人畜无害的清秀脸庞，罗布有些欲哭无泪，为什么这种衰事，偏偏要找上自己？

心中在为自己的不走运唉声叹气了半天后，他也只得苦笑着点了点头，体内斗气凶猛涌动，然后暴涌出体，旋即在身体表面上凝固成一副坚硬的黄色斗气铠甲。

一出手便召唤出了大斗师的拿手把戏——斗气铠甲，看来罗布心里真的是有些不踏实。

望着那如临大敌一般将斗气铠甲召唤出来的罗布，萧炎无奈地点了点头，双掌之上，青色与紫色火焰各自翻腾着，然后双掌对拢，缓缓靠合着。

随着两股火焰缓缓靠拢，剧烈的能量波动，再度犹如上次一般，猛然在萧炎周身荡漾了起来，一道道闷雷般的炸响，在萧炎掌心中爆发着。不过好在此次的爆炸力并未有上次恐怖，所以萧炎那防护着手掌的斗气，倒也还能坚持下来。

萧炎全神贯注地驱使着两团火焰逐渐融合着，努力地回忆着上次在最后关头进入的那种玄奥状态，漆黑的眸子紧紧盯着火焰交融处，那里，青紫两色的火苗犹如一缕缕电芒一般，飞速地蹿动着。

遥遥的高空之上，海波东皱眉望着萧炎周身剧烈波动的能量，低声道：“这次的波动，的确要比上次小上很多，看来这家伙还真是改良了一些。不过这东西一个控制不好爆炸开来，破坏力不小啊，毕竟那青色火焰，可是实实在在的异火。”

“唉，疯狂的家伙，总是想着捣鼓这些莫名其妙的东西。”海波东苦笑着摇了摇头。不过说心里话，他还颇羡慕萧炎那什么东西都敢尝试的勇气。当年他曾经在出云帝国遇见过一位同样能够操控异火的强者，不过那位强者对待异火的态度，犹如对待自己祖宗一般，哪像萧炎，竟然还敢胡乱用来与别的火焰融合，这在很多强者眼中，几乎是找死的举动……

萧炎的目光，死死地停在那已经被压缩成的一个青紫颜色的火焰球体之上，片刻之后，漆黑的眸子猛然一瞪，修长的十指不断轻点在火团之上。

第一次在清醒的状态下控制火团，萧炎终于明白，这看似随意的轻轻点动，所需要灌输而出的焚诀斗气，却庞大得有些恐怖，那十指不过点动了七八次，萧炎气旋之内的斗气，就生生地减少了一半。

萧炎努力回忆着上次佛怒火莲成形前的那般变化，那对漆黑眸子中，逐渐地被青紫两色火焰所缭绕，再过片刻，点动的手指骤然停顿，灵魂之力猛地扩散出体，然后化为纤细的线条，一缕缕钻进了狂暴的火团之中。

随着灵魂之力的侵入，青紫火团之内蕴含的狂暴能量却开始逐渐消退，仅仅是眨眼时间，那本来不断冒探着犹如刺猬一般尖刺的火团，竟然完全地安静了下来。

紧紧盯着手掌上终于如愿平静下来的青紫火团，萧炎心中微微松了一口气，右手托着火团，眼眸微闭，那侵入火团内的灵魂力量，开始缓缓改变着火团的形状。

随着灵魂力量的逐渐启动，那犹如皮球一般的火团，开始缓缓蠕动，足有脑袋大小的体积，急速缩小着，半晌之后，一个巴掌大小的莲座雏形，便隐隐出现在了青紫交替的光芒之中。再过得片刻，青紫光芒缓缓消散，一朵美轮美奂的青紫莲座，轻飘飘地悬浮在了萧炎手掌之上。

天空之上，望着萧炎掌心中那成形的青紫莲座，海波东眼眸微眯，喃喃道："这家伙，当真控制得越来越熟练了啊，若是上次他能够将那佛怒火莲控制到这种地步，恐怕……那八翼黑蛇皇，当场就得被炸死吧？"

"日后若是他再度使用两种异火融合，并配着这般控制力，我想，斗皇强者中，除了一些极其强大的人之外，应该没人能够直接承受这种恐怖爆炸。"轻吐了一口冰凉的气息，海波东脸色复杂地盯着地面上的黑衫少年，低声道。

场地上，萧炎手持青紫莲座，抬头望着那被斗气铠甲遮掩得严严实实的罗布，略微有些苍白的脸庞上露出一抹笑意，屈指轻弹在莲座之上，顿时，青紫莲座便猛地化为一道流光，犹如一抹闪电般狠狠地对着罗布抛射了过去。

静静地望着那距离罗布越来越近的佛怒火莲，萧炎缓缓伸出手掌，然后骤然一握，一声低喝："爆！"

喝声落下，那飞掠过空中的青紫火莲，骤然停顿，旋即莲座微微膨胀，最后，轰然爆炸……

"嘭！"

震耳欲聋的爆炸声，轰然间在训练场之上暴响了起来，巨大的裂缝迅速从爆炸处蔓延而出……

"完美的操控……"

高空上，海波东缓缓地闭上了眼睛，低声喃喃道，与此同时，也在心中升起了一抹真真切切的心悸……

轰然的爆炸声，让众人不由自主地捂上了耳朵，半晌后，方才心有余悸地互相对视了一眼，将目光投向那扬起漫天灰尘的训练场中。

场内，萧炎缓缓地平息着急促的呼吸，脸色略微有些苍白。这个山寨版佛怒火莲对斗气以及灵魂力量的需求，虽然比不上上次那般恐怖，不过却同样不容小觑。

"以这个需求量，恐怕使用三次，便得将体内的斗气挥霍殆尽吧？"感受着体内锐减的斗气与灵魂力量，萧炎低声喃喃了一句，旋即抬起头，望着对面那缭绕灰尘，袖袍轻挥，一股劲风凭空涌现，将那弥漫的黄尘尽数拂去。

随着灰尘烟雾散去，一个颇为刺激眼球的庞大深坑，顿时出现在了众人视线之内，当下，训练场之外的众人眼角皆忍不住地跳了跳。

深坑达四五米，面积也颇为不小，在深坑的边缘处，一道道粗壮的裂缝，犹如蜘蛛网一般不断蔓延而出，几乎覆盖了广场的一半。

"人呢？"萧炎的目光在周围扫了扫，却并未看见罗布的身影，当下眨了眨眼睛，愕然地道。

就在萧炎错愕之时，一阵剧烈的咳嗽声忽然从深坑之中传出，旋即一只手掌缓缓探了出来，撑着地面，最后一个全身焦黑的人艰难地爬了出来，看其体型，正是罗布。

此时的罗布，不仅全身焦黑，而且原本身体上所召唤而出的坚固斗气铠甲，也布满了一道道拇指大小的裂缝。身体微微抖动着，那已经进入防护极限状态的斗气铠甲，终于发出一阵咔嚓的轻微闷响，缓缓地脱离了罗布的身体，露出其下那惨白而泛着惊恐的脸庞。

望着全身犹如是从黑炭中滚过一圈的罗布，萧炎试探地道："罗布先生，没事吧？"

听到萧炎发问，罗布缓缓地抬起头，瞧着少年那张清秀的脸庞，身体忍不住打了个哆嗦，惨白的脸庞挤出一抹极为难看的笑容："萧炎团长，你那攻击若是距离再近一点，现在的我，恐怕便得当场尸骨无存了。"

望着那浑身气息降至最低点的罗布，萧炎心中清楚，虽然有斗气铠甲防御，不过他并未选择闪避，就犹如木桩一般站在原地，任由火莲射来，在身前爆炸，这显得有些笨的举止，所需要承受的爆炸力无疑是极庞大的。因此，即使此时萧炎的实力仅仅是六星斗师，可身为四星大斗师的罗布，却依然在这场爆炸中，受了足以让他失去战斗力的重伤。

萧炎眼角下瞟，瞧得罗布那双掌间流淌着殷红的鲜血，眼神不可察觉地微微柔和了一点，缓缓走上前来，轻拍了拍罗布的肩膀，微笑道："抱歉，第一次改造这东西，下手没有轻重。"

"呵呵，不碍事，休息几天应该就没问题了。"

当了十几年的佣兵团长，罗布倒是颇为敏感地察觉到了萧炎那多出的一分柔和，当下心中隐隐有些喜意与激动。他心里清楚，自从上次沙之佣兵团对漠铁佣兵团差点造成灭团之祸后，这位看似和善的少年，心中便一直对自己有几分敌意甚至杀意。

同时，罗布心中还知道，若非萧炎想在短时间内扩充漠铁佣兵团的实力，那沙之佣兵团，绝对难逃灭团的下场。见识过萧炎面无表情地将活生生的人制造成冰雕的罗布，并不怀疑这位年龄并不大的少年，有着这么一颗狠辣的心。

虽然如今沙之佣兵团被并入了漠铁佣兵团，可罗布能够感觉到，萧炎对他的戒意与怀疑并未减少，而对此，罗布也只得苦笑。在漠铁佣兵团的这一个月时间中，他更加清楚地了解了萧炎的能耐，在这种近乎恐怖实力的压迫之下，他原先心中的那一簇反叛的想法，也完全熄灭了。可以说，现在的罗布，在心中已经逐渐把自己当成是漠铁的成员，而非沙之佣兵团的团长……

不过虽然他心中有着这般想法，可萧炎依然提防着他，这让罗布心中实在是有些无奈与苦涩，当然，他也清楚，这是人之常情，怪不得谁。

就在罗布以为萧炎的这种偏见会一直持续下去时，刚刚萧炎那忽然变得柔和起来的眼光，却让他在骇然之余，略微有些激动。这一次自己甘心冒着生命危险当靶子的举动，竟然误打误撞地使萧炎对他的戒意削减了许多。

“受这伤，值了啊……”心中这般喃喃道，罗布苍白的脸庞上，涌上一抹略显激动的红润。

手掌轻拍了拍罗布的肩膀，萧炎从纳戒中取出一瓶高级疗伤药递向他，笑道：“先把伤养好吧，等伤好以后，你便是漠铁佣兵团的真正核心高层了。以你的实力，所需要担负的责任，可并不小，漠铁现在正是发展期，日后你可得多多劳累了啊。”

萧炎的这番话，无疑表明他真正开始对罗布有了信任。

所以，听了这话，罗布那接住疗伤药的手掌都打了个哆嗦。别人的信任，或许他不会太过在乎，可对于强者，特别是萧炎、海波东这种超级强者，他们的信任，足以让罗布感到激动与荣幸。

“团长请放心，我会让从沙之佣兵团过来的弟兄，真正成为漠铁的人。”紧紧握着玉瓶，罗布身体对着萧炎微微弯曲，有些激动地道。

“只要你能将心思用在漠铁佣兵团上，相信我，日后，你所得到的好处，会让你难以置信。”望着那激动地表明着忠诚的罗布，萧炎笑了笑，若有深意地笑道。

听得萧炎这略带神秘的笑语，罗布一愣，旋即恭声应是。

“呵呵，你尽快把伤养好吧。明天我和海老便会离开石漠城，你在漠铁实力最强，所以，离开的这段时间，或许需要你多多照看一下漠铁了。”萧炎轻声道。

“离开？”闻言，罗布有些诧异地问道。

“去帝都，那里有些事情等着我去办。”萧炎随意笑了笑，再次拍了拍罗布的肩膀，旋即转身向训练场之外缓缓走去。

望着黑衫少年那沉稳的背影，罗布咳嗽了几声，平息了激动的心情后，重重地点了点头。

在广场边缘处一道道敬畏的目光中，萧炎行至萧鼎两人身旁，对着依然满脸惊叹的两人笑道：“还没回过神？”

“小家伙，原本以为你选择罗布来当靶子，是随意而为，没想到你竟然会借此一举，将团内最大的潜在威胁给妥善安抚了。”萧鼎扫了一眼场中的罗布，对萧炎低声道。

萧炎微微一笑，并没有否认自己的用意，抬头望着那缓缓从天空上落下来的海波东，轻声道：“没办法，明天我和海老便要离开石漠城了，不想点办法把一些隐患解决，实在不能安心脱身。”

“明天便要离开？这么快？”闻言，萧鼎与萧厉一愣，皱眉问道。

“是啊，原本一个月前就准备去帝都，可因为伤势拖延了这么久，现在，可不能再拖了啊。”萧炎微笑道。

“一个月后，真的打算上云岚宗？”望着萧炎那微笑的脸庞，萧鼎忽然声音有些低沉地问道。

“嗯，那里，必须去！”萧炎抿着嘴，微微点了点头，缓缓的声音，坚定得没有一丝动摇。

“云岚宗，那可是一个大家伙，不好对付啊……再者，墨家大长老墨承死在你手中时，虽然你隐匿了身份，不过若再次出现在云岚宗，身份难免会被识破，到时候，就算你成功击败了纳兰嫣然，恐怕云岚宗那些老不死的，也不会轻易让你毫发无损地下山。”萧鼎担忧道。

“如果到时候他们真要这般，那便准备斗个鱼死网破吧！”萧炎淡淡地笑了笑，抬头望着那落在一旁巨石上的海波东，耸了耸肩，笑道，“海老，你说是吧？”

“你大哥说得没错，云岚宗可不好对付啊。”瞧着萧炎望来，海波东苦笑道，“唉，随你吧，谁让我被你诓住了，一年的保镖。唉，现在看来，你这家伙，似乎早就在算计我了。”

“呵呵，送上门来的斗皇强者，若是任由海老一身轻地走了，那我不是大罪过了？”瞧得海波东无奈的脸色，萧炎玩笑道。

闻言，海波东只得苦笑摇头。

萧炎伸手从一旁的树枝上摘下一片树叶，放进嘴里微微嚼着，任那股淡淡的涩味在嘴中弥漫开来，转头望着遥远的北方，那里，便坐落着加玛帝国的庞然大物——云岚宗。

“到时候看吧，若他们真要逼人太甚，即使拼得再度重伤，我也只有在云岚宗上来一朵正版的佛怒火莲了啊。”

少年平静的喃喃声音，让一旁海波东的脸庞上再次涌上一股无奈，苦笑着摇了摇头，叹息道：“真是个疯子……谁惹上你都得倒霉，即使是云岚宗，那也够呛啊。”

第十八章
抵达帝都

黑夜降临，夜色笼罩着大地，天空之上，银月高悬，淡淡的月华挥洒而下，将一些黑暗缓缓驱逐。

宁静的院中，兄弟三人躺在舒适的软椅之上，抬头望着那满天星斗，偶尔端起身旁的酒杯，互斟互饮。

萧炎将杯中的酒水一饮而尽，偏头望着两位隐隐有些醉意的兄长，缓缓站起身来，从纳戒中取出两卷封面颇为古朴的卷轴，然后将它们轻轻放在萧鼎、萧厉两人身旁的小桌上，看着他们那疑惑的目光，微笑道：“这是两卷玄阶高级功法，一木一雷，属性刚好与你们相合，功法中还配套有一种玄阶高级斗技，两相配合，威力不容小觑。”

闻言，萧鼎与萧厉那略现醉意的眼瞳，骤然间大亮了起来。仅仅是单一的玄阶高级功法，在加玛帝国中，便是有钱也买不到的宝贝，更何况还拥有着配套斗技，这般算下来，这种功法的价值，比其他同等级的功法，显得更为珍贵。

在这般珍稀之物的诱惑下，即使以萧鼎的冷静，其脸庞上也浮现出些许渴望的神情，而一旁的萧厉，则在萧炎话落的瞬间，便一把将那银色卷轴抓了过去，然后爱不释手地上下把玩着。

“这两种东西，若是拿去拍卖的话，没有三百万金币的高价，恐怕还真是掉了身份。”接过那卷绿色卷轴，萧鼎轻轻抚摸着。它有着极其舒服的柔韧触感，经常与魔兽打交道的萧鼎清楚，这种材质，至少是四阶魔兽的毛皮方才能够具备，当下忍不住惊叹道。

萧炎笑着点了点头。同时拿出两种拥有配套斗技的玄阶高级功法，这种手笔，在加玛帝国中，能够办到的人或者势力，恐怕不会超过十指之数，而萧炎，若非因为药老那近乎庞大的仓库源，也根本没实力拿出它们。

“上次便打算将功法给你们，不过由于走得匆忙，便忘了。”萧炎笑道。在前往蛇人族时，萧炎便从药老那刮出了这两种功法，不过由于行程被绷得极紧，因此现在才有时间记起这事。

“虽然这功法极其稀有，不过既然是你拿出来的，那我们也不做那些虚伪的推辞，不然，反而惹得你不高兴。”清楚萧炎性子的萧鼎，略微沉吟了一会儿后，并未拒绝萧炎这番有些丰厚的礼物，而是笑着点了点头，也不说什么客套话，便将卷轴小心翼翼地收进了怀中。

望着两人将功法收好，萧炎微微一笑，仰头望着星空，轻声道：“事情都已经安排妥当了，那我明天也就可以安心地走了。”

萧鼎轻点了点头，将一旁的酒杯斟满，站起身来，递向萧炎，笑道：“小家伙，大哥和二哥在这里等着一月之后你名震加玛帝国的那一天！干了！”

望着忽然间变得豪迈起来的萧鼎，萧炎心头涌上一抹暖意，接过酒杯，一饮而尽。他清楚萧鼎话中的意思，若是他真的能够打败纳兰嫣然，并且顺利走下云岚宗，那么萧炎这名字，恐怕会在一夜间轰动整个加玛帝国。

“当然……小炎子，如果你没有走下云岚宗，我与大哥不会立刻替你报仇，我们会隐忍，咬着牙死死地隐忍……等什么时候我们有了能够给云岚宗留下一条让它痛入骨髓的伤疤的能力之后，再狠狠地咬它一口，直到咬碎骨头为止！”萧厉拍了拍萧炎的肩膀，微笑的脸庞上，却隐隐透着一股让人心头发寒的阴森。

在沙漠里，张牙舞爪的凶兽并不可怕，可怕的是那安静潜伏在黄沙之下的毒蛇，它们轻易不会展露獠牙，然而一旦时机到达，将会瞬间冲出黄沙发出致命的一击……

萧家三兄弟，萧鼎冷静睿智，萧厉阴狠毒辣，萧炎神秘莫测，三人性格虽各不相同，却皆能够让他们的对手感到不安与心寒。

望着阴厉的萧厉，萧炎心中暖意流淌，微微点了点头，再次满饮一杯让喉咙火辣辣的烈酒，三人相视大笑。

翌日清晨，萧炎与海波东没有惊动任何人就出了漠铁佣兵团，犹如每次离开时那般悄无声息……

蔚蓝天空之上，两道流光忽然自近而远，带起一股狂风，片刻后，又闪现在了天际，只留下地面道路上许多满脸羡慕的路人。

“萧炎，我们直接飞去帝都不是省事多了，你怎么还要去探戈城搭乘飞行兽？这速度可比我们自己飞行慢多了。”海波东背后寒冰双翼微微振动，瞟了一眼下方飞速后退的景物，偏过头来，斗气夹杂着一缕声波，略微有些不满地传进了萧炎耳中。

全力赶路中的萧炎，听得海波东这话，心中不由得苦笑着摇了摇头，暗道：“从这里到帝都，可有几千里的路程，以前有药老的力量支援，倒还能够支撑下去，可现在药老沉睡了，凭我六星斗师的实力，怎么可能毫不停歇地坚持下来？到时候，一个不慎，难免会被你看出什么破绽来。”

虽然心中这般想着，可萧炎嘴上自然不可能这般回答，背后紫云翼振了振，速度稍减，笑道：“呵呵，只是想趁着在飞行兽上的赶路时间中，研究一下异火而已。再者，你不是也要寻找炼制复灵紫丹的药材吗？在一些大城市停留一下，寻找到的机会也要更多一些。”

闻言，海波东的脸色这才缓了下来，无奈地点了点头，想起那些连名字都未听过的珍稀药材，只得不再反对。

瞧见海波东没有再坚持，萧炎心中悄悄松了一口气，背后紫云翼猛地扇动，飞掠的速度顿时暴涨，身形化为流光，消失在天际。

从清晨开始赶路，直到下午时刻，那座名为探戈的城市的轮廓，方才隐隐出现在两人视线之内。在城外落下地来，两人又风尘仆仆地蹿进城市中。

此时的萧炎，已经再度将那件二品炼药师的职业袍服穿在了身上，虽然背后那足足齐身高的巨大黑尺让他看起来略微有些怪异，不过那些守城的士兵，也没有胆子拦下一名炼药师进行盘问。因此，两人倒是顺利无阻地进入了这座面积不小的城市。

进入城市后，萧炎两人便首先挨个将那些看上去规模不小的药铺一间间搜索过去，海波东的目的是那些能够炼制复紫灵丹的药材，而萧炎，则是在暗中观察，是否有什么药材，能够有快速恢复灵魂力量的奇效。

然而虽然探戈城内药铺不少，不过萧炎与海波东所需要的药材，皆属于那种极其罕见的级别，当下，都只得期盼而来，失望而去。

从最后一间药铺中出来之后，不死心的两人又在城市中的拍卖场转了一圈，可惜，同样是一无所获。

站在大街上，两人面面相觑，皆无奈地叹息了一声，只得放弃了搜索，赶往城中心的飞行运输行。

凭借着萧炎的炼药师身份，两人再次不出意外地顺利登上了炼药师专用的豪华型飞行魔兽，开始了长达好几天的漫长空中赶路。

飞行路上颇为枯燥，不过好在两人都不是急性子，在各自的床榻上将脚一盘，便进入了修炼状态，静静等着目的地的到达。

飞行期间，萧炎也并未与同行的一些炼药师打交道，不过在偶尔见面的时候，他心中颇感诧异，因为他发现，这些前往帝都的炼药师，其中有一些竟然不是加玛帝国的人。

当然，在萧炎为这些别国炼药师诧异之时，那些炼药师在见了他的相貌以及胸口上炼药师品阶的徽章后，同样满脸错愕。显然，萧炎的年轻以及炼药师品阶，让他们颇受打击。

有了上次飞行的不愉快经历，此次萧炎在心中有些排斥在飞行兽上与人交流，所以即使瞧见那些炼药师相谈甚欢，他也依然未凑上前去。

不过在一次偶然间，听到那些炼药师提起炼药师大会几个字时，在愣了愣后，萧炎终于恍然记起了当初在黑岩城，那炼药师公会的分会长奥托大师对自己的邀请。

“原来这些炼药师都是赶去参加炼药师大会啊。”萧炎这才明白，为什么这些别国炼药师会如此大规模地出现在加玛帝国的境内。

“既然是炼药师大会……那么想必很多炼药师手中，都有一些罕见的天材地宝吧？”心中这般喃喃着，萧炎眼睛逐渐亮了起来。若是能够在上云岚宗之前寻找到恢复灵魂力量的奇宝，将药老唤醒，那么这次的云岚宗之行，萧炎也能够安心了。

有了这个念头，萧炎的心变得迫切了起来。而在他迫切的等待之中，那飞行了七天时间的飞行兽，终于抵达目的地——加玛帝国的帝都加玛圣城！

站在飞行兽的背上，萧炎低头望着出现在云雾之下的宏伟城市，缓缓吐了一口气：三年时间，三年苦行，他终于走到了这里……

随着飞行兽缓缓落下，萧炎的目光骤然转向帝都的北面方向，那里，一座堪称宏伟的庞大山峦犹如巨龙一般匍匐着，隐隐透着冲天灵气。

那里，便是加玛帝国的庞然大物——云岚宗的所在！

“云岚宗……纳兰嫣然，当年的废物，如约来了！”

萧炎双眼死死地盯着那被掩藏在淡淡云雾之中的雄伟山峰，他的身体，在这一刻，剧烈地颤抖了起来……

“该死的，以后再也不坐这破东西了，这慢吞吞的速度，实在是让人难以忍受。”走出人流拥挤的飞行运输行，海波东深深地吸了几口清新的空气，低声咒骂道。

望着脸色不太好的海波东，萧炎笑了笑，抬起头，目光在这座宏伟的帝都中扫过，忍不住赞叹了一声。如此庞大的规模，在萧炎所见过的城市中，这加玛圣城当属第一。

“不愧是加玛帝国的帝都啊，真是霸气绝伦。”萧炎嘴中发出啧啧赞叹声。

海波东没兴趣看那些无聊的建筑，视线在周围扫过，忽然问道：“你什么时候去云岚宗？”

“半个月后吧。”萧炎沉吟着算了一下距离三年之约的时间，道。

“还有那么久？那我们现在去哪？”闻言，海波东眉头微皱，旋即无奈地道。

“嗯……先去帝都的拍卖场看看，那里是加玛帝国最大的交易场所，应该有一些我们需要的东西。然后么……再去一趟炼药师公会总部吧。”萧炎摩挲着下巴，微笑道，“这一届的炼药师大会将在那里举办，我想过去看看……另外，炼药师最喜欢收集各种各样的珍稀药材，说不定，在那里，你能寻找到复灵紫丹所需要的材料。”

“嘿嘿，也好，这炼药师大会可是加玛帝国难得一遇的盛会，错过了倒也可惜……”对于萧炎的安排，海波东并未反对，摸着花白胡须，颇有兴趣地笑道，“这炼药师大会，倒是很值得你一看，它对于一名炼药师来说，除了可以与同行交流之外，还有些非同寻常的意义，只要谁能够在那里崭露头角，那前途可真是难以估量……每届的炼药师大会，都会引起很多庞大势力的关注，而那些炼药术不错的炼药师，都是这些势力争先抢夺的香饽饽。啧啧，那待遇，简直是让人眼红得有股杀人的冲动。”

听得海波东这略带夸张的话语，萧炎笑了笑，却微微摇了摇头，道：“炼药师本来就是一个走到哪都是香饽饽的特殊职业，虽然被那些庞大势力收拢过去会获得极为不错的待遇，可毕竟限制自由，不太划算……”

“不划算？怎么可能？你知道古河吧？”听到萧炎这话，海波东翻了翻白眼，撇嘴道。

“丹王古河嘛，这加玛帝国恐怕还真没人不知道。”萧炎耸了耸肩，淡笑道。他不仅知道，而且还和他间接地交过手。

“他就是上上届炼药师大会最大的一匹黑马，在那之前，古河这个名字，可没多少人知道，而自从在大会中崭露头角之后，他便被云岚宗的上任宗主看中，然后被聘请为云岚宗的长老。当时的古河，仅仅是四品炼药师，可这些年下来，在云岚宗那庞大的财力支持下，古河的实力被生生地提升了两品，而且名声也从当年的名不见经传，到如今成为人人敬畏的丹王。”海波东嘿嘿笑道，“若不是云岚宗的缘故，他想达到如今的实力，恐怕至少得延长二十年。”

萧炎略感诧异地挑了挑眉头，没想到那古河竟然是这般出头的。

“炼药师的确是一种稀有的职业，不过同样是一种烧钱的职业，虽然炼药术极其讲究天赋，可若是没有源源不断的药材支持，天赋再高，也难以快速提升炼药术的等级……若是背后有一个庞大的可以提供源源不断的药材支持的势力，那他们则能够静下心来，省去四处奔波寻找药材的时间。这般专心之下，所取得的成果，自然比那些自由炼药师要更丰富一些……因此，有很多炼药师，都想在这炼药师大会上，找到一个能够供他们挥霍的财主。”两人缓缓行走在人来人往的街道上，海波东双手插在袖间，懒懒地道。

“或许吧，不过我对那东西没啥兴趣。”萧炎耸了耸肩。有药老这位经验极为老到的老师在一旁指导，萧炎所走的弯路无疑是极少的，因此，他才能够在短短三年之中，从一名连草药都不熟识的少年，成为一名年轻的二品炼药师。但他并不清楚，普通的自由炼药师想要快速提升实力，是何等的困难，毕竟，不是每个人都有他这般幸运。

“当然，以你的炼药术，在这加玛帝国，就算是云岚宗，也没那资格来聘请你。”海波东摇了摇头，笑道。一名都能炼制六品丹药的高级炼药师，别说是在这加玛帝国，就算放到斗气大陆之上，也能够凭自身实力混得风生水起。

萧炎微微笑了笑，并未接过话头。没有药老的帮助，他本身的级别，仅仅是二品。

当然，经过近一年的大漠苦修，如今拥有青莲地心火的他，自信若是比起炼药术，不会逊色于一名三品炼药师。不过他也清楚，即使是一名真正的三品炼药师，对于海波东这种斗皇强者所产生的吸引力，依然是微乎其微。

海波东能够一直跟在萧炎身旁，并且甘心自降身份当保镖，那是因为他以为萧炎能够炼制六品丹药，这才会狠下心来，答应护卫萧炎在云岚宗时的安全。

如果日后海波东知道了事实，而且届时药老又还未苏醒，愤然离去事小，若是一个想不开，说不定还会强行胁迫萧炎将那些神秘残图交还回去。毕竟，合作，一般都是建立在双方实力相差不远的前提之下，而萧炎这样一名斗师以及二品炼药师，明显没有与斗皇强者合作的资格。

“唉，看来让老师苏醒的事情要尽快了啊，不然一旦海波东凑齐了药材，到时候我该如何去炼制那五品丹药？”萧炎在心中叹了一口气，忽然发现，没有药老在身边，现在尚处于脆弱阶段的他，竟然处处受限。

毕竟，萧炎所接触的强者，实在是远远高于他真实实力所能接触的层面。谁能想象，一名斗师，竟然能在斗皇强者这个层面中，混得如此强悍？

若是换成常人，凭借斗师的实力，想让一名陌生的斗皇强者跟在身旁当保镖，那无疑是一件异想天开的事情，可拥有药老相助的萧炎，却能够率先接触到这些超级强者。但也正是因为这样，面对着这些超级强者，没有太强真实实力的萧炎，需要随时小心翼翼，并且还要强装从容地应付着，不敢露出丝毫马脚。

“唉，实力啊……只要我能达到斗王级别的层次，想必便能跟上药老的脚步了，到时候，也不必再干这些狐假虎威的事情……”萧炎在心中苦笑地轻轻呢喃着，海波东的笑声，却忽然将他的沉吟打断。

“嘿，拍卖场到了……”

闻言，萧炎缓缓停下脚步，抬起头望着出现在街道尽头的庞大建筑物以及特殊标志，脸庞上不由得涌现一抹惊诧，摇了摇头，叹息道：“不愧是米特尔家族的总部啊，这般规模，远非乌坦城的分会可以相比。”

“嘿嘿，米特尔家族可是加玛帝国三大家族之一，历史悠久，底蕴雄厚，即使是盐城的墨家与他们比起来，墨家也只算是一个暴发户而已。”海波东笑道。话语中对那想要称霸帝国东部省份的墨家，颇有不屑：一个家族，最强者仅仅是一名斗灵，这种实力还妄图称霸，当真是不自量力。若非有着云岚宗作后台，那墨家，早就被一些看其不顺眼的强者给暗中解决了。

微笑着点了点头，萧炎望着那犹如一个无底洞一般，将那些源源不断的人流吞噬而进的庞然大物，双手轻轻插进袖袍之中，偏头对着海波东轻声道：“走吧，进去看一看这所谓的帝国第一拍卖场究竟有何了不起之处，希望能找到我们所需要的东西吧。”

说罢，萧炎率先朝着青石铺就的宽敞街道尽头缓缓行去，其后，海波东紧紧相随。

逐渐走近那庞大的米特尔拍卖场，萧炎脸庞上的惊讶越加浓郁，身体犹如游鱼一般，顺利地在拥挤的人流中穿过。

萧炎面无表情地在人群中穿过，偶尔袖袍轻挥，顿时，柔软的袖袍便被薄薄的斗气所覆盖，旋即狠狠地甩在那从人群中诡异地对着自己手指上纳戒伸来的手掌之上。

每一次袖袍挥下，那些手掌上都会猛然间血红一片。

萧炎淡淡地瞥着那些抱着手掌痛得倒抽口冷气的人，嘴角泛起一抹冷笑，这种伎俩，当初在乌坦城管理自家坊市时，他便司空见惯。

没有过多理会这些“苍蝇”，萧炎身形微晃，终于穿过那拥挤的门口，在大门旁那些目光犹如鹰鹫般毒辣的守卫巡视下，从容走了进去。

进入拍卖场，柔和的光倾洒而下，外界的那些喧闹之声，似乎也在此刻被隔绝了一般，短短几米距离，却犹如相隔两重天地。

缓缓地停下脚步，萧炎目光四处扫了扫，顿时嘴巴微张，满脸惊异地望着那犹如一个水晶城般的大厅。

在大厅内部，面无表情、全副武装的护卫随处可见，这些护卫胸口上都佩戴着米特尔家族的徽章，显然，他们是米特尔家族的直属力量。

萧炎在进入大厅之时，清楚地感觉到，有不下于二十道尖锐的目光，从自己身体的每个部位扫过，好半晌后，这些尖锐而毒辣的目光，才缓缓收敛而回。

“不愧是加玛帝国三大家族之一，这手笔，还真不小！”感叹了一声，萧炎微微回转过头，望了一眼那犹如鬼魅一般紧跟在身后的海波东，这才缓缓走进大厅中央。

大厅之中摆满无数的水晶柜台，柜台之旁，人流不息。在柜台中，摆放着数不尽的各种稀奇之物，在这些物品之下还标有价码，不过每一种物品的价格，至少都在三万金币之上。这些昂贵的价格，足以让很多人望而却步。

“这里只是外围售台，所出售的东西，并不算太贵。在米特尔家族总部，拍卖场也犹如功法等级一般，被严格地分为天地玄黄四个级别，其中天级最高，不过那天级拍卖场，恐怕即使是一两年，都难得开启一次，一旦开启，那就代表着，米特尔拍卖场将要拍卖的东西，绝对是重量级别。那时候，几乎大半个加玛帝国的强者以及势力首领，都会蜂拥而来……嗯，我记得我当年也参加过一次，当时米特尔拍卖场所拍卖的东西，似乎是一枚六阶的火鳞鳄蛟的蛋。据说只要那火鳞鳄蛟被成功孵化出来，那便是天生的斗王强者，只要饲养得当，迟早能够进入斗皇级别……”

闻言，萧炎脸庞上掠过一抹惊异。一孵化便是五阶斗王实力，当真是恐怖，谁只要得到了那东西，岂不是能在短时间内获得一位足以与加玛帝国十大强者相抗衡的强者?

“地级拍卖场，也很少开启，玄阶比较普遍，黄阶，则是全天开。”瞧得萧炎那略感震撼的神色，海波东笑了笑，继续介绍。显然他以前是这里的常客，所以说起这里的规矩，倒是头头是道。

“有些意思……”这般等级的划分，让萧炎略感兴趣地笑道。

“想要进入天地玄三个级别的拍卖场，需要身家认定了，除去一些例外，想要进入玄阶拍卖场，至少需要拥有百万的身家。呃，对了，你身上有钱没？”似是想起了什么，海波东忽然问道。

“呃……似乎有二三十万吧。”萧炎挠了挠头，讪笑道。

“那只有进入黄级拍卖场的资格了。”海波东翻了翻白眼。他以为像萧炎这种级别的炼药师，至少也要随身携带上百万的移动财产吧？

对于海波东这话，萧炎只得无奈地耸了耸肩，刚欲说话，目光忽然向着大厅的一角转移而去。

那里是米特尔拍卖场内部高层人员出入的地方，刚才那里尚是一片平静，看这忽然骚动起来的模样，似乎是有什么地位不低的大人物从那里走了出来。

望着那里骚动起来的人群，萧炎疑惑地眨了眨眼，微偏着头，目光透过那些情绪忽然变得异常高昂的男人，然后，隐隐地瞟见了些许鲜艳的红色以及隐约的曼妙身躯。

目光下移，萧炎看见了一双红色的长靴，长靴脚跟略微有些尖锐，落在光洁的青石板地面上，发出一阵阵清脆悦耳的声响，犹如一串美妙的音符。萧炎目光略微上移了一点，一双修长白皙的腿，颇显眼地出现在他视线之内。

“腿挺好看……”心中这般评价着，不过萧炎的定力，自然比大厅内的某些满脸痴迷的男子要好上一些，脸庞上依然保持着平淡的微笑，目光略带着几分欣赏。萧炎目光逐渐上移，最后透过缝隙，瞧见了一张妩媚动人的美丽脸颊，当下，一抹错愕缓缓攀爬上脸庞，低声喃喃道：“怎么会是她？”

人群中，随着清脆落脚声的接近，那被人群隐隐包围的美丽女人，终于缓缓地行了出来。

女人身着一套鲜艳的红色紧身锦袍，做工华丽精细的高贵锦袍，刚好将女子那美妙的身材完美地勾勒了出来。锦袍下的一截白皙的长腿，也极为好看，盈盈一握的柳腰之处，束着一条银色衣带，将那纤细的柳腰展现得完美至极。

这个女人，浑身都透着一股特别的韵味，在她那双狭长的桃花美眸凝视下，你或许会在不自觉间，将兜里的金币主动掏出来向她购买一些你根本用不上的高价物品。

这个浑身充满魅力的女人，曾勾动过很多男人的心，她对于很多男人来说，都是一种向往。

身着红色华丽锦袍的女人步履优雅地走至大厅之中，略微浅笑的俏脸之上噙着一抹风情，丰盈有致的身躯显出成熟女性特有的魅力，让大厅内的某些男人心中越发痴迷起来。

妖娆美人人缘似乎极为不错，从走出来到现在，不断有人冲她笑着打招呼，或许这些招呼声有些是冲着她的美貌而去，不过更多地，是对其身份的敬畏。

锦袍女人优雅从容地应付着周围的客人，点到即止的浅笑，拒绝了那些想强行搭讪的无聊之人。一对犹如春水酿造而出的桃花美眸，随意地在大厅中扫过，所有接触到这对似乎在隐隐间蕴含着风情的眸子的人，皆会不由自主地微微怔住，炽热的火焰在眼眸深处燃烧升腾。看来，这些人回去之后，恐怕看到他们家中的老婆或者侍女，都会想起这风情无限的美丽女子。

妖娆的桃花美眸缓缓扫过大厅，在其刚欲收回的前一霎，视线猛地一僵，行走的脚步也突然停顿了下来，目光愣愣地停在不远处水晶柜台边一位背负着巨大黑尺的黑衫少年身上，当下，美眸中流露着些许难以置信。

作为大厅中的焦点人物，锦袍女人的举动，无疑让所有人将目光顺着她移了过去，不过当他们瞧见那清秀的黑衫少年后，同样是略感愣神，再望着锦袍女人那极为罕见的异样情绪，心中都不可察觉地升出对那少年的些许嫉妒。

无视周围那些犹如刀子一般尖锐的目光，萧炎对着那愣愣盯着他的锦袍女人微微笑了笑，笑容柔和，漆黑的眸子依稀如三年前那般清澈。

望着那与三年前如出一辙的平静笑容，锦袍女人终于相信，面前这脱离了青涩的黑衫少年，的的确确便是当初乌坦城中的那伴装神秘的萧家男孩。

踏着清脆的声响，锦袍女人缓缓走向萧炎，片刻后，停立在了他的面前。如今近距离的接触，她方才发现，当初那仅齐自己胸部的男孩，竟然已经能够与自己平等对视。

“萧炎弟弟，三年不见，似乎真的变了样呢，我都快认不出来了。”锦袍女人笑盈盈地望着面前清秀的少年，轻吸了一口气，丰满的胸脯，在锦袍的包裹下显得圆润而挺翘，极为诱人。

“雅妃姐也是越来越妩媚动人了。只是可惜，你离开乌坦城，不知道伤了多少人的心。”萧炎轻嗅着从身前传来的淡淡诱人的体香，脑海中忽然回想起当年第一次进入拍卖场，见到最后一排那家伙偷偷盯着她看做的龌龊事，调笑道。

萧炎面前的这位美丽锦袍女人，赫然便是当初乌坦城米特尔拍卖分会的首席拍卖师雅妃。

“家族历练完毕，自然需要回来接管一些事情。不过我能回来，还真多亏了你，这三年你一直未回去，所以我也没机会向你表示感谢，今天在这里遇见，姐姐在这里给你说声谢谢了哦。”雅妃凝望着那双犹如三年前那般清澈的漆黑眸子，见惯了那些平日不怀好意的眼神，她发现，自己似乎对这双清澈眸子尤为喜欢，抿着红润的嘴唇，双手负在身后，身体微微前倾，对着萧炎浅笑道。

以两人的角度，雅妃这个礼节性的感谢举止，却让锦袍略微下扯，顿时，一抹充斥着迷人气息的白皙肌肤，便出现在萧炎目光之中。当下，某人的脸色便显得有些羞涩。

第十九章
贱骨头

雅妃抬起头时，刚好看见萧炎那略微有些显得红润的脸庞，当下精致绝美的脸颊上闪过一抹好笑与错愕，旋即掩嘴娇笑道："萧炎弟弟，没想到三年不见，你不仅变得成熟了，似乎还害羞了许多呢。"

"我一直都很腼腆。"萧炎点了点头，认真地道。

"三年前，你可不是这样哦，难道萧炎弟弟忘记了？在我当初认出你的身份的时候，你可是很粗暴的哦。"雅妃桃花美眸中掠过些许笑意地道。

望着那一颦一笑间释放着妖娆诱惑的雅妃，萧炎有些无奈。经过三年的岁月沉淀，这成熟的女人，似乎也越来越迷人了，或许是因为现在的身份不同，与自己说话间，也全然没有了当年的那股谨慎，反而倒是因为故友相见，关系变得亲热了些许。

"你这次来加玛圣城……是因为当初的那个约定吧？"脸颊上的笑意缓缓收敛，雅妃盯着面前的萧炎，轻声问道。

萧炎笑了笑，微微点了点头，道："谁让我当初脑子充血，许了那个约定呢，这三年，为了那个约定，我可吃了不少苦。"

望着那较之三年前少了几分青涩稚嫩、多了几分成熟稳重的脸庞，雅妃轻叹了一口气。虽然萧炎没有细说这三年的经历，不过她心中也清楚，这性子倔强执着的小家伙，定然是受了别人难以想象的苦。

“萧炎弟弟，经过三年历练，恐怕你也应该清楚云岚宗在加玛帝国中的地位了吧？”雅妃黛眉微皱，低声道。

“清楚，那是一个大家伙嘛，一个手指就能摁死我们萧家。”萧炎平静地笑道。

“唉！”望着他那平静无波的脸色，雅妃无奈地摇了摇头，道，“三年了，还是这副倔强性子。不过这个你倒放心，以云岚宗的地位身份，就算与你瓜葛颇深，也不会动萧家，云岚宗那些高傲的老家伙，可丢不下这个脸。”

“如果他们敢动……我便敢失踪十年，然后，出来把云岚宗所有的人都杀了。”萧炎微笑道，笑容颇显森冷。

被萧炎眸间忽然涌上来的阴冷杀意刺激得身体有些发寒，雅妃双手不由自主地环在胸前。不经意的举止，却让周围的“牲口”，有种将她搂进怀中的冲动。

“抱歉，忘记你不太喜欢修炼了。”回过神来，萧炎望着雅妃那弱不禁风的模样，微微一愣，歉然地道。

“谁说我不喜欢修炼了？我也是一名斗者好不好？只是你这家伙，经过三年历练，杀伐气息倒是越来越重了，简直都能比得上我们家族里那位从战场死人堆里爬出来的某人了。”听着这话，雅妃顿时白了萧炎一眼，不满地道。

“咦，你这衣服……你竟然成二品炼药师了？”移动的目光忽然停在萧炎炼药师长袍的胸口处，望着那里的职业等级徽章，不由得惊讶失声道。

“呵呵，侥幸而已。”萧炎随意地笑道。

“侥幸？唉，平常人想从初试者成为一名二品炼药师，没有五六年的时间，似乎也是不可能的，而你三年便到了这一步，恐怕可不仅仅是侥幸的缘故。”望着这似乎无时无刻不让人震惊的少年，雅妃无奈地叹息道。

萧炎笑着摇了摇头，不在这个问题上继续纠缠，视线在大厅扫过，发现自己在这里似乎已经变成了焦点，当下低声道：“你现在掌管这座拍卖场？”

“你这话可真是够打击我的……”闻言，雅妃有些郁闷地叹了一口气，苦笑道，“这座拍卖场总部的权力，全部在家族中那些老家伙手中，这可是他们的命根子，怎么可能交给我来打理？现在的我，只是这里的代监察长老而已。”

目光瞥了一眼萧炎，雅妃紧接着微笑道：“虽然这里不是由我掌管，不过我至少还有部分权力。你这次来这里，想必也不会是来看我的吧？需要什么东西？”

“能不能找个安静点的地方说话？”萧炎环顾了一下四周那些竖着耳朵偷听的人，无奈地道。

“当然，跟我来。”雅妃笑盈盈地点了点头，刚欲转身，目光忽然瞟见萧炎身后那趴在水晶柜台上无聊地看着物品的海波东，迟疑了一下，道，“这位老先生，和你一起的？”

“怎么，还想单独聊？想把我这老头撇开？又不是什么见不得人的事。”雅妃的声音虽然极低，不过依然被海波东收进了耳中，转过身来，嘿嘿笑道。

被海波东这番取笑，雅妃精致的脸颊上涌上淡淡的绯红，不过好在她在处理人情世故上极为拿手，当下甜甜一笑，微笑道：“老先生哪儿的话，我们拍卖场开门做生意，哪有撇开人的道理。”

“小妮子嘴巴倒是会说，不过我可不是那些成天胡思乱想的蠢货。我穷，拿不出钱，买不起这里的东西。”海波东嘿嘿笑道。

闻言，雅妃眼中闪过一抹错愕，不过脸颊上的表情依然保持着微笑。虽然她实力不太行，不过并不代表她眼力也不行，她的确是看不透海波东的底细，可能够模糊地感到，面前的老人不是寻常老者，那便足够了。

“一路上赶了许久的路，他挺无聊，别理他就是。”萧炎冲着雅妃笑道。

雅妃笑了笑，转身向着大厅的一处楼梯口缓缓走去，鞋跟踏在光洁的青石地面上，发出清脆的声响，优雅的步伐让人忍不住感到有些迷恋。

萧炎目光在那迷人的背影上扫了扫，在大厅中一道道炽热的目光注视下，快步跟了上去。

“那位老先生，不会是当年的那位神秘老人吧？”正视着前方，雅妃脸带微笑地与过往向她打招呼的人点了点头，不着痕迹地低声问道。

“不是。”萧炎笑着摇了摇头。

“哦。”闻言，雅妃略微点了点头，旋即不再说话，带着两人缓缓地来到一处门口有着几名守卫的楼梯处。

望着跟在雅妃身后的萧炎与海波东，几名守卫面面相觑了一眼。按照规定，不是家族人员，一般是不准进入其中的，可雅妃如今身为代监察长老，权力可是不小，当下几人都不敢出面阻拦。待三人即将进入之时，一名守卫不得不硬着头皮前进了一步，然而他还未开口，雅妃淡淡地一瞥，便让他将喉咙处的话语吞了下去，苦笑着退了回去。

“他们是我朋友，有事我会承担。”雅妃淡淡地说了一句，便欲带着两人走上楼梯，然而那忽然在楼梯之上响起的蛮横脚步声，却让她的黛眉不经意间微微皱了皱。

随着脚步声的轰轰落下，楼梯转角处，几道身影缓缓出现。为首的一名男子，年纪与雅妃相差不多，略微有些苍白的脸色，明显是纵欲过多，虽然此人体型不是如何壮硕，可从其身体中隐隐散发的气息来看，竟然是一名初入斗师级别不久的强者。

脸色苍白的青年，目光泛着几分迷恋地瞟过楼梯下方的雅妃，在这般居高临下的观测下，后者的美好身姿刚好被完美地展现了出来，当下，青年的呼吸竟然微微有些急促了起来。

察觉到上方青年的变化，雅妃的俏脸略微有些难看，抬起头，冷冷地瞥着青年，那双本来一直泛着笑意的春水眸子，此刻却有着毫不掩饰的厌恶。

“嘿嘿，雅妃，这里可是我们家族办公事的地点，外人可不能进入，你身为代监察长老，难道连这都不知道？”青年将雅妃的那抹厌恶收入眼中，脸庞顿时阴沉了许多。他的修炼天赋，在整个米特尔家族都算是不错，可这些能够让别的女人对他倾慕不已的条件，只是招来雅妃的更多厌恶，这让骄傲的他实在是有些难以忍受。

“我说过，有事，我会负责，请你让开！”雅妃冷声道，没有给对方半点好脸色，说着，一把拉住萧炎的手，便往楼梯之上行去。

当着手下的面，被如此无视，脸色苍白的青年嘴角微微抽搐，特别是当雅妃一把抓住萧炎的手掌时，一股莫名的嫉妒火焰瞬间腾上了眼睛。虽然平日雅妃笑容满面，似乎很容易接触，不过他知道，这个女人在心中对男人有着一定排斥，主动去拉一名男子，这还是极为少见的事情。

“嘿，我说怎么平日对我冷冰冰的，原来你竟然喜欢这种青涩少年啊，当真是让人意想不到，不过就是不知道他能不能让你满意了。”盯着萧炎那张平静的脸庞，青年忍不住地讥笑道。

雅妃面无表情地行上楼梯，似乎未曾听见青年的污言秽语一般，不过被她紧握着手掌的萧炎能够感觉到，她那指甲，已经狠狠地抓进了自己手掌中。

惨遭池鱼之灾的萧炎无奈地摇了摇头，瞥了一眼那脸色苍白的青年，眼神淡漠得没有丝毫情绪。

“小子，你找死？”瞧见萧炎那让他极其不爽的眼神，青年顿时陡然大怒，声音阴冷地道。

闻言，萧炎脚步微顿，手臂却被一扯，前方的雅妃微微摇着头，示意他不要理会。

见状，萧炎叹息着摇了摇头，又点了点头，跟了上去。

“嘁，真没用……雅妃，你眼光越来越差了，若真找情人，也不必找这种人吧？”雅妃的忍让，倒是让青年越加得意了起来，咧嘴恶毒地笑道。

行走的脚步再次顿下，萧炎手臂微震，那被雅妃拉着的手掌便震落了下来，望着雅妃那曲线动人的背影，耸了耸肩，淡淡地道：“这你都能忍？”

雅妃身体僵硬，并未答话，娇弱的背影，看上去有些疲倦。

“抱歉，我不能！”萧炎摊了摊手，豁然转身，阴森森地盯着那大笑的青年。

“小心，他是一星斗师……”

似是察觉到萧炎的举动，雅妃急忙回转过身，然而喊声还未完全落下，楼梯间轰然而起的炸响，却让她俏脸上布满了错愕。

“没本事的人，也只会欺负女人了！”随着能量的炸响，萧炎那同样阴冷且恶毒的骂声，狠狠地响了起来。

略微有些宽敞的楼道之上，萧炎几乎瞬间便逼近那青年身侧，拳头猛然紧握，携带着一股破风劲气，狠狠对着青年脸庞砸了过去。

脸庞苍白的青年，虽然体形并不彪悍，不过实力倒也不弱，在萧炎猛然动身的刹那，他便有所察觉，当下脸庞涌上一股阴寒，双臂交叉在身前，体内凶猛的斗气暴涌而出，转瞬间，便在身体表面形成斗气纱衣。

虽然吃亏在猝不及防，不过青年对自己的实力很有自信，而且面前的萧炎，也的确太过年轻，因此，他相信凭借对方的攻击力，应该极难破除自己的防御。

“今天就算是雅妃护着你，你也别想安稳地走出拍卖场。”抵挡的刹那，青年心中闪过一道森然的念头，然而心中念头还未落下，那蕴含着压迫劲气的拳头，便结结实实地接触到萧炎的手臂，顿时，随着一道轻微的咔嚓声响，青年脸色狂变，一口鲜血从喉咙处忍不住喷了出来，身形也被那股强猛的劲气所造成的推力狠狠地弹射在了墙壁之上。当下，又喷出一口鲜血，青年双腿跪地，身体痛苦地蜷缩了起来。

在青年吐血的那一刻，楼梯上的雅妃方才回转过身，那一声“小心”的喊话刚刚脱口，便见到那犹如死狗一般蜷缩在楼道旁的青年，精致的脸颊顿时被错愕与难以置信覆盖。

此时，那青年身旁的几名手下，方才从这电光石火间回过神来，望着自家主子那凄惨的模样，脸庞先是一惊，旋即大怒着朝萧炎围拢而去。

“给我退下！”望着那几位护卫的举动，楼梯上的雅妃终于忍无可忍地爆发了出来，杏眼怒瞪，呵斥道。

听得雅妃的喝声，那几名护卫明显迟疑了一下，他们的主子有胆得罪雅妃，却不代表他们同样有这胆子。

“你们再敢前进一步，从此以后，滚出米特尔拍卖场。虽然你们不是我的属下，不过我想，凭我代监察长老的身份，剔除你们几个人渣，应该不是多困难的事。”雅妃冰冷的样子，倒别有一番威严。

望着那俏脸含煞的雅妃，那几位护卫脸庞上终于闪过一抹畏忌，面面相觑了一眼，不甘地退了下去。

“带着你们的主子，滚回去。”雅妃纤手指向楼梯口处，冷喝道。

“好，雅妃，你有种，竟然帮着外人，你给我等着！”被手下扶起来，青年脚步有些踉跄，抹去嘴角的血迹，怒视着雅妃，旋即眼瞳泛着阴冷与森然，死死地转向一旁的萧炎，呼吸急促地阴声道，“好，好，小子，够胆量，你们都给我等着吧！”

撂下狠话之后，青年狠狠一巴掌甩在身旁的那名护卫脸庞上，怒道：“蠢货，走！”

站在楼梯处，萧炎微眯着眼眸望着在几名护卫的扶持下缓缓离开的青年，垂在袖袍中的拳头微微摊开，几束青色火焰在指尖升腾着。

“对于这种人，你竟然还会留手，直接宰了不就得了？免得以后还被惦记。”斜靠着楼梯，海波东淡笑道。

“这里毕竟是别人的地盘。”萧炎笑了笑，抬头望着雅妃，耸了耸肩，道，“抱歉，冲动了点，不过那家伙的嘴，真的很臭。”

雅妃摇了摇头，轻叹了一口气，苦笑道：“我觉得或许我们改天再谈事情好些。那家伙回去后，肯定会向他爷爷哭诉，到时候，那极为护犊子的老家伙，肯定会来找你的麻烦。”

“没关系。”萧炎摇了摇头，微笑道，“我们很需要一些东西，现在就谈吧，那些麻烦，我们自己会处理……”

“唉，你这倔强的家伙……算了，到时候我尽量保下你吧，不过那老家伙一向目中无人，恐怕连我都会被他训斥一顿。”闻言，雅妃也只得无奈地点了点头，转身向楼上行去。

萧炎摊了摊手，与后面的海波东对视了两眼，然后跟了上去。

一路跟着雅妃上了楼，最后在一处大门前停了下来，看她那轻车熟路的模样，显然这里是她常来的地方。

在大门口，还站有几名守卫，虽然他们目光疑惑地在萧炎两人身上扫了扫，却识相地并未开口阻拦，安静地站在一旁，犹如木桩。

推开房门，露出宽敞的房间，房间内整齐地竖立着书架，书架上，摆满各种各样的厚厚书籍。雅妃穿过书架，最后来到一处办事桌前，转过身来，笑盈盈地望着萧炎两人，指着一旁的座椅，微笑道："坐吧，现在能说说，究竟有什么事情了吧？"

萧炎笑着点了点头，随手抽过椅子，坐下，略微沉吟了一下，盯着雅妃道："刚才是不是给你弄出了些麻烦？抱歉……"

"我知道你是为了我才出手的，不用道歉。"雅妃摆了摆手，绕到桌后坐了下来，红唇微抿，微笑道，"那家伙名叫雷勒，也是我们米特尔家族中的一员，后台颇有些强硬，平常我也不想得罪他，只能选择无视了。"

"不过那家伙似乎对我有一些恶心的念头，我这般无视他，反而让他恼羞成怒地成天给我捣乱。他爷爷在家族的元老阁中有些话语权，所以，对这个脸皮厚到极点的家伙，我也很是无奈。"雅妃拂过额前的青丝，有些疲倦地道。看来那叫作雷勒的青年，还真是给她造成了很大的麻烦。

"你知道，对于这种人，你越是这般无视他，他便猖狂得越凶。"萧炎摇了摇头道。

"呵呵，我自然是知道，我一个小女子，怎能达到那种圣人般的高度……我现在的确是不想招惹他，可日后，一旦我有机会掌权，这个家伙，会是第一批被我驱逐的垃圾，到时候，我报复起来，会让他感觉到恐惧……你可要知道，女人，永远都是最记仇的生物，不然又怎会有'最毒妇人心'的说法？"雅妃淡淡地笑道，现在的她，似乎才不经意地显露出了她的野心与强势。

听得雅妃这番话，萧炎与海波东脸庞上皆闪过一抹诧异，他们没想到这看似极为柔和的女子，竟然有着这般隐忍力。

“好了，别再说他了，挺扫兴的。”摇了摇头，雅妃精致的脸颊上再度浮现出犹如春水般的柔和微笑，盯着萧炎，柔声道，“你们需要什么东西？说给我听听吧，我帮你们查查。”

萧炎笑着点了点头，从纳戒中取出一张白纸，上面写着炼制复灵紫丹的药材，然后当着海波东的面，将它递给雅妃，笑道：“帮我看看，你们这里是否能够凑齐上面的药材？”

望着萧炎的举动，海波东苍老脸庞上的笑意浓郁了许多。在前者拿出白纸之时，他便凭借着尖锐的目光迅速地扫描了一遍，那些与上次萧炎所说的药材同样的名字让他觉得，萧炎的确一直将他的事情记在心上。

“我就知道，没事的话，你是绝对不可能来拍卖场这种地方的……”接过白纸，雅妃摇了摇头，旋即低头大略地扫了一眼上面的药材名称，俏脸上不由得闪过一抹惊愕，抬头望着萧炎道，“这些药材，可都不是普通物啊，其中有一些，就是连我，也只听过名字而已。”

“嗯。”萧炎微微点着头，轻声道，“这里能找齐这些药材吗？”

闻言，一旁的海波东也眼巴巴地盯着沉思中的雅妃，这可是关系到他是否能够恢复巅峰实力的重大事情啊。

雅妃玉手托着下巴，沉思了片刻，摇了摇头，歉然道：“抱歉，想凑齐，恐怕极为困难。毕竟这些药材实在太过稀有，放在市面上，几乎每一种至少都得拍卖出二十万的高价，而且即使有人愿意出这个高价也无人愿卖……”

雅妃这话出口，海波东顿时蔫了下来，而一旁萧炎表面上失望地叹了一口气，心中却是一阵窃喜，若是能够在这里凑齐药材的话，那自己岂不是要悲惨起来了。

“凑齐的确有些难度，不过我想，弄到这上面一半的药材，应该没有什么问题。”雅妃沉吟道。

“一半也好，总比什么都没有强。”萧炎点了点头，叹道。

闻言，雅妃俏脸上忽然浮现些许俏皮的笑容，笑盈盈地道：“按照我的记忆，我们米特尔拍卖场应该能够拿出这上面的四种药材，其中每一份的价格，都在二十五万以上，这四种药材所需要的总数目，恐怕就得在一百万金币左右，萧炎弟弟……这些钱，你可能拿出？”

“呃……”眨了眨眼睛，萧炎摇着头，“似乎不能。”

萧炎这话一出，雅妃俏脸上的笑意更甚了几分，修长的玉葱指交叉着，似是有些惋惜地道：“萧炎弟弟，现在可不再是乌坦城，在这里，姐姐就算是有心帮你，可也没有那权力，这般庞大的数目，已经远远超出了我所掌管的权限。”

萧炎摩挲着侧脸，道：“那该怎么办？”

“嗯，一百万金币虽然不是小数目，不过姐姐对你可是很有信心的哦，正好我们米特尔家族最近正在招揽炼药师，若是萧炎弟弟有兴趣，可以以此来还账哦。一枚二品丹药，便能够卖出不菲的价钱，我想，以萧炎弟弟的本事，只要炼制出几百颗，应该就能将这些账务还完了。”雅妃桃花美眸弯起浅浅的弧度，犹如狐狸精一般诱人。

“呃……卖身？”闻言，萧炎一愣，旋即苦笑着摇了摇头，转过头来，望着海波东，摊手道，“你自己搞定吧，我只负责炼丹，药材的事情，应该由你自己去操心。”

见状，海波东无奈地摇了摇头，站起身来，从纳戒中掏出一张极为精致的紫金卡片，随意地抛在桌上，道：“小女娃子，赶紧去把药材给我弄过来吧。你这一百来万，就想把萧炎留在这里，那可太看不起他的身价了。”

愕然地望着桌面上的那张表面绘有七条银色波纹的紫金卡片，雅妃脸颊上闪过一抹震惊。经常与强者打交道的她自然极为清楚，这种紫金卡，至少是具备斗王级别实力的人方有资格使用，难道，这看似不起眼的老者，竟然是一名斗王强者？

俏脸上的笑意逐渐收敛，雅妃眼神复杂地看着坐在椅子上无聊地剔着指甲的萧炎，这个小家伙，这三年似乎混得不错啊，竟然能够和这种强者有着交集。要知道，斗王级别的强者，即使到了米特尔家族，那也绝对是无人敢怠慢的座上宾啊。

雅妃小心地握着紫金卡，玉手在上面缓缓抚过，特殊的质感让她迅速辨清了真伪，当下手掌轻拍，一名模样娇俏的侍女便赶紧从门外走了进来。

“去将这四种药材妥善装好，然后拿过来，快一点。”将纸片递给这名侍女，雅妃凝重地吩咐道。

“是。”侍女恭敬地应了一声，然后快步地退了出去。

“老先生，请您稍等片刻，药材马上就取过来。”雅妃对着海波东恭声道。

海波东微微点了点头，便坐回了椅子，端着茶杯，也不说话，就这般静静地等待着。

忽然发现这位不起眼的老人竟然有如此高贵的身份，雅妃也不敢再随意地调笑那似乎与老者关系不浅的萧炎，安静地坐在椅上，不再随意发言，偶尔将略微有些奇异的目光，瞟过那无聊中的少年。

随着三人的沉默，房间中的气氛逐渐沉闷了起来。而随着时间的推移，萧炎终于微微皱了皱眉头，刚欲开口说话，先前去取药材的侍女慌慌张张地急步走了进来，将沉闷的气氛打破。

“药材呢？”听得匆匆脚步声，雅妃抬起头，望着双手空空的侍女，黛眉微皱，沉声道。

“雅妃小姐，药材……药材被雷欧长老强行截走了。他说，这些药材早就被人预订好了，不能再转让给别人。”那名侍女脸颊上带着些许惊慌，胆怯地道。

“啪！”

闻言，雅妃俏脸骤然阴沉下来，玉手重重地砸在桌面之上，咬着银牙道：“这老家伙，这些药材放在仓库中都几个月有余了，我怎么从未听说过早就被人预订好了？”

“怎么回事？”望着这突然的变故，萧炎眉头微皱，轻声问道。

雅妃缓缓地吸了一口气，丰满圆润的胸脯微微起伏着，玉手揉着太阳穴，苦笑道：“那叫雷欧的老家伙，就是先前被你揍得吐血的雷勒的爷爷，也是米特尔家族的一位长老，权力不小。”

“公报私仇？”萧炎眼眸微眯，淡淡地笑道。

一旁，缓缓抿着茶水的海波东，花白的眉头微微挑动，没有说话，只不过，那捧在双手间的茶杯中的茶水，却在转瞬间被凝固成了寒气缭绕的坚冰。

“唉，那老家伙，这次的确有些过分了，竟然做出这种事情。”站起身来，雅妃俏脸略微有些阴沉，对侍女道，“带路，我亲自去找他理论。”

闻言，那名侍女唯唯诺诺地点了点头，刚转过身，一道苍老的冷哼声便从门外传了进来：“找我理论？哼，好啊，我也正好想看看，是何人，竟然敢在这里打伤我孙子！”

听得这冷哼声，雅妃俏脸上的冰寒越来越浓郁，双手撑着桌面，冷冷地望着那从门口处拥进来的几人。领头的，是一位面容略微有些阴鸷的华袍老者，在他身后，跟着那脸色苍白的青年以及几名护卫。此时，那青年正拿怨毒的目光狠狠地剐着坐在椅上的萧炎。

“雷欧长老，你这是什么意思？虽然你是家族的长老，可你什么时候有资格插手拍卖场的事情了？更何况，你竟然还敢拦截下客人订购的药材，你这是想让我们米特尔拍卖场名誉扫地吗？”俏脸充斥着寒意，雅妃怒视着老者，一顶大帽子狠狠地扣了下去。

在这顶厚重得让人有些难以呼吸的大帽子下，名为雷欧的老者，脸庞也不由得微微变色，不过旋即，他便冷笑道：“嘿，好大的官威，雅妃，你莫非还真以为你如今也是一名真正的长老了？等你什么时候将那代监察长老的‘代’字去掉，再来和我如此说话吧。”

“不过我想，你或许没有那机会了。你身为米特尔拍卖场的代监察长老，却私自带外人进入家族重地，并且擅自打伤族人，凭这几种违规过错，下一次元老院会议时，我会郑重地向其他长老提出罢免你的职位！”

进门后，雷欧阴狠的目光在萧炎与海波东身上扫过，年纪轻轻的萧炎，倒并未让他太过关注，只是那胸口上的二品炼药师徽章，让他心中惊了一下。不过也仅此而已，凭他的身份，所接触的二品炼药师实在太多了，所以他的大部分视线，还是停留在那面无表情的海波东身上。不过以他的眼力，自然是不可能瞧出海波东的深浅，当下心中的无知变成了无畏，少了几分忌惮。

若说对方是斗灵或者斗王级别，那么他应该能够察觉到一些能量波动，而现在，在雷欧的感知中，海波东周身没有半点能量流转的痕迹。有这般现象，只有两个原因：一是对方是一名超越斗王的斗皇强者，二是对方实力低微得让人难以感应其体内斗气的存在。

加玛帝国明面上的斗皇强者，雷欧虽然没有资格与他们结识，但也还见过面。可惜，那几位斗皇强者，都不是面前的海波东。那么，便只剩下后一个原因了……

“雷欧长老，你或许忘记了拍卖场的一些潜在规矩，某些大客户，是有资格进入这里的。至于雷勒的事情，那纯粹是他自找，怪不得别人出手教训。”雅妃冷声道。

“牙尖嘴利的丫头，大客户？嘿，好，你来与我说说，这两人是何身份，好让我判断一下，他们究竟有多大，是否达到了条件所说的资格。”雷欧撇了撇嘴，阴声道。他的人脉，在加玛圣城倒也颇为不错，一些稍大点的势力，他都能够分辨。至于加玛圣城之外一些雄霸省份城市的土霸主势力，他同样认识不少，却从来没见过萧炎二人。

听得雷欧这话，雅妃微滞。她只知道萧炎的身份，但一个萧家，还远远不可能让这在家族中出了名嚣张跋扈的雷欧有所忌惮。而另外的海波东，她却丝毫不知其底细。

望着没有了话语的雅妃，雷欧脸庞上浮现一抹得意，阴沉沉地道：“看来你也不清楚人家的身份啊，可这样就敢把陌生人带到家族重地来，看来你的确是不适合这项职务。”

被雷欧这番抢白，雅妃俏脸顿时略微有些铁青了起来，咬着银牙道：“我不与你争辩这些。那些药材，是他们先购买的，如今钱都已经给了，你却半路截了，这事若传出去，损害了米特尔拍卖场的名声，我看你如何向大长老他们交代！”

大长老三字入耳，雷欧脸色明显变了变，显然这个名字对他极具震慑力，不过当他偏头望见自己宝贝孙子那苍白的脸色后，一股怒气再度涌上，冷笑道："那些药材，早就被人预订了，我只不过是不想日后人家来索要，你却拿不出东西交代而已。"

"你……你放屁！"雅妃俏脸铁青，被他这番强词夺理，手掌重砸在桌面之上，竟然被气得直接爆了句粗口。

"若是有人预订这么大的单子，我怎么可能不知道？雷欧长老，你这般做事，实在是有失你这长老的身份！"雅妃愤怒地道，"这事我一定要向大长老亲自禀报！"说着，雅妃便愤怒地站起身来。望着她这般举动，一直保持着沉默的萧炎，终于缓缓地叹了一口气，站起身来到桌旁，拉着雅妃，然后把她摁在椅上，拍了拍她的脑袋，微笑道："这些事，明显说理是说不通的，还是让我来吧……"

"你别乱来了，那老家伙可是斗灵强者，你再如何强大，也绝对打不过他的。"萧炎那亲昵的举动，让雅妃的俏脸略微红了红，微微挣扎了一下，却没有丝毫效果，她盯着那微笑的清秀面庞，略微有些焦急地道。

"我的确不会出手……"萧炎笑了笑，转过身来，望着椅上的海波东，淡淡地道，"海老，雅姐是为你的事方才弄成这样的，你也别待着看戏了，该怎么办，就怎么办吧……"

第二十章
七幻青灵涎

听见萧炎这话，其身后的雅妃也停止了挣扎，目光盯着那一直在把玩着茶杯的老人，想起先前那张紫金卡，她也缓缓平静了下来。

对面，在萧炎这话出口后，雷欧也将目光投向了海波东，望着他那副淡漠的表情，眼瞳微缩，心中略微有些不安，低沉道："阁下是……"

海波东缓缓地摇了摇头，目光淡漠得犹如一块万年寒冰，随意瞟过雷欧，旋即低头凝望着结冰的茶杯，沉默了片刻后，道："米特尔·腾山，那废柴现在还活着吧？"

平平淡淡的声音，却犹如一声惊雷，狠狠地在房间内的众人耳边猛地炸响，将他们震得犹如木桩一般呆滞了起来。

"天啊，他……他竟然这么说大长老？大长老可是加玛帝国十大强者之一啊。萧炎弟弟，这位老先生，究竟是什么身份啊？"雅妃微张着红润的小嘴，傻傻地盯着坐在椅上的海波东。家族中被视若神明的大长老，到了他口中，竟然直接成了废柴……这话如果传到米特尔家族中，恐怕会直接引起暴怒吧？

对面的雷欧以及其身旁的雷勒，同样被海波东这句话语惊得目瞪口呆，嘴角微微抽搐着。显然，这句话给他们的打击，实在是太大了。

“咕……”呆滞了许久之后，雷欧方才缓缓回过神来，不由自主地咽了一口唾沫，目光泛着一分惊疑地盯着海波东，说话间明显客气了许多，“阁下……”

“你没资格这般称呼我。”轻轻地对着结冰的茶杯吹了一口气，海波东眼皮抬都不抬，淡淡地道。

这番颇为刻薄的话，让雷欧一愣，旋即老脸泛起一阵铁青，自从成为长老后，这么多年来，可从未有人这么对他说话。

“十分钟内，刚才那女娃子所吩咐的那些药材，必须出现在我面前，否则，我不介意让米特尔家族少一个长老。”海波东没有理会脸色铁青的雷欧，语气依然淡漠如初，同时，没有给对方留丝毫的脸面。

“你……你口气未免也太大了！你知道我爷爷是谁吗？”

瞧着雷欧被如此呵斥，一旁那从未见过有人敢这般对自己爷爷说话的雷勒，苍白的脸庞上涌上一抹怒气，忍不住出声冷笑道。

雷勒的话音刚落，萧炎脸庞上便浮现一抹冷笑，低声道：“不知死活……”

手中微微摆动的茶杯缓缓停滞，海波东抬头，冰寒的目光刺得雷勒脸色猛地一片惨白。雷勒刚想硬着脖子再度说话，却忽然发现，海波东的身体微微颤动。

“小心！”

在海波东身体颤动的刹那，雷欧眼瞳骤然一缩，一声厉喝，身体横侧，迅速地挡在了雷勒面前，然后体内斗气疯狂涌动，澎湃的斗气破体而出，将其身体笼罩其中。

在雷欧将斗气刚刚召唤出来之时，一道白影犹如瞬间移动一般，出现在其面前，那恐怖的速度，让雷欧眼瞳微缩。

人影站立，轻飘飘的手掌蕴含着冰冷刺骨的劲气，随意地拍在了雷欧那斗气涌动的胸膛之上。

“噗！”

看似随意的拍动，却让雷欧脸色瞬间变得惨白，一口鲜血狂喷而出，旋即在半空中凝聚成一片血红坚冰，清脆落地。

凶猛的劲力，让雷欧身体倒射而出，顿时，他与雷勒两人便重重地砸在墙壁之上，当下两人都发出一阵痛苦的呻吟。

那几位跟在雷欧身后的护卫，目瞪口呆地望着那仅仅是一招，便重伤倒地的雷欧，握着武器的手掌恐惧地颤抖着，竟然忘记了他们护主的职责。

“爷爷！你没事吧？”由于有雷欧当防护，雷勒受伤并不算很严重，他艰难地爬起身来，瞧着脸色竟然比他还惨白的雷欧，当下慌忙地叫道。

“斗……斗皇强者？”体内的寒气，让雷欧的头发竟然都结出了些许薄冰，他嘴唇哆嗦着，骇然地望着那立在身前的海波东，惊颤地道。能够让自己连人影都未看见，便已身受重伤，雷欧心中清楚，只有斗皇强者才有可能办到。

听着这几个字，雷勒浑身猛地一阵剧颤，面露恐惧地望着海波东，他没想到，这不起眼的老人，竟然会是一名斗皇强者。

“十分钟，已经开始计时了。我说过的话，绝对不会收回，十分钟后，药材未出现在我面前，就算是米特尔·腾山来了，今日，你也必须死！”海波东淡漠地瞥着两人，缓缓地道。

“快，快，快去把药材让人送上来！”闻言，雷欧面庞闪过一抹恐惧，急忙对着身边的雷勒怒吼道。

“是，是……”同样被吓破了胆，雷勒急忙站起身来，连滚带爬地蹿出了屋子。

望着那转瞬间变得极为顺从的雷欧，雅妃苦笑着摇了摇头，这老家伙，还真是个贱骨头！

“唉，斗皇强者……天哪，萧炎这家伙，竟然认识这种超级强者，难怪有胆子来帝都……”雅妃心中叹了一口气，望着身前那健硕的背影，越发觉得，这家伙实在是越来越让人看不透了。

从座椅上站起，雅妃恭敬地望着海波东，怯生生地道：“老先生与我们大长老认识？”

“那废物，他还没死？”海波东慢悠悠地坐回椅子，又飙出一句让那躺在地上的雷欧身体一阵抽搐的彪悍话语。

海波东这彪悍的话，同样让雅妃有些尴尬，她低声道：“大长老一切安好，不知老先生名讳？”

“见到那废物，和他说一声吧，就说我海波东还没死，他自然会知道。”海波东淡淡地道。

“是。”闻言，雅妃只得恭敬地应着，双手绞动着，显得有些不知所措。眼角忽然瞟见桌面上的紫金卡，雅妃急忙将之拿起，想送还过去。按照拍卖场的规矩，斗皇强者，几乎能够享受到一种极为优厚的待遇。

“别退还回去了，他不会拿回去的。”望着雅妃的举动，萧炎微笑着将目光转向海波东，道，“是吧，海老？”

“你这家伙，这小女娃子又不是你情人，连这点钱都要替她赚了？”撇了撇嘴，海波东无奈地道。

海波东这话出口，雅妃俏脸微微红润了一点，握着紫金卡，迟疑了一下，只得唤来一位侍女，吩咐她去将卡片上的钱划出来，只不过，侍女临走时，特地嘱咐她，将价格降去一半。

“嘿，小女娃子，倒还挺会做人的……”虽然雅妃的声音非常轻微，不过依然被海波东收进了耳中，当下笑着点了点头，显然对她这举动颇有些好感。

萧炎笑了笑，转头盯着雅妃，忽然问道：“对了，你能不能帮我查查，在这拍卖场中，是否有什么东西，能够恢复灵魂力量？”

“恢复灵魂力量？”闻言，雅妃微愣，旋即皱着黛眉道，“那东西，可是绝对的奇物啊……我查查。”说着，她转身闪进一处书架后，寻找了片刻，最后抱着一本厚实的书籍走了出来，仔细地翻查了一阵，摇了摇头，遗憾地道，“抱歉，能够恢复灵魂力量的东西，实在是太过罕见了，我查过我们拍卖场这一年的库存，并没有收集到那种宝贝……”

脸庞上闪过一抹失望，萧炎苦笑着点了点头，神情有些萎靡地坐回了椅子。

瞧见萧炎那失望的模样，雅妃无奈地摇了摇头，可也是心有余而力不足。

随着时间缓缓流去，在十分钟将到之时，门口处，雷勒方才仓皇地冲了进来，连滚带爬地将怀中的几个玉盒小心翼翼地放在桌面上，颤抖着道："大人，您所需要的药材，都在这里了，并没有半点损伤……"

望着这些玉盒，海波东脸庞上掠过一抹喜意，小心翼翼地打开，然后笑眯眯地递给萧炎，急切地道："检查一下，看看是不是那些药材。"

接过玉盒，萧炎仔细地打量了一番，然后在雷欧、雷勒两人诚惶诚恐的目光注视下，微微点了点头："嗯，没问题，药材保存得不错，分量也很充足。"

"那就好。"听得萧炎确认，海波东长长地松了一口气，转身对雷欧冷声道，"滚吧，另外……这女娃子我看得很顺眼，回去和米特尔·腾山那废柴说一声，那代监察长老的头一个字，可以去掉了……"

闻言，雷欧嘴角一阵抽搐，赶忙点头，然后与雷勒互相搀扶着，狼狈地溜了出去。

"东西到手了，我们也走吧。"将玉盒收好，海波东笑道。

萧炎微微点了点头，刚欲和雅妃道别，一名侍女快步走了进来，对雅妃恭声道："雅妃小姐，纳兰小姐有事想见你……"

"纳兰？纳兰嫣然？"这几乎在萧炎心中属于禁词的字眼，让他微微一愣，脸色瞬间黑了下来。

听到侍女的通报，雅妃也是微微一愣，旋即转头望着萧炎那瞬间阴沉下来的脸，无奈地摇了摇头，轻声询问道："纳兰嫣然？"

"是的。"侍女恭声回道。

"她找我有什么事情？"雅妃微皱着黛眉轻声呢喃着，叹了一口气，望向萧炎，歉然地道，"抱歉……"

"去吧，这是你的工作，我又不可能怪你。"萧炎笑了笑，脸庞上的阴沉散去了一些，挥着手道。

“你或许现在并不想与她见面，那先在这里稍等一下吧，等我问清她所为何事后，再送你们出去。”雅妃美眸在萧炎与淡然不语的海波东身上扫过，试探地道。

“也好……”萧炎略微沉吟了一下，微微点了点头。现在的他，还的确不想与那女人见面，所以当下并未拒绝雅妃的提议。

见到萧炎答应，雅妃松了一口气，附在侍女耳边，吩咐她好生照顾两人之后，便快步行出了房间。

“你和那纳兰嫣然有些过节？”雅妃离开后，海波东略微有些诧异地道。

“嗯。”萧炎点了点头，缓缓地坐在椅上，脸色并不太好看。

“难道你这次上云岚宗，便与她有关？”瞥着萧炎那略微有些难看的脸色，海波东一怔，旋即错愕地道。

这次萧炎没有回答，平静地抿着茶水，微眯的眸子中泛着淡淡的寒芒。

瞧见萧炎这模样，知道了某些答案的海波东也不再继续追问，缓缓摇了摇头。看来萧炎执意要上云岚宗的目的，他是有些明白了，不过让他依然有些迷惑的是，那名为纳兰嫣然的女人，对萧炎究竟做了什么，竟然会让这定力不凡的家伙，甚至宁愿与云岚宗这种庞然大物为敌。很明显，在加玛帝国与云岚宗对抗，是件很愚蠢的事情。

“哦，对了，你寻找恢复灵魂力量的东西做什么？灵魂受创了？”不在这个问题上继续纠缠，海波东忽然想起萧炎刚才需要的物品，当下有些疑惑地问道。

萧炎眉尖不着痕迹地轻微挑了挑，缓缓地抿着茶水，心中急速转动了片刻后，平静地道：“上次那佛怒火莲搞出来的后遗症……”

“哦，那东西太恐怖了，有点后遗症倒是情理之中的事情。”听得萧炎这般说，海波东并未有丝毫的怀疑，毕竟那佛怒火莲的威力，实在是有些恐怖。目光在萧炎身上扫了扫，海波东微皱着眉头，道：“严重吗？”

萧炎努力让自己的心跳和往常无异，斜瞥了一眼海波东，道：“不是很严重，不过也不是平常的伤势，因此我才需要寻找能够恢复灵魂力量的奇物，来使得我快速恢复。”

听到萧炎这略微有些模糊的回答，海波东眉头一皱，偏头望着那张看不出其他任何情绪的清秀脸庞，嘴唇微微嚅动了一下，却并未吐出什么话来，微微点了点头，便低头盯着茶杯，沉默了下来。

借助着茶杯水面的反射，萧炎清楚地瞧见了海波东的反应，那紧握着茶杯的手掌松懈了些许，缓缓地抿了一口茶，润着有些干涩的喉咙，长长地吐了一口气。

房间中，随着两人的沉默，气氛逐渐地寂静下来。那守在一旁的侍女，也战战兢兢地不敢出声打扰，连给两人换茶时都极为小心，不敢弄出半点声响。

安静的气氛持续了半个小时左右，一阵急促而清脆的嗒嗒声响，从门外响起，旋即雅妃那窈窕的身姿，出现在两人的视线之内。

“她走了？”将手中的茶杯缓缓放下，萧炎随口问道。

“嗯。”走进房间，雅妃对着那端着茶杯的海波东恭敬地点了点头，旋即将目光转向萧炎，修长的纤指轻轻地点动在桌面上，片刻后，方才对上萧炎那疑惑的目光，笑道，“萧炎弟弟，你真的很需要那种能够恢复灵魂力量的天地奇宝？”

“嗯，挺需要的。”心头微跳，萧炎点着头，目光紧紧地盯着雅妃，轻声道，“拍卖场里有？只要你能拿出来，我可以付出让你们满意的价格。”

“能够恢复灵魂力量的奇物，极为罕见，饶是以我们米特尔拍卖场的庞大交流量，也极少收集到那种物品。”雅妃摇了摇头，无奈地道。

“那你的意思是……”萧炎眉头轻皱，道。

“我们米特尔拍卖场，的确没有那种能够恢复灵魂力量的奇物。不过，据我所知，加玛圣城的某个家族，却拥有着一株名为七幻青灵涎的奇异植物，这种植物的根茎，能够提炼出一种极为玄奥的液体物质，而这种物质，便是恢复灵魂力量的最好药物。”雅妃道。

“哦？真的？”闻言，萧炎脸庞瞬间涌上一抹惊喜，急忙道，“是何家族？”

雅妃俏脸上浮现出一抹苦笑，吞吞吐吐的模样，看上去有些迟疑。

疑惑地瞧着雅妃这般表情，萧炎一愣，旋即似是想起了什么，当下脸色逐渐阴沉，道："你说的不会是纳兰家族吧？"

"嗯，的确是他们。"雅妃无奈地点了点头。

"那种宝贝，恐怕任谁都会好好珍藏着，抛去我对他们的厌恶不说，难道你认为纳兰家族会将那七幻青灵涎出售给我？"萧炎揉着额头，低声道，"难道让我去强抢？不过，若真是不得已的话……"

"谁让你去抢了？纳兰家族可是与我们米特尔家族齐名的三大家族之一呢，而且纳兰家族的好几人，都在帝国的军方有着举足轻重的地位，论起防卫森严的程度，绝对不会比我们米特尔家族弱……虽说你有海波东老先生的相助，可想从纳兰家族那重重防御中，顺利地将七幻青灵涎拿到手，也不会是一件容易的事。"雅妃白了萧炎一眼，嗔道，"若是一个不慎，他们拼个鱼死网破，将七幻青灵涎给毁了，那你的努力不是都白费了？"

"不抢，又不能正常交易，我又想得到七幻青灵涎，那你说怎么办？"萧炎微皱着眉头，道。

"纳兰家族的老爷子在几年之前，曾经和一条剧毒无比的五阶魔兽烙铁毒印蟒战斗过，虽然最后将之击杀，却也不幸被后者将一种令人闻风丧胆的毒素——烙毒注进了体内……你精通炼药，想必应该知道这种毒素的厉害。在记载中，并不乏被烙铁毒印蟒越阶毒死的六阶魔兽，若不是因为其数量实在是稀少得可以忽略不计，恐怕大陆上很多强者都会在这种毒素下骇然变色……"雅妃笑了笑，却忽然说起与七幻青灵涎毫不相关的事情来。

"那东西，的确很毒……不过这似乎和七幻青灵涎没有太大的关系吧？"听得烙铁毒印蟒的名字，萧炎脸色也是微微变了变，旋即摇着头道。

"你听我说完好不好？"雅妃娇俏地白了萧炎一眼，继续道，"这些年依靠着强横的斗气，纳兰老爷子尚能压制着毒素，不过随着其年龄的增大，毒素的反弹越来越强。在半个月之前，潜藏在其体内的烙毒终于完全爆发，而在这种爆发下，实力在斗王级别的纳兰老爷子，便彻底倒了下去。现在，整个纳兰家族都乱成了一团，四处寻找炼药师出手救援。”

“寻找炼药师？以纳兰嫣然的关系，不是能够直接请动丹王古河吗？以他的炼丹术，还有什么毒不能化解？”萧炎淡淡地道。

“请了，可连古河也没有办法清除烙毒，那种毒素就犹如它的名字一般，深深地烙在纳兰老爷子的骨骼甚至骨髓之中，任何丹药都难以将之清除。”雅妃摇了摇头，苦笑道。

“连古河都没办法？”闻言，萧炎顿时惊异地道。

“嗯。”雅妃点了点头，沉吟道，“古河虽然并未清除毒素，却说了条可行的法子，那便是控制火焰，进入纳兰老爷子的身体，然后用高温，将其中的烙毒清除，可惜……这有一个最重要的前提，便是那火焰，必须是异火……”

“所以现在，纳兰家族出了大价钱，到处聘请拥有异火的炼药师，不过依然没有任何收获，即使他们开出了就连我们米特尔家族都眼红的高昂代价，对了……在那高昂的代价中，便有那株七幻青灵涎。”雅妃摊了摊手道。

“谁能够将纳兰老爷子治好，便能够得到那株七幻青灵涎，最近已经有很多炼药师去试了，可惜，都无一例外地失败了。

“刚才纳兰嫣然找我，便是想让我们米特尔拍卖场帮忙宣传一下，看看能否寻找到具有异火的炼药师。”

“或许，你可以去试一下，毕竟当初你的那件事情，和纳兰老爷子并没有太大关系，甚至在那之后，他还暴怒地将纳兰嫣然赶出家门好几次……”雅妃凝视着萧炎，道。

闻言，萧炎眉头紧皱，手指缓缓地敲打着桌面，沉默不语。

望着沉思中的萧炎，雅妃也略微有些紧张。纳兰老爷子作为纳兰家族的掌舵人，在他执权的这些年，与米特尔家族关系颇不错，一旦其陨落，那么那些纳兰家族与米特尔家族的合作事宜，恐怕都会陷入停滞阶段，这种损失，可不算小。

当然，雅妃并没有期盼以萧炎的能力，便能够将纳兰老爷子身体内的毒素驱逐。虽说经过历练，萧炎已经今非昔比，可异火这种近乎存在于传说中的东西，雅妃还不认为萧炎能够具备。

她如此在意萧炎的反应，最主要的，还是想请那隐藏在萧炎背后的神秘老师出手，见识过后者当初在乌坦城所展露出来的那冰山一角的恐怖实力，雅妃越发能够感觉到他的神秘与深不可测。在这种情况下，若是他愿意出手的话，纳兰老爷子那苟延残喘的命，说不定还能捡回来……

“虽然我没实行过，不过古河所说的那办法应该是件很危险的事情吧？使用异火进入别人体内，只要纵火者稍有半点杀意或者疏忽，恐怕那纳兰老爷子，便会在顷刻间，由内向外，化为一堆灰烬……这样，你还建议我去试试？要知道，我可不能肯定自己是否能够在纳兰嫣然在场的情况下，完全地把握好自己的情绪。”沉默了许久，萧炎终于缓缓道。

雅妃苦笑着点了点头，道：“这的确是一件非常危险的事情，不过纳兰家族也没办法。若是连这个险都不敢冒的话，那么纳兰老爷子或许就真的完蛋了。”

“虽然危险，但是收获也大……”萧炎淡淡道。

“你想去试试？”

凝视着萧炎，雅妃的眸子略微有些欣喜。只要萧炎答应，那么想必那位隐藏在其后的神秘老师，即使不会正面出手救治纳兰老爷子，至少也会暗中指点一些吧，如此一来，治愈纳兰老爷子的把握，将会大上许多。

“我需要得到那七幻青灵涎……这是必须的！”

萧炎抿着嘴，片刻后，微皱着眉头，轻声道：“你这里可有那种能够改变容貌的特殊道具？你知道我与纳兰家族的过节，若让他们认出了身份，恐怕绝对不可能让我对纳兰老爷子做那种极为危险的驱毒……唉，真是麻烦。”

雅妃快速思索了一下，然后点了点头，笑道：“能够改变容貌的特殊道具虽然很罕见，不过我们拍卖场倒是还有一件存货……”说着，她挥手招来侍女，然后附在其耳旁轻语。

听得雅妃的吩咐，侍女恭敬地点了点头，快速退了出去。几分钟之后，侍女手握着一个精致的木盒，脚步匆匆地行了进来，将木盒轻放在桌面之上。

接过精致木盒，萧炎将之缓缓打开，里面露出了一张有些类似人脸的薄薄的面皮。心中略微感到几分奇异，萧炎小心翼翼地用手指拈着它，轻放在手掌之上，入手处一片冰凉，它薄如蝉翼，犹若无物。

“这是用一种冰山雪蚕吐出的冰蚕丝制作而成的，经过高级匠人的细心雕琢，在这张薄薄的面皮上，已经勾勒出了一个人脸的形状，只要将之覆盖在脸上，便能遮去以前的容貌。”

雅妃微笑道：“这张冰蚕面皮，可以说是我们米特尔拍卖场中的高级物品了，若是拿去拍卖，绝不会少于三十万的价格。这次，便权当是免费赠送吧……你也别忙着拒绝，若是你真的能够治好纳兰老爷子，我们米特尔拍卖场所得到的潜在好处，可远远比这三十万多，这就算是我们的隐形投资吧。”

闻言，萧炎略微沉吟了一会儿，微微点了点头，仰起头来，手掌摊开冰蚕面皮，然后轻轻地贴在脸庞之上，顿时，一股冰凉的感觉缓缓地透过脸庞传进体内，萧炎甚至能够模糊感觉到，自己的五官，竟然都在此刻蠕动了起来。

雅妃站在一旁，望着那逐渐变得平凡起来的脸庞，抿嘴轻笑着取出一块水晶镜面，放在萧炎面前，笑道：“效果还不错吧？”

睁开眼来，萧炎望着镜中那与之前几乎是判若两人的平凡脸庞，微微一愣，旋即带着几分奇异，满意地点了点头。

“虽说强者间辨人都是依靠对方的气息，不过你很少与纳兰家族的人接触，况且当年与纳兰嫣然匆匆一别，三年后，她也不可能辨认出你的气息……所以，有了这冰蚕面皮，只要不被对方极为仔细地审视，就难以发现你的伪装。”雅妃笑盈盈地道。

萧炎点了点头，手掌缓缓地摩挲着那被冰蚕面皮覆盖的脸庞，半晌后，懒懒地道：“那我去试试吧，若是能替他将毒素剔除，那便尽力。不过我也说过，那是件极其危险的事情，若是到时候真的一个心情不顺，手掌一抖，把那老家伙烧成灰了，我可不会负啥责。”

听得最后一句，雅妃无奈地摇了摇头，道：“我帮你写一封举荐信吧，待会儿你便去纳兰家族，持有它，想必能减少一些繁琐的审查。”

“嗯，麻烦了。”萧炎笑着点了点头。

雅妃转身在桌面上抽出一张做工精美的纸片，玉手持着墨笔，娇躯微弯，身体紧绷成一个诱人的曲线，认真地在纸片上徐徐写着，半晌后，轻松了一口气，将这封举荐信折叠好，递向萧炎，微笑道：“萧炎弟弟，可别给姐姐丢面子哦，这还是我第一次举荐人呢。”

“希望吧。”萧炎不置可否地笑了笑，接过举荐信，对雅妃笑道，“麻烦了，接下来的事，便交给我来吧。”

“嗯，拍卖场人多眼杂，为了给你的身份保密，我便不亲自送你出去了，若是需要什么帮助，尽管来米特尔拍卖场找我，我会尽全力帮忙。”雅妃微笑道。

萧炎笑着点了点头，不再迟疑，对着一旁的海波东扬了扬手，然后率先朝着门外行去。

“小女娃子，若是米特尔·腾山那废柴问起我来，你就说等我有时间了，会去看看他的，让他别像个疯子一样到处打听我的踪迹。”懒散地站起身来，海波东瞥了一眼一旁的雅妃，淡淡地道。

“呃……是，老先生。”闻言，雅妃一愣，旋即苦笑着点了点头，在未弄清对方与大长老究竟是什么关系之前，她也只能这般唯唯诺诺地应承着。

望着两道背影消失在门后，雅妃略微沉吟了一下，便从另外一处偏门走了出去。一名斗皇出现在米特尔拍卖场这种大事，得必须向家族内部报告，当然，在报告之余，自然也少不了要投诉一番那雷欧爷孙……

米特尔拍卖场门口，萧炎站在街道分岔口，望着那来来往往的人流，缓缓地吐了一口气，抬头望着城中心的位置，那里，便是加玛帝国三大家族之一纳兰家族的所在。

“走吧……”双手插进袖袍之中，萧炎轻声道，旋即脸色平静地对着那所差点成为他另外一个家的庞大家族缓缓行去。

加玛帝国以及附近两大帝国的边境夹角，声名远播的古老学院，静静地矗立在此处，散发着沧桑与古朴。虽然学院并没有太过令人震慑的外表，但凭借着庞大的声望以及雄厚无匹的实力，连三大帝国这种庞然大物，也不得不对它礼待三分，不敢有丝毫不敬与怠慢。

古老的学院之内，会聚着来自四面八方的学员，这些人，在自家的那一亩三分地中，或许是天赋顶尖的天才，可这种天才在这里似乎是成箩筐装的，所以，那些在家乡拥有鹤立鸡群的修炼天赋的人，在这里，仅仅是勉强合格而已。

在入学典礼上，那位看上去昏昏欲睡的老人，只说了短短两句话：“不管你们以前是何身份，到了这里，你们都只是迦南学院的学员，身份全部相同。在学院里面打架决斗，只要不搞出人命，我不会管，可若是谁敢借助家族力量来进行报复，来多少，迦南学院收多少……”

老人那乍然露出的浩瀚气势，将这短短的几句话，牢牢地印在所有学员的心中。

“在这里，是龙，你得盘着；是虎，你得卧着！”

在古老学院的一处偏僻山峰之上，悬崖之旁，一位身着淡青衣裙的少女优雅而立，迎面而来的轻风，将那垂及娇臀的三千青丝吹得缓缓飘舞，裙角飞掠间，隐隐勾勒出少女那完美的轮廓曲线。

少女平静地望着遥远的东面天空，沉默不语，犹如一朵脱世青莲，纤尘不染。

沉默了许久之后，少女忽然开口，空灵悦耳的声音，让人有种心灵被洗涤的奇异感觉。

“出来吧……”

随着少女话音落下，一道绿色的影子，忽然诡异地从其身后的一棵大树中分离了出来，恭敬地望着那背对着他的少女，单膝跪地，恭声道：“小姐。”

少女缓缓转身，露出一张精致绝伦的如玉脸庞，赫然是那进入迦南学院的薰儿……

“小姐，萧炎少爷到加玛帝都了！”